DIYI
TEZHI

第一特支

时代出版传媒股份有限公司
安徽文艺出版社

孙志保◎著

孙志保，男，1966年4月出生，安徽亳州人。中国作家协会会员，安徽省作协副主席，亳州市文联副主席、作协主席。迄今已发表中长篇小说三十余部，短篇小说、散文若干，计三百余万字，多部作品被《中篇小说选刊》《中华文学选刊》《小说月报》等转载，出版中篇小说集《黑白道》《温柔一刀》，长篇小说《黄花吟》等。中篇小说《黑白道》《温柔一刀》《鱼的眼泪在飞》获安徽省社科奖（文学类）。

安徽省中长篇小说精品工程丛书

第一特支

孙志保 ◎ 著

时代出版传媒股份有限公司
安徽文艺出版社

图书在版编目（CIP）数据

第一特支/孙志保著. —合肥：安徽文艺出版社，2022.12
ISBN 978-7-5396-6768-3

Ⅰ. ①第… Ⅱ. ①孙… Ⅲ. ①长篇小说－中国－当代 Ⅳ. ①I247.5

中国版本图书馆 CIP 数据核字 (2022) 第 037449 号

出 版 人：姚 巍
责任编辑：宋潇婧　周 康　　　装帧设计：徐 睿

....

出版发行：安徽文艺出版社　　www.awpub.com
地　　址：合肥市翡翠路 1118 号　邮政编码：230071
营 销 部：(0551)63533889
印　　制：安徽联众印刷有限公司　(0551)65661327

....

开本：710×1010　1/16　印张：14.5　字数：280 千字
版次：2022 年 12 月第 1 版
印次：2022 年 12 月第 1 次印刷
定价：68.00 元

....

(如发现印装质量问题，影响阅读，请与出版社联系调换)
版权所有，侵权必究

目　　录

第一部

第一章 / 003

第二章 / 015

第三章 / 035

第四章 / 059

第五章 / 077

第六章 / 092

第二部

第一章 / 111

第二章 / 130

第三章 / 152

第四章 / 168

第五章 / 178

第六章 / 187

第七章 / 200

第八章 / 218

第一部

第一章

一

曹莼贞从任公远先生办公室里走出来的时候,已经是半下午了。太阳冷冰冰的,在叶子落尽的法国梧桐树枝上无精打采地挂着,似乎它照耀下的这个世界与它没有任何关系。有几只鸟儿从天空掠过,在寒风中发出含糊的叫声。偌大的校园里,人很少,偶尔有几个学生,也是匆匆忙忙的样子。虽然已经临近寒假,这样的凄清也让人感到意外。

"你回去认真想一下,明天上午给我答复。可以去,也可以不去。我们都觉得你去最合适,但是,还是要尊重你的选择。"任公远先生的声音还在耳边响着。

任先生说的"我们",自然是上海大学的党组织。人选是"我们"确定的,而派人去安徽组建党组织的想法,却来自高层。

"安徽地跨江淮,临江近海,又是长三角的重要组成部分,地理位置十分重要。但是,到目前为止,还没有成立党组织。我们分析了一下形势,不是那里的群众基础弱,而是我们的工作没有做到。也可以说,还没顾得过来。但是,这个空白,必须尽快填补。"任先生说,"如果你能承担这个任务,在皖北农村建立起第一个党支部,那就是撒在江淮大地上的一把火种,很快就会呈现燎原之势。而且,这个支部成立后,将直属中央领导。"

安徽的情况,没有谁比曹莼贞更清楚。

曹莼贞家住安徽省寿康县曹甸集镇。曾祖父曾经在河南做过一任知县,可惜天不假年,不到五十岁就去世了。祖父曹默然未及在曾祖父的庇荫下求得功名,靠着曾祖父留下的一点人脉,勉强在亳州知府刘献策的幕府里做了文案,担负起一家人的生计。不料刘献策生性耿直,十年清知府,不但没有赚得十万雪花银,还因为越级为同僚请命而丢了官,连累一众人等也树倒猢狲散。曹默然只好收拾起有些寒酸的行囊,回到了家乡。赋闲了半年,准备东山再起时,曹默然却在摆完四十岁生日宴的第二天暴病而亡。曹莼贞的父亲曹子文那时刚刚二十出头,于学业上,勉强可以算得上饱读诗书,如果他愿意,在清末民初五彩斑斓的舞台上,靠舞文弄墨混一碗饭吃,肯定没有问题。但是他从祖辈的经历中似乎悟出了什么,于是把父亲曹默然攒了半生的几张字画和部分古玩变了现,在曹甸集镇上购了几亩薄田,又勉强建起一座豆腐作坊,从此开始了半农半商的局促生活。

曹莼贞出生时,在一百公里以外的安庆城发生了一件令人谈之色变的事件:光复会会员徐锡麟在安庆刺杀安徽巡抚恩铭,率领学生军起义。起义失败后,徐锡麟被俘,第二天即慷慨就义。这个事件在曹甸集镇引起的轰动,似乎比在安庆城更加强烈,街谈巷议持续了半年之久。而它对曹子文的影响,却持续到他生命的终结。他从此断了让儿子曹莼贞进学堂读书的念头,亲自在家里为其传授国学。曹莼贞十五岁的时候,已经在曹甸集小有名气:他虽然算不上满腹经纶,四书五经却能随手拈来,与人辩论时,往往引经据典,见解奇特,令人称奇。而且,他面容清秀,头脑灵活,行事利索,执行力很强。找曹子文提亲的媒婆比买豆腐的都多,有不少还是集上的大户人家遣来的。曹子文一心欢喜,却又不露声色,既不拒绝,也不同意,只说孩子尚且年幼,婚事可以再等待数载。其实,在曹子文心里有一个更大的目标,连他的结发妻子李婉如也不知道。但他没有想到,曹莼贞轻而易举地就把他的目标破坏了。

曹莼贞发现曹甸集以及周边地区有不少青年人外出求学,特别是前往芜湖省立第二甲种农业学校求学的居多。他很快就了解到，这所名为"农业"的学校，其前身就是李光炯先生于1903年在长沙创办的著名的安徽公学，1904年底迁到芜湖后，又叫芜湖公学，是以思想进步闻名大江南北的学校。虽然已经改了校名，看似改弦易张，其余韵依然，进步的气息并不比1912年改换门庭之前淡多少。曹莼贞犹豫了三天，终于向父亲开了口，要求到芜湖报考二甲农业学校。曹子文毫不犹豫地拒绝了。他已经和曹甸集镇国立中学的校长曹炳文说好，等曹莼贞长到十八岁，就让他到国立中学教授国文。到那时，他就可以堂而皇之地请人向何万年提亲了。把何万年的女儿何清扬娶到家里，才是他为儿子安排的最好的前程，也是他最大的目标。

何万年是镇上的首富，二十年前在镇上开了一家大松药厂，主营中药切片，生意做到了大江南北，谁也说不清他家里到底有多少钱财。何万年只有一女，取名清扬，当时年方十四。曹子文算计得很清楚，待儿子十八岁有公职在身时，何家的女儿刚刚十七岁，正是谈婚论嫁的时候。如果现在遣人上门提亲，他心里没有一点谱，毕竟儿子身上还飘散着豆腐花的酸气。

曹莼贞向父亲请求了三次，当他确认父亲肯定不会支持自己的想法后，突然在一天夜里离家出走，只身去了芜湖，并带走了家里的五块大洋。曹子文能猜到儿子的去向，他没有去寻找，只是站在院子里，仰头看着深邃的天空半个小时，然后走进豆腐作坊，就着热豆腐喝了半斤白酒。半个月以后，他收到一封从芜湖寄来的信，不用拆封他都知道，儿子已经被学校录取，而且，儿子肯定会在信里用充满温情的文字求和。他没有回信，却托人捎去十块大洋。

曹莼贞在芜湖读了三年书，总共花了家里十五块大洋。他在放学后到豆腐作坊帮工，到学生家里做家教，还到一家戏班跑过龙套，到音乐学校当过伴唱。他每年只在春节回家一次，暑假时便和三两同学相约，一起走遍了江淮大地。所谓读书走路，他就像一棵刚刚从室内搬到室外阳光里的花，在拼命吸收阳光的同时，自己也长成了花树。曹莼贞对于长江和淮河两岸的语言、民俗、生产和生活都有一定程度的了解,对教育界也有一定程度的了解,更重要的是,他对全省的青年学生怎么想以及有可能怎么做非常了解。

"安徽的党组织必须从知识阶层发起,而后蔓延至全省,影响工人和农民,影响其他社会阶层。"两个月以前,在任公远先生的办公室里,刚刚举行完入党宣誓仪式的曹蕴贞,对他的入党介绍人——上海大学国文系主任任公远先生这样说。

如果没有傅方圆,没有傅方圆的恋情,他不会有任何犹豫,当时就可以回复任先生:我去!

二

曹蕴贞和傅方圆的爱情,已经持续了一年零两个月。

两个月以前,傅方圆用七个字给他们的爱情作了一个年度总结:艰难中甜蜜前行。当时曹蕴贞想,也许,在甜蜜中艰难前行更合适一些。

甜蜜自然是因为爱情,而艰难,却是来自傅方圆的父亲傅英杰。

傅英杰得知女儿在和来自皖北乡下的穷学生曹蕴贞谈恋爱的消息以后,没有阻拦傅方圆,而是派人把曹蕴贞请到了位于亚培尔路27号的办公室。曹蕴贞走进那幢灰色的大楼时,很疑惑为什么傅英杰的纺纱总厂在白利路一带,却把办公室放到了这里。但是,十分钟以后,他已经想不起自己的疑惑了,因为傅英杰声色俱厉地告诉他,如果他不立即离开傅方圆,三天以后,他的左腿有可能被人扔进黄浦江。

曹蕴贞当时回答他:你可以把我的两条腿都扔进黄浦江,然后把剩下的我扔进闸北的一条臭水沟里。但是,你必须尊重我和傅方圆的爱情。

尊重爱情! 他记得当时自己的声音很高昂,以至于傅英杰忘记了继续威胁他,吃惊的眼睛在镜片后闪闪发光。这位上海滩的纺织大王,十余年来都没有遇到这样和他说话的人。

20岁的男人,最不缺少的就是勇气,还有牺牲的精神。

为了信仰,他可以牺牲;为了爱情,他同样可以牺牲。

从芜湖公学毕业以后,他面临两条道路:一是回到曹甸集,按照父亲的意愿,在国立中学做国文教员,然后尽可能露出头角,以便父亲去何家攀亲时手里握有更多的筹码——这一点,父亲在春节时和他摊了牌;一是按照任公远先生的意见,报考上海大学国文系。任先生每年都应邀到二甲农业学校讲一次学,在二甲有很多崇拜者,曹莼贞就是其中之一。每次任先生讲学结束,曹莼贞都会带着很多问题找到任先生,似乎要为所有积攒的问题找到答案。任先生鼓励曹莼贞考到上海大学去,并告诉他上海的阳光比芜湖的更炽烈,空气也更加清新。曹莼贞最后毅然决定报考上海大学,并如愿进入国文系,成了任先生的学生。曹莼贞有一种宿命的感觉:他从芜湖来到上海,就是为了进一步接受任先生的教导,就是为了认识傅方圆。任先生是著名的国学大师,学识渊博,为人正直,在学界享有崇高威望。在他的引领下,曹莼贞有了自己的信仰,并在大二时成为一名共产党员;傅方圆是他的同班同学,娇艳如花,温暖如春,她给了他爱情,让他感觉未来更加五彩缤纷。他曾经想过,他应该把上海当作他一生一世生活的地方,因为这里是他的福地。他来到这里才一年多时间,就得到了这么多欣喜!

让他放弃信仰和爱情,对于他来说,就相当于放弃了生命。

从傅英杰的办公室里走出来,曹莼贞就不再对傅英杰抱任何幻想了。未曾见面时,他知道自己的爱情是处于风雨之中的。及至见面,他进一步明白,那些风雨会伴他一生一世,当然,有一个前提,那就是傅方圆的爱情就像她自己说的那样,像黄浦江的水一样永远奔腾不息。和傅英杰的谈话没有改变他的想法,却让他的心里一直压着一片乌云。他一边尽情地享受爱情,一边忧郁地注视着时间的流逝,不知道自己会在哪一刻身首异处。

昨天下午,在图书馆的社科室,傅方圆塞给他一张纸条:斗争接近胜利,做好准备,我爸近几天会找你。

胜利?他看看自己的胳膊和腿,不明白胜利为什么来得这么容易。意料之外的惊喜,在今天,却成为他犹豫不决的原因。

如果没有那张纸条,他会怎么办呢?正好知难而退,立即赶回安徽?没有希望的爱情给充满光明的信仰让步,也是天经地义。但是,他没有认真地想过这个问题。

下午没有课,傅方圆已经回家了。明天上午七点半以前,他见不到傅方圆。即便见到,又怎么向她说呢?傅方圆和傅英杰的抗争,已经持续了一年,他给予她的支持,只有爱情,只有在舌尖上飘扬的未来。有时,他甚至认为自己是在利用傅方圆,这种想法让他脸红,却又无法消除。现在倒好,接近胜利了,他却要走了。"我要回安徽了,回到我的家乡曹甸集去。"就这样告诉傅方圆吗?他想象着傅方圆惊讶的表情,脸色有些苍白。

最大的问题是,他无法给出合理的解释。他不能告诉傅方圆真正的原因,如果一定要说出一些原因,那一定是编造的,是与真正的原因没有交叉点的谎言。不告诉父母,不告诉妻儿,这是纪律。不告诉父亲和母亲,他能够做到,父母本来就不喜欢打听他的事,他们唯一想知道的,是他什么时候回到曹甸集,去做他的中学老师,而不是他为什么回去。但是,傅方圆不一样,她希望知道他每分每秒的行踪,希望知道他每分每秒有没有想到她。爱情的鲜花在共同浇灌下可以开满四季,却可能因为一句谎言而毁于一旦。

曹莼贞从学校南门走出校园,向西走三百米,便来到了严家胡同。胡同口,有一家很小的牛肉汤馆,是一对淮南籍的姓杨的老夫妻开的。门面小,却是十余年的老店了。老夫妻的儿子十三年前只身来到上海,在一家商行做伙计,一年难得回去一次。夫妻二人思念儿子,就从淮南老家追到上海,在离商行不到二里路的严家胡同开了这家小店。五年前,儿子在结婚前一个月死于一场车祸。老夫妻在哭干眼泪之后,决定继续留在这里,因为他们在这里能寻到儿子的足迹,听到儿子的声音,能感觉到儿子的气息。曹莼贞一周来一次,尝一下家乡的味道,听夫妻俩说一说儿子,说一说从家乡传来的信息。听一下家乡话,也是一种享受。他带傅方圆来过几次,他舌尖上的美味,傅方圆却吃不惯,每次都说被盐齁到了,被辣椒辣到了,被油腻到了。曹莼贞看着傅方圆像个老太婆一样数落他,心里美得不得了。"怪不得你长得这么板板正正的,原来是吃盐吃多了。再吃,你就变成蝙蝠了。"傅方圆这样嘲笑他。

曹莼贞在牛肉汤馆里坐下,要了一碗汤,额外要了半瓶老酒。

汤里乾坤,曹莼贞从小就领教过了。一碗淮南牛肉汤,除去薄如蝉翼的牛肉,还有山芋粉丝、白菜心、千张豆腐丝、绿豆小饼,以及非常筋道的面片。偌大的青花海碗,颤颤乎乎端过来,看一眼,就把小店之外的世界忘记了。曹莼贞曾经向杨老先生建议过:在上海,你不需要用这样大的碗,更不需要把那么多食材都放进同一只碗里,你会把一向精打细算的上海人吓着的。杨老先生回答:那就不是咱家乡的汤了。

半瓶老酒,曹莼贞喝了两个小时。

走出牛肉汤馆,他的决心已经下定:走!回安徽去!

留下来的意义,自然不仅仅是爱情的茁壮生长。被傅英杰接受,进入傅公馆,可以逐渐影响傅英杰,并借此影响他的阶层。即便做不到这些,也可以为党组织在上海的巩固和发展提供更多的便利。而且,他可以从容地完成自己的学业,在这个国际化的城市里得到进一步的锻炼,进一步丰富自己。当然,爱情会让他的生活充满阳光,他还可以给深爱的女孩幸福。回安徽呢?具有另一种完全不同的意义。那个广阔的天地,万物生长,却缺少一朵盛开的花。他的任务,就是去催生那朵花,然后,让那个广阔的天地开满同样的花。上海有他的同志,他留下的工作有人替他做,甚至,比他做得更好。而安徽呢?无人可以取代他的工作,因为他是独一无二的。既然是独一无二的,他就要抛开一切顾虑、一切想法,义无反顾地回到那里去!

不知不觉,走到了黄浦江边。冷风飒飒,挟带着有些腥臭的水汽,弥散在空气中,令人作呕。江面上不时有船只经过,带着点点灯火,像是从历史深处驶来,又驶向未知。曹莼贞裹紧了衣服,望着江面上以及对岸稀疏的灯火,陷入了沉思。左侧不远的地方,一对青年男女相互依偎着,轻声诉说着。偶尔,有人经过身侧,轻声哼着什么,或者迷幻般地自言自语着。不知不觉间,已经夜深人静。曹莼贞不想返回学校,那间放了六张床铺的大宿舍,此时应该正响着此起彼伏的鼾声。而他此时的心境,更适合在一个安静的地方,默默地想一些伤感的事情。这可能是他在上海度过的最后一个平静的夜晚了,有江风做伴,有静静流淌的江水做伴,有暗夜的星空做伴,注定会留下深刻记忆。在将来的某一天,他一定会想起这个夜晚,那时,它将褪去暗黑的衣服,变作一段珍贵的美好回忆。

三

第二天早上,在黄浦江边一夜无眠的曹莼贞回到了学校。

送傅方圆上学的汽车,总是在七点半左右来到学校南门。傅方圆下车,然后慢慢地走进学校。七点五十之前,傅方圆一定会出现在教室里。班上有不少上海本地的学生,他们中的一部分人选择了和傅方圆同样的走读方式。傅方圆本来是住校的,和曹莼贞恋爱以后,她选择了回家去住。减少父亲的担忧,并且增加与父亲待在一起的时间,这是她的小心思。如果一周见不上一次面,见一次面待不上一个小时,她怎么劝说父亲呢?

曹莼贞站在南门外,看着傅方圆来的方向,内心忐忑,眼神也有些胆怯而迷茫。他要等傅方圆,然后和她一起走进学校。从南门走到教室,需要二十分钟,虽然短暂,已足够他向傅方圆说明,然后郑重地道一声歉。

他无法猜测傅方圆会如何回应,而在昨天下午以前,他对傅方圆还是信心十足的。

傅家的黑色福特牌小汽车慢慢驶过来,在离曹莼贞不远的地方停下。

傅方圆从车上走下来,欢快地向他摇着手。她今天显得非常精神,脸上的笑容灿烂如花。

"怎么这么好,在这里等我?"傅方圆问。

曹莼贞笑道:"哪里,只是碰巧了。"

傅方圆撇了一下嘴,说:"嘴这么硬,我的好消息就不与你分享了。"

曹莼贞说:"一个人独享的,算不上好消息。"

傅方圆叹了一口气,说:"曹莼贞,你这乡巴佬,我上辈子欠的债再多,也轮不到你来收账啊!"

曹莼贞说:"这说明我祖上某一代可能就是上海人,起码是这三角洲里的。"

走到校长室附近那棵高大的香樟树下,傅方圆站住了,说:"曹莼贞,我代表傅英杰老先生正式通知你,今天晚上,傅府备了家宴,请你拨冗光临。"然后,她笑眯眯地看着曹莼贞,一脸得意的样子。

曹莼贞的脸上掠过一阵狂喜,继而又被失落遮没。

"你不高兴?"傅方圆没有看到意料之中的效果,一脸疑惑。

"高兴!"曹莼贞笑了一下。

"你心里有事,还是不小的事。告诉我!"傅方圆的声音有些尖细。曹莼贞太了解她了,当她心里突然紧张时,嗓音会发生一些变化。她的敏感让她能够从很小的细节看到别人的内心,甚至当别人还没有真正意识到自身的想法时,她便看透了。傅方圆在学校里修的第二专业正是心理学。国文为体,心理学为用,这是她确定的职业方向。"我要在上海开一家大型心理诊疗所,"她数次对曹莼贞说,"即使我不能成为最好的心理师,也可以因为这个大型诊疗所而载入心理诊疗的历史"。

这样的女孩子,是属于上海的。曹莼贞想。

曹莼贞看着从身边匆匆而过的同学,犹豫了一下,说:"方圆,我要回安徽老家了,回寿康县,回曹甸集。"

傅方圆笑了,说:"家里有事?是不是你那怀才不遇的老爹捎信给你了?他还为你惦记着那个何家小姐吧?是不是要你去相亲啊?行,那你明天回去吧!我相信你能处理好这件事。不过,今天晚上的饭可是不能缺的,这肯定是到目前为止你最重要的一顿饭。"

曹莼贞摇摇头,说:"正因为要回去,这顿饭更不能吃了。如果你爸愿意继续给我机会,这顿饭我一定会回来吃的。但是,近期肯定不行了,可能是一年以后,也可能是三年五年以后。"

傅方圆意识到问题的严重性,她看了看周边,压低了声音,说:"给我个理由!理由成立,你到欧美,到苏联,我都能接受,我也会劝我爸接受。"

曹莼贞艰难地笑笑,说:"我只到曹甸集。"

傅方圆盯着他的眼睛,一言不发。

"我有充足的理由,只是现在不能说。"昨天晚上想象中的困难,正一点一点展示在曹莼贞面前。他知道自己不会退却,但是,往前推进一步都很沉重。

"我明白了。"傅方圆说,"是你的组织给你任务了。在他们眼里,你已经成熟了,可以去执行他们的任务了。"

曹莼贞吃了一惊。从入党到现在,他没有向傅方圆透露一丝信息。

"没有。我没有……"他的脸红了。

傅方圆用一个手势制止了他:"曹莼贞,你不要再说下去,我不想让你撒谎,更不想听到你的谎言,即使它是非常善意的。一个没有撒过谎的人,千万不要去尝试。你知道当初我爸为什么不同意我们来往吗?这里面有门第观念,也有我爸看不起外省人的意思。但是,还有一层意思是我一直不知道的。他前天和我认真谈了,我这才了解他的良苦用心,这也是他今天晚上要你去家里吃饭的主要原因。你能想象出来吗?"

曹莼贞笑笑,他似乎猜到了。

傅英杰在得知傅方圆和曹莼贞恋爱的消息后,迅速做了一个详细的调查。在获悉曹莼贞和任公远来往密切而且思想激进的信息后,他果断地选择了拒绝。而同时得到的关于曹莼贞家世的信息,也为他的拒绝提供了一些帮助。任公远是共产党员,虽然上海的党组织活动一直处于地下,但是,有些消息是无法瞒住的,而根据这些消息得出的判断,即使不是精准的,也是相近的。那么,曹莼贞即使现在不是共产党,很快也会是的。傅英杰祖籍绍兴,家族里出了不少师爷,到了他这一辈,才算真正地闯下了一片自己的天地,拥有了自己的资产帝国。他多次声明,不想与任何党派有任何联系。只有踏踏实实做生意,才能巩固自己的利益,才能一步一步往前走,这是他几十年来一直不变的原则。即使曹莼贞的家庭与傅家门当户对,傅英杰也不能容忍自己的家里出现一个共产党员!

"我爸今天晚上请你到家里吃饭,是要劝说你脱离你的组织,不再和那些人发生联系。当然,你如果坚持,他也不会断然否定我们的关系。他还会给我们一个机会:我们一起去法国留学!"傅方圆说。

如果在昨天上午得到这个消息,曹莼贞会欣喜若狂。任公远先生曾经在法国留学三年,组织里有不少同志都在法国留过学,他们的经历令曹莼贞有时会产生一些幻想,虽然转瞬即逝,也在他心里留下了印迹。现在,这个机会从天而降,却已无法在他心里击起一圈涟漪。

曹莼贞明白,这是傅英杰能做出的最大让步了。而傅方圆为了逼迫父亲做到这一步,肯定付出了巨大的努力。傅方圆从来不把自己和父亲抗争的过程讲给曹莼贞听,在她看来,她为自己的幸福而努力,是天经地义的事情。

"答应我,莼贞,抛开一切,我们一起去法兰西!"傅方圆热切地看着曹莼贞,"如果你仍然想革命,你在那里仍然可以找到你的组织,那时我爸就鞭长莫及了。"

傅方圆的观点和傅英杰不同。傅英杰反对任何形式的革命,在他看来,所有的革命都会对既有秩序形成冲击,对利益集团造成威胁。而傅方圆对任何形式的革命都不感兴趣,有了爱情,有一个温暖的家庭,革命与否,与她都没有关系。她的课余时间,除了陪伴曹莼贞,就是躲在自己的小书房里读书。偶尔,曹莼贞会带她去看几场演出,比如,《梵峨璘与蔷薇》等。她在看的时候也会激动,也会流泪,但是,在离开剧场以后,她仍然会回到自己的小书房,去读自己的书。在这方面,曹莼贞倒不勉强,他喜欢这种性格的女孩,当傅方圆具备这种性格时,他更是喜欢。

曹莼贞轻轻地摇了摇头,说:"方圆,我答应你,如果你继续给我机会,将来我一定会带你去法兰西。"

傅方圆有些绝望了,脸色也有些苍白:"就当是单单为了我,你也不愿意吗?"

曹莼贞苦笑了一下,说:"我愿意,但是,不是现在。将来,我可以答应你所有的要求。"

傅方圆绝望地叹了一口气,说:"你凭什么答应我?我能看到我的将来,你能看到你的将来吗?你知道你会面临什么吗?你应该明白的,你的组织现在仅仅是玻璃笼子里的一只小鸟,它可以看到光明,却永远也飞不出去,它挣扎的唯一结果就是头破血流。"

曹莼贞说:"不飞,怎么知道飞不出去?而且,我不头破血流,怎么能唤起更多的人?怎么避免更多的人头破血流?"

傅方圆显得有些疲倦,她向周边看了看,找不到可以坐下的地方。

"你飞吧!"她说,"飞到你的曹甸集去,飞到你的理想里去。我祝你实现理想,也祝福你的理想。但是,有一个现实是无法改变的,我将无法与你的未来同行,在以后的生活里,我们如果能分享到彼此的消息,那都是万幸的。"

曹莼贞心里一阵刀绞般的疼。

傅方圆慢慢地向教室走去,她的背影在冷风里单薄得如一棵枯草。

曹莼贞在心里说:"对不起,方圆。"

上课铃声响起,傅方圆的身影消失在教学楼里。

曹莼贞抹了一把脸,向任先生的办公室走去。

第二章

一

曹莼贞回到曹甸集家里,休息了一天,到亲朋好友处看望了一下,便在第二天上午来到曹甸集国立中学,找到了校长曹炳文。

曹甸集国立中学的全称是寿康县第二县立中学,坐落在曹甸集南头,东面有一条叫白泉的河流,上面有一座窄小的木桥,南面是低矮的丘陵,稀稀落落地生长着一些低矮的杂树。校长曹炳文的祖父和父亲都是晚清时期的秀才,虽然家境一般,却仗义疏财,在寿康县有很好的名望。曹炳文没有辜负祖上的期望,二十三岁便毕业于安徽高等学堂。这所曾经由严复担任总办的安徽省第一所近代高等学府,历经十余载,培养了三百余名师范毕业生,曹炳文就是其中之一。曹炳文本来有机会到北京发展,无奈家中迭遭变故,先是父亲病故,然后大哥生病,瘫痪在床上。无奈之下,他只好返回故里,一边开办私塾养家,一边到各处活动,想在曹甸集开办一所国立学校,把自己的教育理念变作实践。经过他的不懈努力,寿康县第二所县立中学终于在曹甸集开办。十余年来,学校声誉日隆,吸引了曹甸集以及周边镇乡的学生,规模也有所扩大。但是,曹炳文的目标更高更远,他要把这所学校办成名校,培养出一批真正的有用之才,能为国家的建设和发展做出实实在在的贡献。要达到这样的目标,学校的师资力量便显得单薄了,必须延揽一批眼界开阔,具有真才实学、真知灼见的青年人才,最好是在高等学校接受过教育的人才。这样的想法由来已久,却一直无法实现。在高等学校接受过教育的,本来就凤毛麟角,在这个风云际会的时代,自有更大的舞台,想让这批人到乡下教书,无疑是请神龙下凡。所以,当他得知曹莼贞有到学校任教的愿望时,便满心欢喜、毫不犹豫地答应了。

曹炳文陪着曹莼贞在学校里转了一遍,然后在简陋的校长室里和他谈了半个上午。曹莼贞对于本县教育的想法,对于全省乃至全国教育的看法,以及他对于当前时局的精辟见解,让曹炳文感到后生可畏,也为自己捡到了一个金元宝而庆幸。当曹炳文谈到没有梧桐枝,无法引来凤凰筑巢的苦衷时,曹莼贞表示他可以从二甲农业学校招揽一批同学,也可以给在其他高校学习的同学写邀请信。曹炳文大喜过望,当即表态,要到县里争取一部分资金,建一栋教员宿舍,而且还要把食堂建起来,让师生都有在家的感觉。

"校长,你这是先栽梧桐树,再引金凤凰啊!"曹莼贞笑道。

"我哪里有本事栽梧桐树啊!不过是尽力提供一点条件罢了!"曹炳文说,"我们在乡下办学,各种条件都是苦的。但是,有一个温暖的住处,有一碗可口的饭菜,是必须具备的条件。如果连这个都做不到,我这个校长怎么好意思去迎接金凤凰啊!没有这个条件,即使金凤凰飞来了,也会很快飞走的。"

两人正聊得热闹,忽然听到校门口一阵喧闹,其中一个女孩子的声音特别响亮:"我找曹莼贞,你们凭什么不让我进去?"

一个苍老的声音回答:"我们这里没有叫曹莼贞的。你真要进来,我得通报校长一声。"

曹莼贞和曹炳文走出校长室,看到一个不到二十岁的女孩子正想突破校工老曹的拦阻冲进校内。女孩子脸色红润,头发有些散乱,像是刚刚赶了很远的路。她的衣着倒是很讲究,虽然整体黯淡了一些,却能看出品质很好,而且,穿在她身上很得体。

"曹莼贞!"女孩子看到曹莼贞,高兴地喊了起来。

曹莼贞忽然想起来,这是他在从上海到合肥的长途汽车上认识的女孩,叫郭英。他的座位正好和郭英挨着,两人慢慢聊起来,没想到很快便聊出了感觉。郭英是安徽省立第五师范的学生,今年刚刚毕业。她的父亲是合肥一家钟表厂的老板,在她刚刚毕业时便给她定了一门亲事,准备春节过后就给她完婚。郭英对父亲的做法极为不满,她和父亲认真地谈了一次,表明了自己反对包办婚姻的决心,然后她从家里偷了一点钱,只身一人去了上海,在同学家里住了一个月。父亲无奈,给她写信,说万事皆可商量,让她尽快回家。郭英眼看钱要花完,便想在上海找一份工作,真正安顿下来,彻底摆脱父亲。她跑了几所中小学,都被人拒之门外,原因五花八门,诸如不招外地户口人员,不招女教师,等等。最可气的原因是不招疯疯癫癫的女孩子,郭英当时就把人家的桌子掀了,狠狠地在人家墙上吐了一口唾沫。无奈之下,她只好返回合肥。郭英听说曹莼贞从上海大学辍学,要到家乡做一名老师,由衷地感到佩服,说自己到家里看看情况,如果父亲仍然冥顽不化,她便去投奔曹莼贞。曹莼贞当时就当个玩笑听了,说,虽然我自己还不是曹甸集中学的老师,但是,我现在就可以表态热烈欢迎你。没想到,郭英真的跑来了。

曹莼贞仍然认为她是跑来玩玩的。郭英的父亲郭开然是合肥唯一一家钟表厂的老板,同时兼做古董交易等生意,家资巨万。这样的富家小姐,怎么可能真的和家里闹翻呢?怎么可能适应乡村清贫的生活呢?

曹莼贞忍不住想起了傅方圆,心里一阵难过。

"你不认识我了?"郭英跑到曹莼贞身边,兴奋地拉了拉他的胳膊。

"郭大小姐!"曹莼贞半开玩笑地说。

"曹莼贞,我没有食言,你可不能食言啊!"郭英拍了拍随身带来的一个挺大的棕色软皮提包。

曹莼贞扭头看看曹炳文,对郭英笑笑,说:"我答应你什么了?对了,是不是你要帮助我们学校建食堂的事?没问题,我先代曹校长答应了!"

郭英撇了撇嘴,说:"虽然你这样说很不地道,但是,这个食堂我还是可以帮助你们建的。"她又用力拍了拍软皮提包。

曹莼贞知道,自己这次真的遇到了难题。

曹炳文虽然不了解其中的原委,但对郭英的喜欢已经溢于言表。他满脸笑容地把郭英和曹莼贞带进校长室,请他们坐下,亲自为郭英倒了一杯开水。郭英打开提包,取出两只信封,递到曹炳文面前,说:"我知道,你肯定是曹莼贞一路挂在嘴边的曹校长。这是我的投名状,校长看看还满意吗?"

曹炳文疑惑地看着郭英,问:"什么投名状?"

郭英说:"你先看东西。"

曹炳文打开第一只信封,取出一个薄薄的红绸布袋,里面是省立第五师范颁给郭英的毕业证书;又打开第二只信封,从里面取出两张银票,每张都是五百大洋。

郭英说:"怎么样?校长,凭这两样东西,能让我入伙吗?"

曹炳文呵呵地笑了,扭头看看曹莼贞,说:"这种应聘的方式,我倒是第一次见。"

他把证书和银票重新装回信封,递给郭英,说:"你这证书可是比县长的帖子都起作用。如果你愿意留下来,我现在就让校工给你收拾屋子。"

郭英把证书收起来,却把银票塞到曹炳文手里,说:"校长,我当然愿意,谢谢你收留我。这点钱,算是我对学校的一点心意吧!"

曹炳文摇了摇头,说:"不是我不需要钱,学校里用钱的地方很多,再多的钱我也不嫌扎手。但是,你的钱我却不能收。若收了,传出去,恐怕会有误会,会把其他的金凤凰吓跑的。人家会说,到学校应聘需要交纳一千块大洋。"

郭英点点头,说:"还是校长考虑得周到!这样吧!这钱我先收着,但凡学校需要,随时从我这里取。"

曹莼贞坐在旁边,一直微笑着没有插话。看到曹炳文当真要留郭英,才用右手中指敲了敲桌面,说:"郭英,你到这里来,肯定没有和家里说,即使说了,家里也不会同意。你有没有想过,你这样做,会给学校带来麻烦?"

曹炳文有些吃惊地看着郭英,说:"原来你没有征得家里人同意,这可不行。"

郭英狠狠地瞪了曹莼贞一眼,端起白开水,一口喝掉一半,这才把回到家里以后发生的事情原原本本地说了出来。

郭英回到家里以后,被父亲狠狠地训了一顿,并专门安排郭英的母亲严加看管,直到正月十六。为什么要到正月十六?因为那是他为郭英选定的婚期。

郭英之所以对这门亲事非常反感,是因为父亲为她选择的男孩子是安徽督军马联甲手下一名袁姓旅长的儿子。袁旅长三年前在山东济南做团长时,曾经亲手杀害了三位手无寸铁的平民,唯一的理由是他家里失窃,这三位平民当时就在他家附近做生意。他给这三位平民扣上盗匪的帽子,以使自己的草菅人命理由充足。此外,在连年的军阀混战中,他双手也沾满了鲜血。一年前,马联甲把他调到合肥升为旅长,还把合肥警务司令的重任交给了他。郭英不知道他儿子长什么样,是做什么的,但是一想到自己要嫁到这个屠夫的家里,便不寒而栗。她之所以敢回家,是认为父亲已经从她的出走看到了她的决心。没想到,父亲还是那个父亲,决定还是那个决定。

第二天一早,郭英向母亲谎称她在上海逗留期间花了同学很多钱,她已经答应同学,回到家里就给人家汇一千块钱。母亲信以为真,安排了两个仆人陪她上街汇钱,还千叮咛万嘱咐,一定要把她看严了。对付两个仆人,郭英有的是办法。她不费吹灰之力便骗走了仆人,租了一辆马车,带着银票逃出了合肥。她先到淮南,住了一晚,购置了一点衣物。今天一大早,她另租了一辆马车,直奔曹甸集而来。

"曹校长,你说,我是待在家里任人宰割,还是反对封建逃出来呢?"郭英问曹炳文。

曹炳文点点头,看看曹莼贞,说:"那么,你就暂且在此安身吧!"

郭英用示威的眼神看着曹莼贞,说:"曹校长你放心,我留下来发挥的作用,肯定不比某些人差。"

其实曹莼贞心里很明白,以郭英的进步思想和她的学识,加上女孩子自身独有的优势,如果留下来,肯定会成为一个好老师,说不定,会对他的任务起到很大的帮助作用。

他在镇上虽然有一些亲戚和熟人,但是,在工作刚起步时,能帮上他的人很少。郭英的到来,无疑是雪中送炭。

二

刚踏上曹甸集土地的时候,曹莼贞就打定了主意:建立党组织,必须先联络两三位志同道合的同志,发动群众,从中发现并培养优秀者。发动群众,必须接近群众,和他们成为朋友,让他们了解和接受自己,进而接受自己的主张。而接近群众的最好办法,是创办一所夜校。

曹甸集镇总共有二十七个村子一万五千多人。曹甸集是镇公所所在地,有三千多人。集上有一家制药厂、一家化工厂,还有皮鞋厂、酒厂、纺织厂等。全镇大部分商业都集中在集上,绝大部分工人和商人也都居住在集上。马联甲就任安徽督军后,虽然想改革原有的行政体制,在一些关键岗位上安上自己人,但是,做了不到两个月,他就感觉到力不从心。于是,他适可而止,大部分行署和县政府的主官仍然是原来那些人,镇乡这一级更是原封不动。曹甸集的镇公所,除了镇长陶大亮,还有十来个公务人员。而负责社会治安的,只有两个人。力量的严重不足,决定了镇上的治安一塌糊涂,为此陶大亮没少挨寿康县县长梁志昆的骂。但是,梁志昆绝口不提给陶大亮增派治安人手的事。牵一发而动全身,全县二十多个镇乡都缺人,给谁派人都不合适,也没有那么多的财力和人力。寿康县城离曹甸集有三十多公里,有一个警察局,二十几个人;还有一个保安团,五十多条枪。梁志昆骂过陶大亮,总不忘给他打打气,说,社会治安是要全社会一起来维持的。你力不从心时,可以从县里借一些人过来,住上十天半个月,我也是允许的。陶大亮嘴里答应着,心里却一个劲儿地骂,就你手下那些活阎王,不主动下来祸害我,我就烧高香了!

曹莼贞知道,只要方法得当,在短时间内把群众发动起来是极有可能的。就目前的形势而言,陶大亮的鞭子还没有能力甩过来,做得巧妙,说不定陶大亮会反过来支持自己呢!

曹莼贞把自己办夜校的想法和父亲说了,他想从父亲手里转一笔钱,购置一台油印机,自己印制一批课本,再买一些文化用品给学员用。如果父亲不反对,他还会进一步提出要求,把家里的房子腾出来两间做教室。没想到,曹子文还没听完就摇了头。曹子文虽然盼望儿子回家,但是对儿子没有完成大学学业就擅自返回教书,心里仍然非常不满。在过去的经历之上,曹子文有了新的认识,进了大学学堂的人,就像翅膀铁硬的鸟,在天空中飞翔便成了曹子文唯一的选择。让一只大鸟在地垄子里跑,这鸟便成了兔子,甚至连兔子都不如。当初他把儿子关在屋里苦读四书五经,是怕他在外面沾上不良习气。这几年,曹子文看到儿子的成长,也进行了一些反思,承认儿子当初的选择是正确的,觉得以儿子的志向和能力,将来肯定会有很大的发展空间。大的不说,做个教育厅的处长肯定没有问题。到那个时候,别说何家的丫头,就是县长的丫头,都有可能主动跑到他们家的豆腐作坊里哭着喊着求嫁。没想到,儿子竟然一声招呼都没有打,突然就回来了,唯一的理由竟是在上海吃喝不惯,说上海的饭太甜,上海的风太臭,上海的水太寡,上海的丫头太嗲!所以呢,他就想回到家乡教书,早点帮衬家里。这是理由吗?似乎是,但是,以曹子文对儿子的了解,这肯定不是真正的理由。曹子文没有把不满表达得太多,既然回来了,改变不了了,就闲言少叙了。过一段时间,曹子文就准备托媒人去何家提亲,如果何家能允了这门亲事,开春就把婚事给办了。想到这些,曹子文就有些窝火,本来以为儿子可以飞上天,没想到突然就下了臭水沟。

曹子文开始注意曹莼贞的行踪,他这次是真的不放心了。每一个揣着巨大疑团的父亲,都不会把心放到肚子里。郭英来到学校的第一天,他便得到了消息。他似乎明白了,儿子放弃了远大前程回到这个穷乡,肯定与这个女孩子有关。他不知道这个女孩子的来历,他在学校门外的一棵大树后守候了两个小时,终于在黄昏时分看到了出来散步的郭英。他承认这个女孩子长得漂亮,配得上他的儿子,但是,他也能看出这个女孩子脸上有一股无法驯服的野性和傲气,这令他感到灰心,甚至有一些自卑。

被父亲拒绝,早在曹莼贞的意料之中。他之所以张这个嘴,是想堵住父亲的嘴。这样,当他把夜校开在学校,并以此为理由住在学校晚上不回家的时候,父亲就不好干涉了。住在学校,既是为了方便开展工作,也是为了家人的安全。他转而找到曹炳文,把自己开办夜校的想法说了,并给出三个理由:普及教育,是每个教育工作者的责任;工人、商人和农民们在夜校学习后,会更加支持自己的子女上学,增强学校的影响;文化对于人的素质的提高,是不言而喻的,夜校的开办会对全镇的各个方面都起到意想不到的促进作用。曹炳文听得频频点头,答应给他两间教室,只在下午放学后使用。但是,曹炳文对夜校能不能把人吸引过来没有把握。而且办夜校是需要经费的,仅凭曹莼贞的薪水肯定是不够的。如果出了钱出了力,教室里仍然空空荡荡,对于大家都是个打击。

关于经费问题,曹莼贞并不发愁。一天下午放学后,他等在郭英的宿舍门口,笑嘻嘻地迎接了她。

郭英任教仅一周,就给老师和学生们留下了非常好的印象。上课时,她一丝不苟;放学后,校园里时不时会响起她欢快的歌声。她还经常买来一些荤素卤食,与同事一起聚餐,或者给学生打牙祭。但是,她对曹莼贞的态度不怎么友好,见了他总是把头昂得高高的,从来不主动打招呼。

曹莼贞拱了拱手,说:"郭老师,今天能不能请我吃饭?"

郭英推开他,打开了门锁,问:"凭什么?"

曹莼贞随在她身后走进屋里,说:"我给你带来了好消息嘛!"

郭英倒了一杯开水,吸吸溜溜地喝了几口,才坐到椅子上,问:"你的好消息,是不是已经成功地游说别人赶我走啊?"

曹莼贞笑笑,也在椅子上坐下,把自己想办夜校的想法和郭英说了。郭英的表情渐渐亮了,突然意识到什么,脸色又阴沉下去。

"我听明白了,你的意思是要我帮忙,要么给你代课,要么给你喊人。这是好消息吗?全校十几个老师都能做的活儿,到我这儿就成了好消息了?"郭英冷冷地说。

曹莼贞叹了一口气,站起身就往外走,说:"你还真提醒了我,我这就找其他人去。"

郭英一把拉住他,把他推回椅子上,说:"你这人,真是个女生,嘴外半句嘴里半句的,烦不烦?"

曹莼贞笑了,说:"我请你帮的忙,别人还真帮不上。比如,编写速成识字课本并且油印,给每个来上课的学员置办一套简单的文具。你说,在咱们学校里,除了你,谁能办到?"

郭英撇了撇嘴,说:"刚才说你是女生,你越发像了。你是想让我出力又掏钱,是不是这样?"

曹莼贞从衣袋里掏出三块大洋,放到桌面上,说:"我这个月就这些财力了,所以只好求助你了。"

郭英把大洋推还给他,说:"钱的事,你不用操心。你安排的事,我会办得比你想要的还好。办夜校当然是件好事,但是,你只有热情、信心够用吗?到底会有几个人来呢?工人做了一天工,农民种了一天田,店员卖了一天货,都累得筋疲力尽,晚上还不一定能吃得饱,他们会跑到夜校听课吗?"

曹莼贞点点头,这正是他一直考虑并且心里没有把握的问题。在教学方面,他和郭英都能担起来;后勤方面,只要心细,尽可能地做到周全,应该也没有问题。但是,怎么才能把大家请到学校里来?他们有没有识字的热情?会不会碍着面子来了,上不了三节课就不见了踪影?

担忧是担忧,他并没有因此影响信心。问题的答案在实践中,坐在屋里是不可能完全想清楚的。

三天以后,郭英已经把开课前的所有准备工作都做好了。用作夜校的教室外挂了一块大大的牌子,上写:曹甸集识字夜校。散发着油墨香的简易课本也整整齐齐地码在了曹莼贞的办公桌上。郭英准备了一百套文具,每套文具包括两支铅笔和五十张白纸,还有一块长方形的笔擦。郭英还特意买来五只竹壳暖壶,说是天冷了,必须让学员有热水喝。她还买来两只大汽灯。她在晚上拉着曹莼贞做过一次试验,两只汽灯一齐点燃,教室里立时亮如白昼。一切布置整齐,郭英又把厚厚一沓粉红色的宣传单交到曹莼贞手里。

宣传单内容很简单:跟我学习五十天,你就能写五百个字。曹甸集识字夜校为你准备了全套文具和最优秀的老师,一分钱不要。

通俗易懂,能抓住人的心理。

第一期夜校开班时间定在阴历正月十八。现在已经进入腊月了,大家在忙着生计的同时,还在准备年货,这个时候开班,不符合实际。正月十五以后,年味渐淡,大家也随之消停下来,生意也正萧条着,学校也开学了,选择这个时候开班,效果会放大不少。

第一期夜校,人员可以不必多,但也不能太少。

曹莼贞和镇上很多人都认识,但是他在外求学多年,能不能在短时间内和那些人建立起信任关系,他心里没有底。如果父亲能陪着他做动员工作,就再好不过了。但是,对于他来说,这只是一个愿望。

自打开始筹备夜校,他就住在了学校里。父亲没有表态,母亲有些不满,说了他几句。但是,他刚住进来不到一周,父亲就在一天晚上找到学校来。曹莼贞正在油灯下看书,看到父亲,连忙站起来打招呼。父亲满屋里转了两圈,又走到屋外前前后后地看。一排教工宿舍,有十来个房间,住了一位校工、三位老师,包括曹莼贞和郭英。四个房间里都亮着灯,父亲指着一个房间,问:"那个屋里住的谁?"

曹莼贞说:"是郭老师。"

父亲说:"就是那个从合肥跑来的闺女?"

曹莼贞点点头。

父亲回到屋里,坐到椅子上,说:"你和何家的婚事,已经有眉目了。何老板对你比较满意,只是,他希望你能辞掉教员,到他的厂里帮忙。"

曹莼贞曾经和父亲谈过一次，坚决不同意这桩婚姻。曹莼贞不想把关系搞得太僵，有得过且过的想法。没想到，父亲慢慢地逼了过来。

"不可能！我不同意这门亲事，你是知道的。"曹莼贞听出自己的声音有些激动。从上海回来以后，他把每一次关于他的婚姻的议论和设计都当作对傅方圆的不恭，他不能忍受这样的不恭。

"你天天和那个野闺女在一起，是不是因为她你才不愿意？"父亲有些恼怒。

"你曾经是读书人，这样称呼一个你根本不了解的女孩子，是不是不恭不敬？是不是失礼？而且，我今天把实情告诉你，我在上海有女朋友，我不会接受你们为我安排的任何婚姻。"

"有女朋友？为什么不随你一起回来？她是做什么的？"父亲根本不相信。

曹莼贞不想把实情告诉父亲。怎么说呢？如果说女孩子是上海纺织大王的女儿，父亲就会怀疑他回来的动机。他摇了摇头，重新捧起书本，不再理会父亲失望而又无奈的眼神。

他知道，一旦他主意拿定，父亲不会强迫他的。

父亲愣了一会儿，叹了一口气，满脸沮丧地背着手走了。

这件事情发生以后，曹莼贞有了一个想法，夜校开起来以后，他要利用课余时间多到集上走走，多到周边的村子走走，做一些调查研究，认真思考一些问题。

郭英把宣传单交给曹莼贞的第二天上午，他来一家名叫"万盛园"的酱菜店。

万盛园坐落在曹甸集最热闹的地段，老板姓郑，还有两个伙计，三十出头的姓林，二十出头的姓赵。曹莼贞没出去求学时，经常被父亲使唤来买酱菜，和他们都熟。

郑老板和两个伙计正在店里倒缸，看到曹莼贞进门，脸上都堆满了笑。

寒暄了几句，曹莼贞便和大家聊起了办夜校的事，并把手里的宣传单一人给了一张。郑老板是认识字的,而且算盘打得很好。他把宣传单念给两个伙计听,然后摇了摇头,问:"莼贞啊,你这样做,有什么目的吗?你没有任何好处,免费办学,不可能的吧?有些事情,应该先明后不争,免得以后惹麻烦。"

曹莼贞笑了,说:"郑叔,这样做的好处,不是我自己的,而是大家的。普及教育,让所有人都识字,既是大家的生活需要,也是我们教员的责任。比如老林和小赵,都是娶了老婆的人,老林还有两个孩子,但是,他们到现在连自己的名字都不会写。老林的孩子已经到了上学的年龄,却因为手头没钱无法入学,这样下去,他的孩子将来可能和他一样,仍然不会写自己的名字。识字的好处在哪里呢?其实大家都是明白的。从眼前来说,识字能帮助我们解决很多实际问题。比如郑叔你,如果不识字,你的账谁给你记?要另请人吧?你的酱菜怎么写品名?价格怎么标?再比方老林,如果你和人家签合同,你不会写自己的名字,倒可以摁手印,但是,你知道合同上写的是什么吗?人家念给你听的,一定是合同上的字吗?别人坑了你,你还对人家笑哩。这些事哪天不发生?你们比我更了解。往远的地方说,这个世界上有好多道理,不是我们眼前能看到的,不是我们在这个集上能听到的,那么,我们怎么知道它们呢?读书!一本书在手,尽知天下事,谁也欺哄不了咱们。话又说回来,即使不为这些,识字能让咱心里明白,这个不假吧?心里明白不好吗?"

老林挠了挠头,说:"你说的这道理,我小时候就知道。谁不想上学?谁不想读书?但是,你看我们,每天忙得麻雀鸟一样,哪还有精力去识字?如果为了识字影响了第二天干活,你问问郑老板,他能愿意?"

曹莼贞笑道:"这个问题,其实好解决。我们的识字学校虽然一周要上五晚上的课,但是,每晚上最多一个半小时。而且,中间缺课也没有问题,我们每天都会温习前一天晚上的课。"

小赵问:"曹先生,真的不要钱吗?"

曹莼贞说:"如果要钱,我把我的曹字倒过来写。"

老林笑了,说:"别管你怎么倒,反正我也不认识。"

曹莼贞在万盛园酱菜店里坐了一个小时,唾沫耗干了,各种理由都说尽了,仍然没有得到一个确切的回答。他又跑了几家商店,情况都差不多。大家的疑惑很集中:精力不一定够吧?能学到什么呢?学了有什么用呢?大字不识一个,不也过了半辈子吗?到底免不免费呀?

还有一部分人持反对的态度,说多一事不如少一事,就这样的命,再挣扎也没有大意思。你就是个井里的蛤蟆,还想到大江大河里去游泳?你就是个落到稻田里的折翅鸟,还想飞到森林里吃虫?

隔了一天,曹莼贞又到镇上的工棚区跑了一趟。大松药厂和化工厂,以及其他几家工厂,总共有八百多工人,其中有一半工人来自本镇以及周边的乡镇,还有一部分工人来自外县。周边乡镇以及外县的工人为了解决住宿问题,在镇公所东边的一块空地上用茼草或者帆布搭起了很多小工棚,从远处看,像是低矮的丘陵上栽植的一棵棵千头柏。曹莼贞小时候偶尔来这里一次,印象倒不是太深刻。但是,这一次走访让他非常震惊,有一种心痛的感觉。

工棚区本来是按厂别搭建的,由于不断有人离开,有人住进来,时间久了,各个工厂的工棚都混在了一起。工棚顶部的帆布和茼草都已经破旧不堪了,雨天漏得很厉害。目前正是冬季,寒气一阵阵逼进来,像生活在露天一样。用作立柱的木头由于年久而腐败,很多工棚摇摇欲倒。没有明确划分的道路,大家的进出都是在工棚窄小的间隙里穿行。所有工棚里的景象都是相似的,没有像样的家具,衣物杂乱地堆置着,低矮的床铺给人随时会散架坠地的不安全感。有的工棚里连床都没有,在地面上铺上一层茼草或者麦草、稻草,上面扔一床破旧的棉被,睡眠问题就解决了。

曹莼贞走访了二十来户工人,心里无比苍凉,就像被乌云层层包裹住,从里到外都是潮湿的。工人们对夜校的疑惑与店员们有相同的地方,也有不同的地方。不同的地方在于,他们压根就不愿意跑上两里多路去夜校识字,因为他们的生活比店员差,他们的疲惫更甚于店员,他们的精神也更加消沉。

"你知道疲累有什么好处吗?"一个老工人对曹莼贞说,"晚上一倒头就睡着了,连瞎想乱想的空儿都没有,还能省一顿晚饭。"

曹莼贞心情沉重地回到宿舍,郁闷了半天。他想到了一个词:激发。怎样才能把工人们对生活的热爱激发出来?怎样才能把他们对未来的希望激发出来?怎样才能把他们的潜能激发出来?激发,是举办夜校的需要,也是以后开展工作的需要。而且,这个激发,不只是针对工人,还应该针对农民,针对小手工业者,针对一切需要团结、可以团结的人。

为了这个激发,他不能再孤军奋战了。

自打做教员以来,校长曹炳文给了他很多帮助,生活上和工作上都很照顾他。他在和曹炳文的交谈中感觉到,曹炳文不仅开明,还比较进步,可以进一步争取。另外,郭英目前也已经成了他离不开的帮手,他有时会想,如果当初郭英不留下来,他有能力克服那么多困难吗?

曹炳文和郭英既是他的良师益友,也是他的精神支撑。

但是,他还需要更多的人与他一起完成任先生交付的任务。他给二甲农业学校的七八位同学写了信,请他们到曹甸集来,帮助这里的农工,一起做成一番事业。大部分同学回了信,有的由于各种原因,暂时离不开;有的答应先来看看,再决定去留。但是,对于曹莼贞来说,远水解不了近渴。

就在曹莼贞一筹莫展时,一个意想不到的人,突然出现在他的面前。

三

"徐一统!"

曹莼贞惊喜地叫了起来。

在一个清冷而晴朗的下午,在曹甸集中学校园里,清瘦的徐一统戴着一副珐琅架眼镜,穿着一件厚厚的灰色棉袍,满面笑容地向曹莼贞伸出了双手。

"你怎么回来了?放寒假了吗?你可是三四年都不愿意回家了。"曹莼贞紧紧地握住徐一统的手,神情很兴奋。

"任先生派我来,做你的马前卒。"徐一统说。

"原来,你也是……"曹莼贞惊讶地睁大了眼睛。

"花落人独立。"徐一统盯着曹莼贞的眼睛。

"微雨燕双飞。"曹莼贞回答。

这正是任先生规定的暗号,如果有同志来找他,这就是一把开锁的钥匙。

曹莼贞一个星期以前给任先生写了一封信,把自己工作和生活的情况说了一下。但是,在信里他无法告知任先生更多的信息。按照他们当初商定的办法,曹莼贞回到家乡,站稳脚跟后,要首先确定一个可靠的联络人,以一种特殊的方式与上海大学的党组织建立正常的联系。曹莼贞打算进一步了解郭英以后,就要向她亮明身份,以促成郭英尽快入党,然后让她担负起与组织联络的任务。但是,她毕竟是个女孩子,外出不方便,还容易引起怀疑,当联络员也是权宜之计。现在好了,任先生从字里行间读出了他的想法。徐一统的到来,不只解决了联络问题,还可以在许多方面帮到他。

徐一统是寿康县城关镇人,父亲曾经是县税务局的股长,现在已经退休。徐一统和父亲的关系很不好,他认为父亲在税务局做得久了,唯利是图的品性就像皱纹一样深深地刻在了脸上。从他离开寿康到二甲农业学校上学,再到和曹莼贞一起考到上海大学,他没有花过家里一分钱,也没有回过一次家。靠着勤工俭学,他过着清苦而快乐的学生生活。

曹莼贞携肩搭背地把徐一统让进自己的宿舍,为他倒了一杯开水,便急着催问上级有什么指示。

徐一统带来了上海大学党组织的最新指示:国共合作趋势渐成,军阀之间矛盾重重,全国的形势有可能在数年内发生巨大变化,必须建立更多的组织为这个巨变准备更大的力量。因此,曹莼贞的工作要从速,要加紧。

"我们可以先建立党小组,在时机成熟后再成立支部。"徐一统说。

曹莼贞点点头,说:"三人党小组,我们还缺一个同志。我身边就有一个人选,我近几天和她谈一下,相信我的判断是正确的。"

曹莼贞接着问徐一统在生活上有什么打算,毕竟发展组织是一个隐秘而长期的任务,没有职业作掩护不行,没有固定的生活来源也不行。

徐一统希望曹莼贞能在学校给他谋一份工作,并告诉他,自己从上海回到寿康,对外的理由是养病。徐一统的肠胃一直不好,面容也有些苍白。

曹莼贞一口答应了下来。现在正是寒假期间,曹校长大部分时间不在学校,曹莼贞准备第二天到曹校长家里把徐一统的事说一下,他相信求贤若渴的曹校长会毫不犹豫地答应下来。

徐一统道了谢,然后满脸是笑地对曹莼贞说:"你从上海大学离开的时候,学校还没放假。你走后不久,学校里发生了一件惊天动地的事,你知道吗?"

曹莼贞摇摇头,说:"得风气之先的地方,发生什么事情都是正常的。"

徐一统说:"这事,与风气先后还真没有太大的关系。有一个国文系的男生向女生表白爱情,从笃学楼的楼顶,拽着一只写着爱情口号的氢气球如大鸟一样飘落到地面上。"

曹莼贞笑了,说:"这男生肯定是学过武术的,这可是需要实力的。"

徐一统问:"你知道那爱情口号是什么吗?"

曹莼贞不假思索地回答:"山无棱,江水为竭,乃敢与君绝。"

徐一统说:"错!这个爱情口号,只有十个字:傅方圆,我是你的五花马!"

曹莼贞目瞪口呆。他和傅方圆私订终身后,傅方圆曾经和他开过一句玩笑:"曹莼贞,我是你的千金裘吗?"曹莼贞当然明白她的意思,千金裘再宝贵,李白也是可以呼儿将出换美酒的。他回答:"你是我的五羊皮。"

"我是你的五花马!"这样的表白是什么意思?你可以宝贝我,也可以把我卖了,但是,我仍然愿意做你的五花马!

曹莼贞感到全身都出了冷汗。傅方圆,她无论以什么方式出场,都能让他感到心魂颤动。

徐一统和曹荺贞虽然是二甲农业学校的同学,而且一起进入上海大学,但是,曹荺贞进的是国文系,徐一统进的是政治系,两人在学校里并不常见面,徐一统对曹荺贞的爱情一无所知。徐一统想不到,自己的一句戏言,让曹荺贞的心里流了一周的血。

有人向傅方圆求爱了,而且是以这样独特的方式。那么,傅方圆呢?她是什么态度?以她的性格,肯定不喜欢这种方式。但是,为什么这么快就出现这样的情景呢?而且,那个连傅方圆的喜好都没有搞清楚就擅自行动的家伙又是谁呢?

他不想向徐一统追问结果,既然走到了今天,他已回不到那片天空之下,就不能想太多。

两人说了一会儿话,曹荺贞又把郭英喊来,为两人作了介绍。然后,他从枕头下面翻出一块大洋,慷慨地要请两人吃饭。三人刚刚走到校门处,便见一个矫健的男人的身影出现在校门口,用洪亮的声音喊道:"请问,曹荺贞曹教员是在这儿住吗?"

曹荺贞说自己就是,然后仔细打量着来人,对方二十出头,中等偏上的身材,虽然有些瘦削,却能感觉到筋肉紧致,似乎蕴藏着意料不到的力量。他的面皮略黑,五官端正,又略显朴拙,但眼神里透出的精神让人不敢小觑。

"我叫曹松军。"来人抬手,向曹荺贞抱了一下拳。

曹荺贞伸出手,两人握了一下。曹松军的手粗糙而有力,像是长年从事粗重工作形成的。

曹荺贞觉得他有些面熟,仔细想了一下,试探着问:"你,是不是曹家岗的?"

曹家岗是离曹甸集不到三公里的一个村子。

曹松军点点头,眼神一下明亮起来。

曹荺贞笑着拍了拍他的肩膀,说:"我知道了,你是曹渊的族弟,我听曹渊说起过你。走,咱们先找个饭馆,边吃边聊吧!"

曹荺贞到芜湖上学之前,就听到过曹渊的大名。那时曹渊在芜湖公立工读学校上学,因为带领学生举行声援安庆学界要求惩罚"六二"惨案制造者的游行示威,被学校开除,转而报考了二甲农业学校。当时曹子文还专门给曹荺贞"上了一课",要他引以为戒。曹荺贞被二甲农业学校录取以后,专门找到曹渊畅叙乡情,两人很快成了好朋友。曹荺贞的第二个学期快结束的时候,发生了一起因校方对学生的健康漠不关心,导致一名学生死亡的事件,曹渊带领全校学生与校方交涉,提出了抚恤死亡学生以及采取措施保护学生健康等要求,被校董事会开除,从此失去了音讯。

曹渊曾经和曹荺贞说过,他的族弟曹松军,虽然家世贫寒,只读了几年私塾,却有青云之志,而且颇有军事才干,如果将来有机会,一定介绍他们认识一下。

在学校附近的一家叫"老友"的小饭馆里,曹荺贞要了两菜一汤:蕨菜肉丝,清炒白菜,酸辣汤。外加一壶三白酒,四碗米饭。

郭英有些不满,说:"老贞,你今天可是有两个专门来拜访你的朋友。你平日对我抠一些倒无所谓,对待朋友,你可要留个好印象啊!"

曹荺贞掏了掏衣袋,说:"你又不是不知道,我一直是囊中羞涩的。"

郭英撇了撇嘴,说:"算了,还是我请吧!"然后把店老板喊过来,加了一个杂鱼锅、一个腊味千张。

曹荺贞说:"有个资本家老爹真不错,可以一边反对他,一边吃他的花他的。"

郭英说:"我这是与大家分享反抗的果实。他剥削工人的,早晚都会因为反抗而返还给工人。"

曹松军点点头,说:"你们编的识字课本我都看了,我感觉,里面似乎少了一些关键的字词。我今天来找曹老师,有两个事,都与夜校有关。"

曹荺贞给大家斟了酒,问曹松军:"你在哪里工作?"

曹松军说:"我在大松药厂的包装车间当工人,也住在棚户区。你到棚户区去的事,他们都告诉我了。我觉得,你们办夜校是非常正确的,因为大家确实需要识字。但是,他们为什么犹豫呢?他们只说出了一部分原因,还有一个原因,他们可能自己也没意识到,这个识字课本,教他们的只是汉字,缺少了一些有意义的东西。"

曹莼贞来了精神,示意他说下去。

曹松军说:"如果一个识字课本,既能教人识字,还能教人一些道理,就有了强烈的吸引力。我这么说,不是否定你们,其实这个课本是不错的,比如,有赵钱孙李、周吴郑王,这个是教人写名字的;有天地山河田野,这也是必要的,因为这就是我们生活的地方。你们还结合实际,把镇上一些特色性的东西都放进去了,比如,曹甸、马蹄烧饼,甚至水煮羊肉。这些都是有用的,都很好。但是,我觉得,应该把剥削、反抗、封建、战争、饥饿等词也放进去,不然,你们怎么围绕这些问题展开呢?"

徐一统接过话头,问:"你怎么知道我们要展开这些问题呢?"

曹松军笑道:"你们别忘了,我是读过私塾的。而且,渊哥每年假期回来,都教我很多道理,包括什么是剥削,我们为什么要反抗,等等。我现在虽然联系不上他,但是,他说过的道理我还记得。实话和你们说吧,我一直在等你们这样的人。"

曹莼贞兴奋地看了郭英一眼。

郭英点点头,端起酒杯,向曹松军举了举,说:"为曹渊,为曹渊的兄弟,干杯!"

曹松军喝了一杯酒,说:"还有一个事,我提个建议。你们把夜校设在学校,这是合适的。但是,对于那些脱不开身的,或者有些犹豫的,也可以灵活一点。"

曹莼贞一拍桌子,说:"兄弟,我一直在想这个问题,真是不谋而合了。我这几天都在想,要不要在你们的棚户区找一点空地,搭一个棚,建一个夜校分校,每周三次,我们过去授课。"

曹松军说:"棚不要搭了,我有个工棚,就在棚户区的中间,位置很好。到时候我也给你们帮忙,这个工人夜校,肯定能办成功。"

曹莼贞突然被曹松军的话触动了,工人夜校,这个提法好。那么,是不是可以开办一个农民夜校呢？把文化、道理送到农村去，送到农民的家里去，送到田间地头。这该是一片多么开阔的天地呀！一旦把这片天地打开，发动群众，就不再是无从下手的难题了。

曹荻贞激动地举起杯，说："为了一统的归来，为了松军兄弟的良策，为了郭英的奔波，为了夜校的成功，来，大家干了这一杯！"

第三章

一

春节到了,曹甸集既热闹又冷清,呈现出与平时完全不同的乡村景象。

热闹,是年节固有的。但这种热闹与腊月里的热闹完全不同。腊月里的集,挤掉皮。别管平时生活得怎么样,在腊月里,多少都要置办一点年货,也可以借此忘记日子的困窘,忘记一年中发生的不愉快的事情。这时的曹甸集像一锅开水,从早到晚冒着热气。而春节之后的热闹,只表现在拜年时和吃饭时,除此以外,集镇上总体是清静的,甚至是清冷的。这样安闲的日子,一年之中也是不易得的。

郭英和徐一统都没有回家过年。郭英从合肥的同学那里得到消息,她父亲派出一大批人出门寻她,并已经放出声来,只要她回家,以前的不愉快一笔勾销,至于婚事,也尊重她的意见。但是,郭英了解自己的父亲,她知道,一旦回家,自己就再也无法迈出大门了。而徐一统的不回家,是他父亲知道而且并不反对的。他们父子已经习惯了这种冷漠,也不认为这种冷漠会对他们的关系形成进一步的伤害。郭英建议,除夕和大年初一,他们俩要一起过个安静而有特色的春节。徐一统完全同意,并为此做了一些准备。但是,曹莼贞在除夕早上就过来了,推推搡搡,把他们带到了自己家里,并且事先就说好,正月十六学校开学以前,一天三顿饭,他俩都必须在老曹家吃。

曹莼贞没有自作主张,他请示了父母,征得了同意。曹子文得知曹莼贞在上海有一个女朋友以后,虽然将信将疑,但是,在行动上给了他更多的自由。腊月二十七,媒人上门,问曹子文要不要向何家表示一下。按照当地的规矩,如果一门亲事确定下来,男方在春节和中秋节都要到女方家里去,四样礼品是不能少的。曹子文有些茫然,不知道曹家和何家现在的关系应该怎么归类。但是,他还是置办了礼品,托媒人送了过去。这门亲事会走到什么地步,曹子文不知道,他的心里已经有些绝望。他深知儿子的性格,也不敢过于强迫,心里便抱着得过且过的想法。也许,某一天儿子回了头,所有问题都解决了。但是,媒人带回来的消息令他感到不安:何家老爷对曹家的做法有些不满,因为曹家没有去人,老子不去,儿子不可以去吗?何家老爷让媒人转告,这事能不能成,还要看曹家接下来怎么做。

曹子文有受宠若惊的感觉。何家的不满,虽然有问罪的意思,却也透露出一个确实的信息:他们看好曹莼贞了。曹子文感觉自豪的同时,脑子也很混乱,因为他明显地感觉到,他对儿子的约束力越来越差了。当儿子提出把同事带回家过年的时候,曹子文犹豫之后还是答应了,虽然他不想看到郭英,但他想借此讨好一下儿子。

正月十二以前的这段日子,曹莼贞和徐一统、郭英一起对识字课本做了一些补充,增加了不少内容,又分别深入那些已经走访过的人家,以确认正月十六夜校开课时他们能不能准时到校。曹莼贞和徐一统还到曹松军的工棚去了几趟,看到他已经把工棚内外收拾得干干净净,还增加了一些木凳和简易的小桌子,非常高兴。曹松军还特意借来一口大锅,准备在开课时给工友们烧开水。

正月十六,终于在他们的期盼中到来了。

半下午的时候,夜校开课所需要的准备工作就做完了。曹莼贞和徐一统、郭英商定,学校夜校这边,由徐一统和郭英负责;工人夜校那边,由曹莼贞负责,曹松军配合。曹莼贞拎着一摞识字课本和两人握手道别的时候,郭英笑嘻嘻地把一大袋花花绿绿的糖豆塞到了他的手里。曹莼贞有些不解。

郭英说:"去上课的工友,一人发五粒。"曹莼贞有些好笑,说:"你这是收买人心。"郭英说:"万事开头难,用点小手腕也是应该的。"

镇上的工厂基本都是在正月十六这一天开工。曹松军和人换了班,在工棚里陪着曹莼贞耐心地等待。待工人们陆续从工厂归来,曹松军便挨个串门,提醒他们晚上八点夜校准时开课。八点,在曹莼贞忐忑的等待中到来。门外传来零零散散的脚步声,曹莼贞迎出门,和工友们一一握手,热情地把他们往屋里让。工友们稀奇地看着屋里的布置,和曹松军开着玩笑。曹莼贞又把糖豆取出来,分发给大家。工友们更加惊奇了,有的取了一粒放到嘴里化着,有的则装进了衣袋,说要留给家里的小孩子吃。到了八点二十,曹松军的工棚里来了二十二个人。曹松君点了点头,说:"曹老师,天也不早了,人也不少了,请看你的了。"

曹莼贞站在工棚中间,清了一下嗓子,说:"各位工友,欢迎大家来到咱们工人自己的夜校。我叫曹莼贞,是镇中学的教员。我父亲就在镇西头开豆腐坊,你们中肯定有不少人吃过我家作坊里磨出来的豆腐。"

一个年轻的工友说:"我上早班前,喜欢跑到你家喝一碗热乎乎的豆浆,味道很地道呀!"

曹莼贞笑着说:"我家的豆浆可是纯正的淮北黄豆做的。以后大家去,只要说是工人夜校的,我保证五折优惠。"

工友们鼓起掌来。

曹莼贞让众人把课本翻到第一页,说:"今天,我们学习的第一个字有点难度。为什么要选这个有难度的字作为开篇呢?因为这个字,是咱们曹甸集的'甸'字。我们在曹甸集生活了这么久,如果不认识这个字,就说不过去了。大家看看这个'甸'字,它由两部分组成。它的中间是什么呢?是'田',对,就是'种田'的'田'。这个'田'字呢,它处在一个半包围之中,合在一起,就是个'甸'字。这个'甸'字是什么意思呢?在中国古代,它是指郊外,指一个城镇的周边。如果结合我们曹甸集镇的地理来解释,也可以这么说,我们曹甸集是在寿康县城的周边。这里还有一层意思,是我自己琢磨出来的,大家可以听一下,'甸'字中间的这个'田'字,就是我们曹甸集的土地。这周边包围的是什么呢?就是我们曹甸集外面的丘陵。这些丘陵虽然不高,但是,它在一定程度上还是阻隔了我们与外界的联系。所以,各位工友,我们要学习,要识字,要尽可能地从更多的途径接触到外界的信息,不然,我们就真的被丘陵阻断了视野,变成了井底之蛙……"

曹莼贞讲了"甸",讲了"天",讲了"地",讲了"人"和"民",最后,他讲到了"工"。

"我们都有一个共同的名字,那就是工人。'工',大家看一下,两横一竖。这两横,一个是天,一个是地,那中间的一竖呢?就是我们。我们工人,是顶天立地的人,是能够撑得起天地的人,我们劳动,我们创造财富,我们把天和地都撑起来了……"

工友们听得很投入,频频点头,还时不时地尝试着在面前的纸张上画上几笔。看到工友们认真的态度,曹莼贞一直忐忑的心,总算放到了肚子里。

一个半小时就要过完了。虽然工棚里很冷,曹莼贞的脸上却冒出了细小的汗珠。他想掏出手帕擦一下,想了想,直接用衣袖把汗抹去了。

正在这时,工棚外突然传来一阵响亮的脚步声,那扇简易的多处透气的木门被毫不客气地推开了,三个男人带着狐疑的神情,出现在大家面前。

曹松军迎过去,招呼了一声:"陶镇长来了。"

曹莼贞知道,为首的这个精瘦的小个子男人,正是曹甸集镇的镇长陶大亮。他身边的两个人,是镇里的两名治安员。

曹莼贞一抱拳,笑着说:"陶镇长也想听课吗?来晚了一点。"

陶大亮没有理他,径直走到一个工友面前,从桌子上拿起识字课本,前后翻翻,又扔到桌子上,说:"你们的这个夜校,没有经过申报,属于擅自开课。从明天起,要停止一切活动。"

曹莼贞说:"工人夜校,就是把大家聚起来识个字,没有任何功利性,也没有商业目的。扫盲本来是政府的事,你们不做,我们尽个义务来帮你们,还有什么错吗?"

陶大亮说:"不经允许,擅自印刷课本,擅自聚众,就是错。"

曹松军说:"镇长这么一说,我们工友晚上回家一起喝场酒也要向你报告吗?"

陶大亮冷笑一声,说:"那要看你怎么喝了。"

一个工人站起身来,说:"镇长,关心我们老百姓的死活,也是你们分内的事吧?我的棚子漏雨半年了,我请求政府帮我修一下。"

又有几个工人站起来,有的说自己家就一床被子,有的说孩子一冬天没穿上棉衣了,有的说家里的柴火不够烧饭的,都请镇长帮忙解决。

陶大亮的脸色越来越难看,吼了几嗓子,见没人理他,便看了看身边的两个治安员。两个治安员向后退了退,其中一个嘟囔着尿憋得慌,跑到工棚外面去了。

陶大亮向后退了一步,用指头点了点曹莼贞,说:"不管你们怎么说,你们的夜校没有镇里批准,就不准开课。"说完,他推开身边的保安员,脚步匆匆地走了。

众人对陶大亮非常不满,围在曹莼贞周边,七嘴八舌情绪激动地说了很多话。曹莼贞虽然有些气愤,但他从工友们身上看到了夜校第一节课的效果,也感到欣慰。他举起双手,说:"明天继续开课,而且,也请大家把更多的工友们动员过来,松军的工棚小了一些,但是,越挤越热闹。至于镇里禁学的事,由我去解决,请大家放心。"

曹松军说:"有什么事,我们大家一起担着。"

曹莼贞感动地点了点头。

二

回到学校,曹莼贞看到郭英和徐一统正焦急地站在他宿舍的门前等候着。他能猜得出来,陶大亮肯定也来了这里。

果然,陶大亮下了最后通牒。

三个人坐在曹莼贞屋里,相互通报着夜校的情况。这边的夜校共来了三十五人,加上工人夜校的二十二人,第一天就有了五十七个学员。这个数字很令人振奋,既说明他们的工作卓有成效,也说明曹甸集的群众基础很好。

"明天怎么办?"郭英问。

"肯定要继续,"徐一统说,"但是,该做的工作还是要做的。"

曹莼贞点点头,但是,工作怎么做,他心里一点底都没有。

门外传来轻轻的脚步声,曹炳文出现在门前。三个人赶紧迎上去,把曹炳文往屋里让。

"作难了吧?"曹炳文面带微笑。

"校长,您怎么知道?"郭英给曹炳文倒了一杯水。

曹炳文说:"我当然知道了,这么大的动静,我想不知道都不行。这不,我怕你们着急,就急急忙忙地赶过来了。"

曹莼贞说:"我们还真有点无所适从。"

曹炳文说:"我在来的路上已经考虑过了,明天我先去县里找人通融一下,然后去找陶大亮。"

徐一统说:"校长各方面都熟,这事还得依仗您。"

曹炳文说:"前年,直系军阀和皖系军阀打了一仗,皖系败北,作为皖系将领的马联甲临阵倒戈,变成了直系将领,并在战后取代张文生成了安徽督军。虽然他大权在握,但在安徽却不得人心。名声坏了,就再也找不回来了,就像一张生过梅毒的脸,即使表面看不出来了,人家还会时不时指你一下,说他曾经怎么怎么样。所以,马联甲上台后日子一直不好过,虽然加了官晋了爵,又是联威将军,又是陆军中将什么的,但是,他一直有远走高飞的想法。所以呢,他对管辖的地区目前是睁一只眼闭一只眼,并不想采取过于苛刻的政策。他下属的那些官员也知道这些道理。你们看吧,第二次直奉大战箭在弦上,说开战就开战,到时候说不定谁胜谁负。如果直系败了,这些人又过早地把口碑败坏了,恐怕想到老百姓家里讨口水喝都很难。所以,明天我去县里,把咱们办夜校的情况说一下,很可能会得到一些意想不到的支持。即使他们不支持,只要不说过于强硬的话,那咱们仍然可以继续把夜校办下去。"

曹莼贞很佩服校长的分析。能够利用时局做文章,既要有学识,也要有胸怀。

郭英笑着说:"校长就是校长,一番宏论,如春风一样吹化了我心里的块垒。这样吧,校长,我去给您取几个大洋,留着您上下打点用。"

曹炳文连连摆手,说:"这一点消耗,我还是禁得起的。我明天一早动身,你们就等着消息吧!"

第二天傍晚,曹炳文果然带来了好消息:县教育局的态度很明确,只要不用县里出经费,夜校当然可以开。但是,不能涉及政治,不能有伤风化,不能攻击政府。曹炳文找到陶大亮,给他塞了十块大洋,把县里的意思说了。陶大亮半晌无语,最后只说了一句:"如果违背这三点,我拿你曹炳文是问。"

夜校成功地开办起来,不到半个月,中学这边的夜校学员已经突破了八十人,工人夜校也突破了六十人,而且人数还有增加的势头。到了7月份,曹莼贞又尝试着到周边的农村开办了两所夜校。农民的热情一旦被点燃,就像八公山上着火的松毛树,很快便呈现出燎原之势。

曹莼贞想起任公远先生说过的话,不是群众基础不好,而是我们的工作没有做到。

形势的发展,需要有更多的党员参与进来,以确保方向的正确。发展党员,已经水到渠成了。

曹莼贞和徐一统商量以后,两人一起找郭英和曹松军谈了一次话,表露了身份,并询问两人入党的意愿。

其实郭英和曹松军早就明白曹莼贞和徐一统的身份,他们只是在等待召唤。

四双手紧紧地握在了一起。

曹莼贞把郭英和曹松军在曹甸集的表现,以及他们对党的认识和渴望加入的意愿写成材料,让徐一统去一次上海,向任公远先生汇报。同时,让徐一统传递口信,请示如果二人能够获准入党,可否先建立党小组,为尽快成立党支部创造条件。

9月初的一个早晨,曹莼贞把徐一统送到曹甸镇马车社,徐一统将坐马车赶到寿康县城,再从那里坐汽车赶到合肥,从合肥坐汽车赶赴上海。

"一统,你一定要小心。"曹莼贞和徐一统握了握手,说,"你带的材料,不只关系到我们几个人的生命,还关系到我们党能不能在安徽尽快地建立农村党组织,关系到我们安徽能不能尽快地为全国革命形势的发展贡献自己的力量,它比生命宝贵。如果有意外,不要抱侥幸的心理。"

徐一统点点头,说:"明白。如果有意外,我会迅速毁掉材料。"

曹莼贞迟疑了一下,目光突然柔和下来。

徐一统有些奇怪,问:"还有什么事吗?"

曹莼贞红了一下脸,从衣袋里掏出一封信,说:"这是我写给一个人的信,如果你见过任先生以后还有时间,而且有那种可能,还请你转交一下。"

徐一统看了看信封,吃惊地睁大了眼睛。

"傅方圆?嘿,你这家伙,原来你才是校花的白马啊!怪不得那天说到有人向校花求爱,你的脸色那么难看,原来名花的主就在我身边啊!"

"什么名花的主啊,流水有情,芳草不知是否还有意。不管怎样,还是想问一声好。毕竟,当初是我离开她的。"曹莼贞的声音有些伤感,眼神也有些无奈。

徐一统想安慰他一下,却又无从说起,便叹了一口气,拍了拍他的肩膀。

曹莼贞苦涩地一笑,说:"好了,不说这些了。还有一件事,你回来的时候,尽可能带一些进步文艺报刊回来,像《晨报》《新潮》,还有郭先生的《女神》、鲁迅先生的小说。在咱们这里,想读到这些东西可不容易。时间长了,感觉脑子锈住了一样。"

徐一统点头,说:"这一点,我和郭英已经想到了你前面。她昨天给了我一些钱,让我请上海的同学给咱们定期寄一些刊物过来。还有芜湖那边,他们得风气之先,像'爱社'之类的先进团体很多,我们也要加强联系,尽快得到信息。我们宣传群众,如果翻来覆去地说,没有新信息加入,时间长了,说服力会下降的。而且,我们自己的文化素养也需要提高。"

曹莼贞笑着摇了摇头,说:"我是只知梨花白,不晓桃花红。如果没有你们,我在这里,该有多么孤独啊!"

三

还没来得及等到徐一统带回来的好消息,曹莼贞便面临了一场重大的考验。

工人夜校已经办了五期,培训过的工人超过了一百五十人。这个数字虽然不大,但是,它的辐射作用是巨大的。有的工人参加了两期三期,有的工人把孩子也带过来学习,很多工人成了曹莼贞的好朋友,不只在学习上与他亲近,在工余也去学校找他,和他聊天,有意识地探讨一些问题。还有一部分农民学员和镇上商业界的年轻人,也喜欢去找曹莼贞。不上课的时候,曹莼贞的小屋里总是热闹的,连郭英都有些嫉妒,说看不出曹莼贞这样有些闷的人,竟然能交到那么多朋友。在交往过程中,曹莼贞与大家探讨的问题与夜校里教授的内容互相补充,比如,他谈到了五四运动,谈到了全国目前的形势以及存在的问题,认为平民教育是解决这些问题的重要方式。他谈到了劳工神圣,认为要想彻底解决中国的问题,必须在平民教育的基础之上建立一个代表工农利益的政党,并由这个政党来领导中国。为了实现这个目标,必要的时候也可以诉诸武力。他还把从上海带回来的《新青年》等进步杂志取出来,和大家一起学习,探讨民主和科学在中国农村应该怎么宣传和普及,怎么打破传统的封建意识,用全新的民主和科学意识来引领大家进入新生活等。

一个周末的下午,他与几个工友约好在他的小屋里畅谈。等到下午四点多,仍然没有人来,他心里隐隐约约有些不安,预感到要出什么事,便邀了郭英一起去工棚区。走到半路,便看到曹松军匆匆忙忙地跑过来。

曹松军带来的消息,令曹莼贞和郭英感到愤怒,同时也意识到这是团结工友、检阅工友力量的一个时机。

当天上午十点多钟,大松药厂切片车间的工人正在紧张地忙碌着,一个叫陈余富的五十多岁的工人突然倒在了切片机旁边,满头大汗,面色灰白,双手紧紧地捂住胸口。大家围过去,却都不知道该怎么办。一个老工人摸了摸陈余富的额头,说:"咱们把他抬到医院去吧,把医生从医院喊来,就来不及了。"这时其他车间的工人得到了消息,也纷纷来到切片车间。曹松军也从包装车间赶了过来。曹松军有一个舅舅是乡村医生,他从舅舅那里学过一些急救常识,虽然一知半解,毕竟比一般人多懂一些。他一边吩咐两个工人去找一副担架,一边让一个腿脚麻利的年轻人去医院喊医生带着急救包过来,并特意叮嘱,可以先告诉医生,是心脏病,让医生提前做个准备。担架很快找来了,曹松军指挥大家把陈余富轻轻地抬到担架上,然后和另外三个年轻人抬着陈余富往医院赶。按照他的想法,他们可以在半路上迎到医生,这样可以节省很多时间。刚刚走了几步,便见副厂长何洪志从办公室里急急忙忙地赶过来,脸上的表情非常愤怒。看到曹松军等人,何洪志做了个气急败坏的手势,高声喊着让他们停下来。曹松军把陈余富的病情告诉了何洪志,说这病一点都不能耽误,提前一分钟都可能保住性命。何洪志猛烈地做着手势,让他们把担架放下来,然后喝令大家回自己的工作岗位,说耽误了工作,要按照厂规扣除双倍工资。

在何洪志的逼迫下,大部分工人都回到了自己的工作岗位,只有曹松军和少数工人围在陈余富的身边,和何洪志交涉着。陈余富的脸色已经铁青,嘴唇也呈土灰色,呼吸越来越急促。曹松军问何洪志:"如果陈余富死在车间里,你怎么交代?"何洪志恼怒地看着他,说:"我向谁交代?我为什么要交代?"曹松军一把推开他,指挥几个工人重新抬起陈余富。何洪志随手操起一根木棍,狠狠地拦腰扫向曹松军。曹松军一个闪身,右手抓住了木棍,顺手一带。何洪志收不住脚,一个趔趄冲出三四米远,脸向下扑到了地上。他从地上爬起来时,脸上和身上都沾了很多泥土。此时曹松军等人已经把陈余富抬出了车间,何洪志追过去,拉住曹松军的衣襟,恼羞成怒地喊道:"曹松军,你是不是不想干了,我一会儿就把你开了。"

吵闹间,一个五十多岁的男医生拎着医药箱匆匆忙忙地赶到了。他翻了翻陈余富的眼皮,又给他号了脉,然后摇了摇头,说:"已经走了。"

按照厂里的规定,如果是因工死亡,家属可以获赔五个大洋,外加两袋大米。陈余富有三个儿子,大儿子在镇上一家商铺做学徒,二儿子和三儿子都还没成年。陈余富的老婆本来很能干,在镇上做洗衣工,两口子的收入加在一起,勉强能养活一家人。但是,去年夏天陈余富的老婆得了一场脑病,虽然保住了性命,却落了个半身不遂,连自理都做不到了。曹松军等人把陈余富送回家,从镇上请了一个大总,商量了价钱,便委托他全权办理陈余富的丧事。然后,他带着本车间的两个年轻人到厂长办公室去找何万年。

何万年正和一个从上海来的药商谈生意,看到曹松军进来,脸寒了一下,向药商说了声对不起,然后把曹松军等人领到隔壁的一间办公室。

"你已经被开除了。"何万年说,"如果你想闹事,现在可不是时候。我说一句话,镇上所有的工厂和商铺都不敢收留你。如果你还想在镇上混下去,就老老实实在家待着。"

曹松军不屑地笑了笑,从衣袋里掏出一张纸,拍到何万年的手里。

何万年看了一眼,笑出了声,说:"条件还挺苛刻。"

为了解决陈余富一家以后的生活问题,曹松军开出了五个条件:一是由于何洪志的阻拦,陈余富没有得到及时救治,厂里的抚恤金要加倍;二是将陈余富的大儿子招进工厂;三是开除不顾工人死活的何洪志;四是不得以任何借口打击报复或者开除与此事有关的工人;五是为了工人的健康,厂里应该设医疗室。

"如果我不答应,你怎么办?"何万年笑眯眯地看着曹松军。

曹松军一时语塞,他还没有考虑过这个问题。

何万年转身走了,从他的背影都能看出他的不屑。

曹松军还没来得及回到陈余富家,便听到了一个令他震惊的消息:陈余富的老婆割腕自杀了。

曹莼贞听曹松军说完,牙根恨得发痒。他又想,当初父亲要攀何家这门亲,如果没有傅方圆,自己会不会答应呢?如果答应了,岂不是把自己陷在了泥潭里?

曹莼贞和曹松军、郭英先去了陈余富家。陈家的工棚里以及棚外窄小的空地上挤满了人,曹松军请的大总正在棚外有条不紊地指挥众人忙活,看到曹松军,连忙迎过来,说现在一个棺材变成了两个,你看怎么办?曹松军皱了皱眉头,说:"我正与厂里协商,看能不能让何万年出丧葬费。"

大总说:"现在好多东西都是我垫付的,松军,我可是看在你的面子上才出这个头的。"

郭英说:"你先办着,总之不能太寒酸。办完后你到学校找我,我来出钱。"

大总脸上有了笑,说:"郭老师,有你这句话,我就能铺排开了。"

三人走进陈家的工棚,看到这里家徒四壁,心里都非常难受。郭英说:"曹老大,这事不能就这么算了!"

曹莼贞点点头,说:"如果我们不能很好地解决这个问题,已经树起来的形象也会垮掉。我刚才已经想了,我们要借这个机会把工会成立起来,用工会的力量去逼迫何万年答应我们的条件。而且,条件也不能仅限于松军提出的那五条,我们要把所有工人的利益都放进去,这样才能真正把工人聚合起来。"

"何万年和县长关系很好,而且经常和上面的人迎来送往的,不是块小石头,不好搬。"曹松军说。

曹莼贞说:"所以,我们要多管齐下。"

当天晚上,曹莼贞在学校里召集了一个会议,把曹炳文和十来个骨干学员都找来,商量怎么对付何万年。大家七嘴八舌提了不少建议,最后,曹莼贞总结了大家的意见,确定了办法,并做了分工。曹炳文的任务是连夜把这次事件写一篇稿子,明天早上便和周边地区的报刊联系,争取早日刊登出来。郭英的任务是把曹炳文的稿子的要点刻成蜡版,油印三百份,明天上午带人去街上分发。曹松军要带着几个骨干学员连夜去串联工人,争取明天上午成立工会,然后以工会的名义去和何万年交涉,交涉不成,就组织药厂工人罢工。

"这是咱们夜校开办以来的第一次大规模行动,"曹莼贞说,"也是一块试金石。成功,我们就可以借势把其他工厂的工会和农民协会全都建立起来,在全镇烧起一把大火,然后往马埠,往杨庙,往四面八方烧。"

待工会成立,曹莼贞要和工人代表一起去何家,去智斗那个令他父亲崇拜得五体投地的何万年。

曹莼贞提出的"新五条",在动员工人时发挥了重要作用。

"新五条"要求大松药厂承担陈余富夫妻二人全部的丧葬费用,把陈余富的大儿子招进厂,享受和陈余富一样的工资待遇;从今以后,对因公受伤或工作期间生病的工人要负责到底,直到痊愈,如果因此而丧失工作能力,要支付三十六个月的工资;对于因公死亡的工人要厚待,把抚恤金额提高到二十块大洋;要把全厂工人的薪水提升百分之十五,因为目前的薪水标准是三年前制定的,随着物价的增长,工人的工资其实是下降了,而药厂的利润是逐年上升的;最后一条,必须承认厂工会组织,并支持工会的工作,牵涉到职工利益的厂规如果有变动,必须与工会协商,征得工会同意,否则不得变动。

工人们认为这五条有理有据,完全符合工人利益,而且没有击破何万年的承受底线。第二天上午,在曹松军的主持下,工人们在大松药厂的包装车间成立了工会,曹松军被选为工会主席。下午,当曹松军带着五个工人代表去找何万年时,发现何万年办公室的门上挂了一把黄灿灿的硕大的铜锁。

何万年已经感受到了空气中浓烈的硝烟气息。

郭英带着几个夜校学员上街发放传单时,大部分商铺刚刚开门,很多人正在吃早饭。粉红色的宣传单揭露了何万年纵容何洪志见死不救,并且拒绝给陈余富发放抚恤金的卑劣行为,把曹莼贞提出的五条意见也逐一列出。郭英洪亮的嗓音从街头响到巷尾,曹甸集如果还有人不知道这事儿,那就是故意回避了。

何万年根本就想不到,他已经习以为常的工人死亡,这次会闹出这么大的动静。

曹莼贞和曹松军一起,带着五个工人代表去了何万年的家,曹莼贞此时的身份,是工会的法律顾问。

曹莼贞没有去过何家,在他的感觉中,何府应该是气派的。但是,当他站到何府那两扇黑色的大门前面时,还是感到了出乎意料的震撼。

黑色的枣木大门,每一扇的宽度都可以进出一辆四轮胶皮马车。两扇门的门心上,两只比大拇指还要粗一倍的闪闪发亮的黄铜门环,嵌在两只黄铜怪兽口中,向所有站在它们面前的人宣示着威严。门头硕大,斗拱飞檐,在阴暗的天光里傲视着众人。曹松军踢了一脚门东侧的青石恶狮,跨上三级台阶,抓住一只门环,用力在怪兽脸上撞击了几下。不一会儿,门内传来松散的脚步声,大门吱呀一声,艰难地咧开一条宽缝,一张苍老的脸出现在众人面前。

曹莼贞早就听说过,何家有一位姓袁的老管家,已经在何家待了三十年,忠心耿耿,很受何家尊重。

曹莼贞走上前,问:"你是袁管家?请问何厂长在家吗?"

袁管家有些疑惑地看着他。

"何万年厂长。"曹莼贞补充了一句。

袁管家犹豫了一下,说:"他一早出去,到现在还没回来。"

"你知道他去了哪里吗?"曹莼贞又问。

"他去了县里。"身后传来一个清脆的女声。曹莼贞回头看时,一个身材苗条、面容姣好的十八九岁的女孩子从一辆崭新的人力三轮车上走下来,目光冷淡、神情高傲地看着他。

车夫从车上拎下一只精致的棕色手提箱,站在她的身后。

曹莼贞意识到,这可能就是何家小姐,何清扬。何清扬在芜湖第五师范读书,他是知道的。

他的脸红了一下,很快恢复了正常。

"那我们就等吧!"曹莼贞看看众人,笑了笑。

"你们是什么人?这么多人在人家门前拥堵,是不礼貌的,知道吗?"何清扬说。

袁管家笑着把何清扬往门里让,说:"小姐,他们应该是药厂的工人,厂里出了点事,他们找老爷说话。"

何清扬经过曹莼贞的身边,说:"你看着不像工人。"

曹松军说:"他是我们请来的法律顾问,是镇中学的教员。"

何清扬撇了撇嘴,说:"我好像有点印象,是叫什么莼贞的吧?教员?从什么时候起教员都不教书了?如果我没记错,你不是读国文的吗?懂法律吗?"

曹莼贞笑了。早就听说这位大小姐性格孤傲,嘴上不饶人,今天眼见为实了。

"自学了一点。"曹莼贞说。

何清扬点点头,又仔细地打量了他一下,说:"我爸今天可能不回来了,你们不要等了。我刚才就说了,他到县上去了。"

"到县上?到县上邀兵去了?"一个代表愤愤地说,"他要是敢带人来镇上,我们就和他拼个鱼死网破!"

何清扬哂笑了一声,说:"就怕鱼死了,网还不破。"说罢,她一脚跨进门里,冲袁管家说了一句,"袁叔,关门!"

曹莼贞愣了一下,摇头苦笑,想,如果真把这位大小姐娶进门,还不把父母闹腾死。

一行人回到曹莼贞的宿舍,研究下一步的行动。如果何清扬说的是实话,何万年就是去找县长梁志昆了。曹松军有些疑惑,他认为以何万年的性格,昨天下午还那么嚣张,不会没经过正式交锋就认怂。曹莼贞不置可否。

也许,何万年是想拖延时间? 或者,他根本就看不起工人的力量,只是出去躲清闲? 不管是什么情况,都要继续把工人们团结起来,只要大家气不泄,就是梁志昆亲自来,也拿大家没办法。

"通知大家明天上午罢工。不给面见,行,那就耗他个十天半月,当他承受不住损失的时候,会主动求和的。"曹莼贞说。

"要不要到镇上的其他工厂串一下?"一个工人问。

"我认为现在不要去。"曹松军说,"如果我们把其他厂里的工人也发动起来了,就可能引起其他工厂老板的反感。如果他们联合起来对付我们,困难就增大了。"

曹莼贞同意曹松军的意见。以目前的形势,把全身力量攒在一个拳头上好一些。

很快,天黑下来了。外面响起了淅淅沥沥的雨声,还有隐隐的雷声。曹莼贞在屋里找了一下,翻出几个咸菜疙瘩、四五个凉馒头。正在作难,郭英进来了,手里拿着半桶饼干和一瓶开水。

"我这个时候出现,你们不会不欢迎吧?"郭英笑着说。

曹松军鼓了一下掌,说:"你应该出现得再早一些。"

大家围坐在一起,正准备填一下肚子时,曹炳文从外面走进来,说:"莼贞,我刚才在街上碰到你爸,他让我告诉你,现在就回去一趟,家里有急事。"

曹莼贞立即想起了母亲的老胃病。他向众人道了歉,找出一把伞,匆匆忙忙地赶到了家里。

进了堂屋门,他愣住了。

何府的袁管家在方桌旁坐着,正用一根长长的旱烟袋抽烟。曹子文坐在桌子的另一边,满脸笑容地陪着说话。看到曹莼贞进来,曹子文点了点头,笑着说:"莼贞,快来见过袁管家。"

曹莼贞拱了拱手,说:"袁管家,怎么冒着雨声雷声,这么晚过来呢? 下午不是刚见过吗?"

袁管家笑了,说:"如果不是小姐提醒,我还真不知道你就是莼贞少爷。

真是一表人才啊,这也是我家小姐的福分啊!"

曹莼贞皱了皱眉头。曹家和何家的婚事,春节之后一直没有往前推动。曹子文也看明白了,以他的能力想逼儿子就范,几乎没有可能了。一件没有可能的事情,再往前走一步都是自找难堪。时日久了,曹家和何家都明白,这事已经无疾而终了。曹莼贞很感激父亲,这样的一门好亲事,父亲竟然轻而易举地放过了他,真是给足了面子。所以听到袁管家突然这么说,曹莼贞有些尴尬,也有些好笑。

曹子文也感到有些尴尬,嘴里打着哈哈,却不知道如何接话。

曹莼贞笑了笑,说:"袁管家这个时候到我们曹家这穷屋破庙里来,自然不是为了夸我几句。"

袁管家中气十足地哈哈笑了,然后慢慢地从衣袋里掏出一张银票,放到桌面上,慢慢地推到曹子文面前。

曹子文看了看,惊讶地睁大了眼睛。

袁管家猛吸了一下烟嘴,重重地吐出一团浓烟,说:"我们老爷听说你家的豆腐坊要扩大规模,特意派我来送一点钱,让我转告你们,亲戚之间,无论如何要表达个心意。"

曹子文说:"不敢不敢。我这个豆腐坊拴着一家人的吃穿用度,我是有过扩大规模的想法。但是也扩大不了多少,最多再加一盘磨。这一点小事情,哪里能让何先生操心!何先生这一出手就是三百大洋,我委实是不敢收的。"

袁管家说:"这算什么,亲戚之间相互帮衬一下,本来就是应该的。再说了,曹少爷乃青年才俊,在咱们集上也是威大望重的,以后肯定也能帮到我们何家的。"

曹莼贞走过去,拿起支票看了看,笑笑,又把它放到袁管家手边,说:"袁管家就不担心这张支票发挥不了作用,打了水漂吗?"

袁管家摇摇头,说:"我不担心。而且,这担心的事,也轮不到我,是何老爷的意思,我就是来跑个腿。"

曹莼贞说:"何厂长的意思,我倒是明白了。但是,这钱是不能收的。"

袁管家说:"何老爷还有一句话,让我转告你,曹甸集是个小地方,如果你有志远方,他随时为你提供翅膀。"

曹莼贞点点头:"真是太感谢何厂长了。我学校里还有些事,先走了。"说完,他拱了拱手,转身走进门外的风雨里。

第二天一大早,天上还在下着毛毛雨,曹莼贞赶回家里,问父亲有没有收何家的银票。曹子文说没有,即使两家还是亲戚,也没有收钱的道理。然后便劝曹莼贞不要再和工人一起到厂里闹了,说:"袁管家昨天一来我就明白了,人家是买你呢! 买得了就买,买不了,就会下狠招了。"

曹莼贞便放了心,应付了父亲几句,便回了学校,吃了几块昨天晚上剩下的饼干,然后打着一把红色的油布伞去了厂里。他知道曹松军会把罢工的事情安排好,但心里仍然有些不放心。

刚刚走过邮局,离大松药厂还有里把路,他忽然听到一个女孩子在喊他。循声望去,竟然是何清扬。

何清扬正坐在一家早点铺里喝豆浆,她指了指身边的一只矮矮的竹椅子,向曹莼贞点了点头。

曹莼贞一心不情愿地走过去。昨天下午第一次见到何清扬,虽然她有些高冷,曹莼贞还是有一点好感的。一个漂亮女孩,高冷些也是应该的。但是,昨天晚上袁管家到家里去了一次,破坏了他对何清扬的那点好感。这事似乎与何清扬无关,但是,又怎么能没有关系呢?

曹莼贞在何清扬身边坐下,问:"有事吗? 何大小姐?"

何清扬说:"陪我喝碗豆浆。"

曹莼贞感到又好气又好笑:"我有这个义务吗?"

何清扬说:"派人到我家提亲的,不是你爸?"

曹莼贞点点头,说:"这个倒是不假。"

何清扬喝了一口豆浆,把伙计刚刚端上来的一碗豆浆推到曹莼贞面前:"你把它喝了,咱俩的事就两清了。不喝,就没完。"

曹莼贞一口气喝了半碗豆浆,说:"没完,也没有什么,毕竟长得不算丑。"

何清扬瞥了他一眼:"你和傅方圆的事,不要以为我不知道。"

曹莼贞吃惊地瞪大了眼睛,问:"你认识傅方圆?"

何清扬笑了一声,说:"只允许你们有秦晋之约,就不许我们有姐妹之情?"

原来,傅方圆和班里的同学上个月到芜湖参加社会实践,在芜湖五师住了一周,和何清扬成了好朋友。听说她是曹甸集的,便向她打听曹莼贞,询问曹莼贞回到曹甸集以后的情况。

曹莼贞紧张了起来,问:"你不会把我爸央人到你家提亲的事也说了吧?"

何清扬反问了一句:"为什么不说?"

曹莼贞呼地站了起来,说:"什么狗屁闲事你也说!"他又觉得有些失态,便重新坐下,低声说,"对不起。"

没想到何清扬哈哈地笑了起来,说:"与你的小圆圆相比,什么人都是狗屁,不过倒也对得起圆姐的一番深情浓意。"

其实何清扬对曹莼贞回到家乡后的情况也不大清楚,只是道听途说了一些。何万年答应了曹家的婚事,何清扬倒是知道,但她并没有认真想过。她知道自己抵不过父亲,应付一下倒可以落个心静,她从来不认为一纸婚约能束缚住自己。

"我可是在圆姐面前把你夸了个天花乱坠。"何清扬说,"所以,今天的早餐,你得请我。"

曹莼贞付了饭钱,起身便要走,却被何清扬一把拉住,说:"话才开了个场,你着什么急呀?"

曹莼贞说:"我有急事,必须要走了。"

何清扬冷笑了一声,说:"不就是要组织工人罢工吗?"

曹莼贞惊呆了。昨天晚上商定的事情,何清扬这么快就知道了?

何清扬得意地站起来,说:"我不仅知道你们罢工的事,我还知道……"她停顿了一下,在曹莼贞脸上仔细瞅了瞅,压低了声音,说,"我爸下午要带着县保安团的人到镇上来,据说中学里有一个姓曹的共产党,他们要在他作为工会的法律顾问代表工人进行谈判时把他扣下来。"

曹莼贞愣了一会儿,低声问准备离去的何清扬:"你为什么要告诉我这些?"

何清扬本想再调侃曹莼贞一下,看他一脸凝重,便收了笑,说:"如果我告诉你,我认识高语罕、鲁平介和余天觉他们,你信不信?"

曹莼贞长舒了一口气。鲁平介和余天觉是在芜湖一带非常活跃的进步青年。高语罕更不用说了,他是寿康县正阳关人,在芜湖五师和二甲农校都任过教,理论功底非常厉害,他所编写的《白话书信》,对马克思主义的基本原理做了通俗介绍,影响了很多青年学生。他发表在《新青年》上的《芜湖劳动状况》一文,曹莼贞读过很多遍。"芜湖的劳动界当然是知识幼稚,当然是生活卑下,当然是没有教育,没有团结。然而我因为欢喜和他们谈心,欢喜问他们'这怎么样''那怎么样',所以倒听见了多少有兴趣的事。"这一篇文章的开头,已经被曹莼贞落实到实践中了。

曹莼贞感到心里很暖和。在芜湖的多所学校里,有很多寿康籍的学生,每次见到他们,或者想起他们,曹莼贞都觉得自己不再孤单,因为他的身边是包围着很多促进他的力量的。何况,眼前的这一位,和自己还有一些联系,而且性格还有些讨人喜欢。

但是,何清扬的信息也让曹莼贞感到很沉重。

他知道,这次罢工运动面临的形势非常严峻,稍有不慎,就会前功尽弃。失败,是无法接受的!

他在工棚区找到曹松军,告诉他从何清扬那里得来的消息。

按照昨天晚上商定的,曹松军已经串联了所有的工人,今天上午,大松药厂的所有车间都不会出现一个工人。

曹松军的意见很明确,他认为曹莼贞已经不适合再在工厂里出现,无论他以什么身份代表工人说话,都会受到怀疑。何况,还有一顶红色的帽子正准备往他头上扣。

如果他安心待在学校里,何万年和保安团就没有理由动他,即使动了,也有很大的缓和余地。

两人商量了半个小时,终于确定了一个他们认为比较完美的方案。

下午两点多钟,曹松军带着五个工人代表坐到了厂长室门前的台阶上。

宽大的厂院里静悄悄的,厂房里也没有任何声音,连麻雀都感到了这里的冷清,转身飞向了别的地方。

快三点的时候,从厂房西侧的大路上传来一阵汽车轰鸣声。不一会儿,一辆破旧的福特牌小汽车和一辆同样破旧的绿色卡车出现在工厂大门口。绿色卡车上果然站满了穿着黑色制服全副武装的保安团的士兵。

曹松军慢慢地站起身来。

两辆车子开到办公区。小汽车的车门打开,何万年和县长梁志昆慢条斯理地走下来。梁志昆向卡车招了招手,二十多个保安团士兵发出一阵喧闹声,从卡车上跳下来,跑到梁志昆面前集合。

曹松军和五个工人代表走了过去。

何万年看了看他们,向梁志昆耳语了几句。

曹松军走到他们跟前,说:"何厂长,厂里有工友因为你们的阻挠得不到及时救治,去世了,大家找你商量解决问题的办法,你倒真行,拉来了一批扛枪的。你是想把大家都毙了,还是想养这一批人当一辈子的保镖呢?你虽然不是曹甸集本地人,这厂子一时半会也关不掉吧?"

何万年摆摆手,说:"和你讲不明白。你们不是要谈判吗,人到齐了吗?"

曹松军挥挥手,五个代表都围了过来。

"不是还有一个法律顾问吗?你们什么时候凑齐了,什么时候到我的办公室去。"何万年说着,和梁志昆一起向办公室走去。

曹松军高声说:"我们自己说得清,不需要什么法律顾问。"然后向一个代表使了个眼色。代表从衣袋里摸出一个二踢脚鞭炮,点着了,向空中扔去。

呼、啪,鞭炮在空中炸响,把梁志昆和何万年吓了一跳。何万年刚要发作,却发现本来空旷无人的厂院里一下拥出数百名工人来,就像滚滚洪流突然从堤坝上漫出。

没有人说话,工人们默默地向前走着,最后,把二十多名全副武装的保安团士兵围在中间。

"你们要做什么?"梁志昆向后退了一步。

厂院大门再次打开,陈余富的三个披麻戴孝的儿子从大门外冲进来,他们哭喊着,一直冲到梁志昆面前。

"梁县长,你看看,就是因为何洪志的冷血,这三个未成年的孩子才失去了双亲。我们向何厂长要求一些正当权益,他面都不见,便跑到县里搬救兵。我们一句话没说出来,就被你们武装威胁。"曹松军说,"你们这种置工人生死于不顾的行为,已经在芜湖和合肥等地上了报。如果你们胆敢血腥镇压,全中国的老百姓很快就会知道,到那时候,你怎么办?"

"我带兵来这里,与工人无关。我是要捉拿共产党!一个不相关的人掺搅到工人的请愿队伍中,他不是共产党是什么?"梁志昆说。

"这么说来,镇上的共产党可多了。"曹松军笑了起来,说,"曹炳文校长经常帮人写状纸,商会的李会长经常救济一些要饭的,还有我曹松军,在这集上是出了名的仗义,挨我揍的地痞不下二十人。你再问问这里的几百号工人,哪个没有帮助过别人?哪个没有得到过别人的帮助?以县长的说法,我们就都是共产党了?"

梁志昆张口结舌。

何万年伸出右手,说:"你们不是要谈判吗?把条件给我。"

曹松军从衣袋里取出事先准备好的"新五条",递给何万年,说:"我们不是来谈判的,我们是受工人们的委托,把这五项条件通知你。你不同意,我们就不复工。另外,何厂长,你说某个人是共产党,瞒哄县长大人兴师动众来捉人。那个人可是你未过门的女婿,你就不怕被牵连?"

梁志昆皱了皱眉,低声问:"万年,这到底是怎么回事?"

何万年说:"什么女婿?他爹贪图我的财产,找了个媒婆子提亲,我当时就拒绝了。"

曹松军摇了摇头,说:"是吗?厂长,今天早上还有人看到那个人和何府的千金小姐在一起吃早饭呢!吃早饭,厂长,你想想,这是什么意思?"

几个工人代表发出一阵笑声。

梁志昆轻轻地叹了一口气,把何万年拉到一边,说:"万年,这次有些草率了。想着一招制敌,不小心掉敌人窝里了。你也看到了,这几百人围着,一个个面黄肌瘦,一旦弄燃了,会出人命的。而且,你的家务事还没处理清,如果到时候牵连到你,岂不是赔了夫人又折兵?认了吧!不就是多付几个钱的事吗?"

何万年想说什么,梁志昆向保安团的士兵一挥手,喊了一声:"演习到此结束,回城!"

看着扬长而去的梁志昆,何万年面色通红,转身进了办公室。

接下来的五天,何万年和工会代表接触了两次,都是不欢而散。

在曹炳文的努力下,芜湖、合肥以及周边几个县的报纸都刊发了关于此次事件的报道。曹炳文让人买回来很多份报纸,郭英带着几个人每天到集市上发放。曹莼贞则带着一些学生到街上发起了募捐活动,为生活非常困难的工人解决燃眉之急。曹松军除了带领工人代表和何万年谈判,还带人到镇上的马车社等交通站点,劝退外地来的药商。同时,派出一批精通业务的工人前往芜湖等地,与当地的药材加工厂联系,推荐大松药厂的熟练工人。

曹莼贞已经做好了充分准备,如果何万年继续硬扛,就要发动工人到何府吃大户,把局面搞得更火爆一些。梁志昆受了一次惊吓,估计一时半时不会再过问何万年的事。梁志昆不出面,工会便有足够的办法对付何万年。

曹莼贞还让曹松军约了何清扬两次,以掌握何万年的动态。何清扬说何万年每天在家里唉声叹气,她每天必做的事,就是防止何万年自杀。曹莼贞不信,一个人连死都不怕,还怕什么呢?还有什么不舍得付出的呢?

罢工持续了十天,正当曹莼贞准备通知曹松军组织一百人到何家吃大户的时候,曹松军兴冲冲地跑到学校,告诉他,何万年妥协了,答应了工会提出的全部条件。

曹莼贞流泪了,这泪水中既有激动,也有喜悦,也是因为得之不易而有的情绪释放。

他知道,这一关,既是他人生的一个大关口,也是党组织成立的一个大关口。

第四章

一

徐一统从上海回来了。

他带回了一批进步书籍,像《社会主义史》《马格斯资本论入门》《阶级斗争》等。而他带来的消息,比这些书籍更令曹蕴贞高兴。上级党组织同意他们发展郭英和曹松军入党,同意他们立即成立党小组,并要求他们尽快建立党支部,以便以更坚强的力量开展工作。任公远先生让徐一统告诉曹蕴贞,不久的将来,会有一批优秀的本土党员陆续回到安徽,分散到全省各地开展活动。

曹蕴贞感到兴奋,同时也感到了压力。

"蕴贞,咱们这次闹的动静可是不小,反响非常大,我在上海都看到有关报道了。任先生表扬了你,说你现在是跺一下脚上海都会颤一颤的人了。"徐一统说。

曹蕴贞点点头。这次罢工能有这么强的辐射力,更说明了它的必要性。

徐一统还带给他一个意外的惊喜,傅方圆给他捎了口信。

"她让我告诉你,"徐一统说,"她最近和任先生有了一些接触,已经理解了你当初为什么要回曹甸集。"

"就这些?"曹蕴贞感到热血沸腾,却有些意犹未尽。

徐一统笑了,取出一只精美的四方小盒,递到曹莼贞手里。

曹莼贞打开小盒,里面是一块瑞士生产的天梭牌手表。

在上海大学读书时,他一直想要一块手表。他从来没有和人说过,包括傅方圆。但是,傅心圆是心细的女孩子,她还是察觉到了。

"革命和爱情,永远都不是矛盾的。"徐一统说,"处理好了,还可以相互促进。"

曹莼贞笑道:"那你是不是也想促进一下?如果你有这个意思,我倒是可以帮你一下。"

曹莼贞想到了何清扬。那真是一个奇怪的女孩子,如果把她吸纳进来,倒可以帮衬着做不少事情。

第二天,曹莼贞和徐一统分别找郭英和曹松军谈了话。两人早就递交了入党申请书。曹松军的入党申请书内容很简单,却能令人看出他的一腔热血:加入共产党,让天下穷人都过好日子,我不惜牺牲所有的生活,不惜牺牲生命。郭英的入党申请书文采斐然,洋洋洒洒,却不乏真情切意,令人感叹:她如果生活在一个和平的年代,一定会成为一个文学家,或者一个思想家。

一个周五的晚上,在曹莼贞的小屋里,郭英和曹松军举起右手面向党旗宣誓:严守秘密,服从纪律,牺牲个人,阶级斗争,努力革命,永不叛党。

曹甸集的党员达到了四名,党小组也正式成立了。徐一统向大家传达了上级党组织的指示,明确了今后一个时期的工作方针:对内发展党员,对外发展壮大群众组织。曹松军认为,这次大松药厂工人罢工产生了很大的影响,应该趁着这股热浪,把镇上几家工厂的工会全部建立起来,而且在商业界也应该有所作为。他自告奋勇开展这一块的工作。曹莼贞知道曹松军在镇上有不少练武的弟兄,分布在各行各业,让他做这个工作最合适。他建议郭英配合曹松军一起做。郭英有些不乐意,说曹松军能力比较强,一个人做就行了。她倒是希望到农村去做一些工作,比如说建立农会、妇女会等等。

曹莼贞知道郭英的意思。

曹莼贞前一段时间除了操心夜校和工人罢工的事,还把相当一部分精力投到了农村,正准备在周边的几个村子建立农会组织。寿康县地处淮河和长江之间,以种植水稻为主,又有一百多平方公里的水产丰富的天然淡水湖马埠湖,是地道的鱼米之乡。但是,这里的农民却长年在饥饿中挣扎,到了荒年,生存便成了最困难的一件事情。曹莼贞做过一次农民生活状况考察,他走访了周边的七镇一百余个村子,写出了一份《寿康县部分村镇农民考察报告》,对这些村镇的地主、自耕农、佃农等人口进行了统计,并对他们占有的土地和实际动手亲自耕作的土地进行了细致的对照,得到的结论是:土地掌握在极少数人手里,而自耕农的生活现状堪忧,在不久的将来也会逐渐失去自己的土地。随着土地的日益集中,一场自发的农民革命将不可避免。而我们不需要等待,这一堆干柴,只要用一根火柴点燃,就可以燃烧,照亮黑暗的天空。而这一根火柴,可能是地主与自耕农或者佃农发生的一次冲突,也可能是一个外部事件,也可能是我们锲而不舍的宣传。我们早日宣传,革命就可以早日成功。曹莼贞把这篇报告转给在芜湖的朋友,在高语罕主办的《芜湖》半月刊上发表后,引起了很大的反响。他相信,在农村建立农会,让农民起来保护自己的利益,是解决当前农村农民困境的最为可行的办法。而且,他也相信建立农会不是一件无法做到的事情。

郭英来到学校后,两人朝夕相处,曹莼贞能感觉到郭英对他的感情。她看似漫不经心,其实心思与其他女孩一样细腻,在感情方面,有时敏感得让人提心吊胆。郭英提出到农村去,目的很明确:和他一起去建立农会。而且,说实在的,郭英确实适合到农村去,她的做事风格很容易被农民接受。

徐一统和曹松军都笑着等待曹莼贞的回答。曹莼贞无奈,只好答应,并和郭英约好,明天早上吃过早饭后,两人便出发去距离曹甸集五公里的元化村。元化村是由一个过路店子发展起来的村子,比曹甸集小一些,比一般村子大不少。元化村又被称为元化集,农历单日逢集,基本上是隔一天一集。曹莼贞一个星期以前就和那里的两个夜校学员李谋之和李传亮约好了,准备一起在元化集进行一场宣传,为成立农民协会造势。

"如果能有一台留声机就好了。"郭英没头没脑地说了一句。

"做什么?"徐一统问。

"唱歌、唱戏,既可以事先录好节目,用留声机播放,也可以让它伴奏,咱们自己唱。这样多吸引人啊!总比往那儿一站干巴巴地说半天好吧?这叫形式和内容的有机结合,懂吗?"郭英说。

郭英会唱在皖北一带很流行的泗州戏,还会唱合肥的地方戏庐剧。在学校里,郭英还兼着几个班的音乐课。

"我倒有个办法。"曹莼贞笑着说。

"让我掏钱买呗!"郭英撇了撇嘴,说,"我可要声明一下,本姑娘从不吝啬,但是目前已闹钱荒,正在秘密筹划回合肥打劫一次。"

郭英带来的一千块大洋,资助学校,资助组织活动,还救济了一部分贫困工人,确实所剩无几了。

"去何万年家里借。"曹莼贞说。

曹松军和徐一统都大吃一惊。

郭英说:"这有何难?曹莼贞你一表人才,人见人爱,花见花开,到何家赔个不是,说罢工的事都是小婿的错,何老爷、何大小姐岂有不原谅你的理?别说借一台留声机,就是借一台汽车,借十万大洋,都不是问题。"

曹莼贞红着脸说:"你上辈子肯定在刺树上生活过,一张嘴就是刺。"又说,"我说的去借,是让徐一统去。"

徐一统吃惊地睁大了眼睛,说:"曹莼贞,我连何家的大门朝哪开都不知道,怎么借?"

曹莼贞说:"你去找何清扬,单独和她一个人说,一准能借到。借到以后,你陪我们一起去。"

徐一统半信半疑。

曹莼贞又说:"我和郭英可以晚一点出发,单等你的好消息。"

第二天早上八点整,曹莼贞来到学校大门口,等徐一统,等郭英。

七点多一点,他就听到徐一统出了门。

徐一统不但没让他失望,还让他吃了一惊。

徐一统从一辆人力三轮车上小心翼翼地走下来,怀里抱着一台留声机。在他的后面,还有一辆人力三轮车,上面坐着何清扬,何清扬的身边放着笙、二胡、笛子、唢呐等乐器。

徐一统面色有些红,见到曹莼贞,只笑,不言语。何清扬穿着一身简洁利落的黑色衣服,走到曹莼贞面前,笑望着他,说:"曹老师,我能和你们一起去元化吗?"

曹莼贞一时没反应过来,问:"你去做什么?"

何清扬皱了皱眉头,说:"那你去做什么?你能做什么,我就能做什么!我给你带了一个乐队,你的舞台变大了,天空更辽远了,你不得以实际行动感谢我吗?而且,我还可以给你们买饭票,帮你们出谋划策。你们不是有个女同事唱得好吗?等她的嗓子累得像破锣一样,我还可以当替补啊!"

曹莼贞想,如果带着两个姑奶奶下乡,这本身就是一台大戏啊!但是,女孩子的确有女孩子的优势。

这时他才想起,一直起床很早的郭英,今天到现在还没有任何动静。

曹莼贞让徐一统去看一下。徐一统回来说门虚掩着,屋里没有人。他前后左右都看了,也没找到,问了校工,也说没有见到郭英。

曹莼贞有些气恼。农村的集虽然上人晚,也有个来着走着的规律,必须占住先机,尽可能多地拢住人。

又等了几分钟,还是不见郭英,曹莼贞一挥手,说:"走吧走吧,看我回来再训她。"

三个人赶到元化集的时候,集上已经聚了不少人。他们和李谋之、李传亮会合后,在集北十字路口的一侧找了个场地,把留声机和乐器摆好。何清扬从随身带来的提包里取出一张唱片放到留声机上,播了一段泗州戏名段《拾棉花》,张玉兰和王翠娥俏皮的唱腔很快吸引了很多人:

叫一声姐姐你快走吧。

哎哟！我的妹妹呀！快到大树底下把话拉。

来到树下忙站定，

俺慌忙放下一篮花。

看看四下没有人，

我的妹妹呀！四下没有人大胆了啦！

我请姐姐你先讲。

我的妹妹呀！我的妹妹你先啦！

你先讲来你先啦，我的大姐姐！四下无人怕的啥？

我的话，我说出来你不能往外讲。

我对你说，那你也不能去对外拉。

咱两人谁要对外人讲，

她死后就被那恶狗拉。

……

很多村民根本没见过留声机，对它能唱戏感到非常好奇，一边听戏，一边围着何清扬问这问那。一段戏播罢，何清扬取过笛子，吹了一曲《百鸟朝凤》，赢得满堂喝彩。

曹莼贞向何清扬做了个手势，何清扬会意，收了笛子，从水瓶里倒了一杯水润嗓子。曹莼贞向挤在最前面的一个面色黝黑、头发花白的六十多岁的农民打了个招呼，问："大叔，你贵姓？"

农民说："免贵姓汤。"

众人哈哈大笑，说："老汤，老汤，天天喝汤，一天不喝，叽里咣当。"

曹莼贞有些好奇，问："为什么会叽里咣当呢？"

老汤说："这些狗男女编排我，说我只能喝得起汤。汤里没硬货，没营养，胃老弟和肠大哥天天要打架，可不就是叽里咣当吗？"

"大叔,你家里没有地吗？为什么只喝汤呢？"曹莼贞问。

老汤黯然神伤,说:"我也是有过地的人,但那是十年前的事了。我有五亩最好的水田,每年收的水稻都是俺村里产量最高的。那时我全家有四口人,每人每天能喝上一碗稠稠的白米粥。"

何清扬走过来,问:"老汤,那你的地呢？"

老汤长叹了一声,说:"地没了。那年大旱,半个日头就把杨树叶子晒焦了,水稻眼看就要变柴草了。全村唯一的指望,就是马埠河里的水。全村就一条公渠,打马埠河沿起头,从西向东,谁的田旱了,就自己踩水车取水。紧挨着马埠河,是李万财家的地。他可是有两百亩好地的。他派他家的佃户,没日没夜地踩水,谁也插不上队。整整浇了五天,他的苗缓过来了,其他人的苗全渴死了。一季子没有收成,一般的农户谁能撑得住？吃光花光,还借了不少债。第二年,我老婆又生了一场大病,手头倒腾不出钱,只好把地卖了。卖地的钱也没能把老婆救回来,落了个人财两空。"

"那地卖给谁了呢？"何清扬追问。

徐一统在旁边说:"你还没听明白？除了那个李万财,谁能买得起地？"

老汤点点头,说:"等着钱救命,大马卖个驴价钱,亏死了。"

曹莼贞找来两只凳子,并在一起,一纵身站了上去,向围观的众人拱了拱手,说:"各位父老乡亲,刚才老汤叔的事大家听明白了吗？老汤如果不失去土地,他还有翻身的机会。但是,老汤无法保住自己的土地,那一年不失去,第二年、第三年仍然会失去,为什么呢？因为他是一个孤立的个体。就像一株高粱,无法单凭自己的力量经受住狂风的摧残。狂风是什么？狂风就是李万财,就是不作为的军阀政府,就是土豪劣绅,就是地痞流氓,就是政府不作为而导致的社会保障机制的缺失。我们结合本村和邻村发生的事情回想一下,地主的土地,数百亩甚至上千亩的土地,是从哪里来的？是他口里挪肚里攒挣下来的吗？不是,绝对不是！那些土豪、那些劣绅,他们在村里跺一下脚,十面八方都要地动山摇,马埠湖里的水都要涨三尺。这是为什么？是因为他们用不正当的手段,把这个社会绝大多数的财富都抢到了他们自己的缸里囤里了。你们想一下,一个村子九十户人家,为什么八十五户拥有的土地抵不上五户?为什么八十五户人家的大洋加在一起,抵不上那五户?是因为那五户努力劳动而我们这八十五户都好吃懒做吗?肯定不是!就像李万财,他凭什么把公用水渠霸占五天?为什么老汤的稻子被太阳晒成了柴草,他却不敢去李万财那里说理?不只是因为李万财手里有钱,他还有势。他的势从哪里来?是从军阀政府那里来的,是从与他有共同利益的当权者那里来的。我们要想不像老汤那样天天喝汤,应该怎么办?我们不做一秆孤独的高粱,哪怕是一秆红红的高粱,我们也不做。我们做什么?我们要做无数紧靠在一起的红高粱,我们要团结在一起,做大片的相互帮助的红高粱。这样,无论有多么强大的狂风,都吹不折我们。那么,我们怎么团结在一起呢?只有一个办法,那就是建立自己的协会——农民协会。建立协会,我们就能把所有的力气往一个地方使,我们就能相互帮助,就能抱团和欺负我们的人斗争,我们还要分那些人的田地,夺回他们从我们手里抢走的东西。我们不仅要建立村农协,还要建立镇农协、县农协,还要建立全省统一的农民协会。大家想一想,我们把全村的农民都团结在一起,把全镇、全县、全省的农民都团结在一起,谁还敢欺侮我们?哪怕有一千个李万财、一万个李万财,他还能撼动老汤吗?……"

曹莼贞说得投入,说得激昂,他的声音越来越高,越来越有感染力。当热烈的掌声响起来的时候,他有些激动,泪水情不自禁地涌入了眼眶。

"他们要是不允许怎么办?"人群中有人问。

"他们如果允许了,就说明我们和他们的利益是一致的,那成立农协还有什么意义呢?"曹莼贞说,"他们不允许,我们就团结起来和他们干啊!想想他们是怎么欺负我们的?他们给我们留情了吗?我们已经失去了土地,还有什么豁不出去呢?"

……

二

在回学校的路上,三个人非常兴奋,边走边商议下一步应该怎么办。

徐一统说:"我们今天宣传的效果很好,我从农民们的脸上能看出来,我们说到他们心里了。只是,这样的宣传是不是有些容易暴露呢?"

"我想过了,"曹莼贞说,"如果瞻前顾后,我们就无法发动群众。而发动群众,就不能只说大道理,不做实际工作。这个实际工作,就是尽快成立农协。广东省已经成立了各级农协组织,在这个过程中,彭湃既是宣传家,又是实践者,他给我们提供了很多可以借鉴的经验,让我们有了参照的办法。虽然我们这里的情况与广东有很大的不同,但是在做初期工作时,遇到的困难是大同小异的,解决问题的办法也有类似之处。农协这块牌子,是一定要挂出来的。如果等革命形势明朗了,再成立农协,意义就打了折扣。也就是说,我们现在无法回避危险,当然,必要的防护也是必须要做的。"

"所以,"曹莼贞转向何清扬,笑着说,"何家大小姐,以你千金之躯,就没有必要和我们这些随时会有生命危险的人在一起。如果你主观上倾向于打破这个旧世界,那也要等我们打破以后,你再来和我们一起欢呼吧!"

何清扬冷笑了一声,说:"等你们打破?那就是让我没意义了!"

徐一统说:"何清扬,我们就到学校了,都累了一天了,你就先带着这些东西回去吧!"

何清扬想了想,说:"这个留声机,还有这些乐器,还是留在学校里吧,用的时候多着呢!你们不用担心我,在我爸那里,我有一百个理由搪塞。"

徐一统说:"那就好。总之,你不要为难。"

何清扬有些感激地看了他一眼。

说话间,已经进了学校。天色已经完全黑下来了。正是初秋时节,晚风起处,已经有了些清凉的感觉。

三人把留声机和乐器搬进徐一统的房间。何清扬突然说:"你们那位能弹能唱的美女老师呢?为什么她今天没有参加呢?如果她去了,现场会更加火爆。"

曹莼贞突然想起，整整一天过去了，还没有郭英的一点信息。即使她早上有事出去了，按她的脾气，也会独自赶到元化村和他们会合。

曹莼贞拔腿就往郭英屋里跑。

郭英的房门依然是虚掩的。曹莼贞摸黑找到了火柴，点亮了油灯。屋里简单的家具、简单的摆设，都是原来有序而整洁的样子，看不出任何不妥。桌子上摆放的书籍、文具，以及她最喜欢的从合肥带来的两只黄杨木傩面，都是擦拭干净各就各位的。曹莼贞发现，在那只粉色铁皮文具盒的上面，摆放着他送她的一只巴掌大的紫铜貔貅。说是他送的，其实是她向他讨要的。这只貔貅其实是一只镇纸，可以一边把玩一边看书的，是曹莼贞的爷爷传下来的。曹子文为了生计，把祖传的文玩卖得差不多了，但这只貔貅他不舍得卖，原因是他能从抚摸中感觉到一代一代相传的温度，以及他们孜孜读书的辛勤，可以提醒他时时以重振家风为己任。曹莼贞刚到中学教书时，曹子文把貔貅传给了他，说重振家风的任务从此就由他来承担。郭英在曹莼贞屋里看到了这只貔貅，就缠着他非要不可。曹莼贞虽然不舍得，却也不好拒绝。郭英倒豪爽，当即把手上的一只翡翠镯子抹下来给他，说这只镯子是她母亲传给她的，很值钱的。曹莼贞自然拒绝了。事后想想，郭英这种交换，倒有些交换信物的意思，便忍不住笑了。

徐一统和何清扬也赶了过来，仔细搜寻着异样。

还是何清扬心细，她在郭英的床下面发现了曹莼贞曾拒绝的那只翡翠镯子，而且已经碎成数段。曹莼贞看着镯子，猜想着它碎掉的过程，心里慢慢地凉了。

"如果是正常的碎掉，她万万不会让它躺在床下面。"何清扬说。

"会有人绑架吗？"徐一统问，"绑架会一点动静都不发出吗？她会不会有生命危险？郭英可是和曹松军学过一段时间武术的，她不会束手就擒的。"

郭英认识曹松军后，缠着他学了一套翻子拳，虽然是花架子，关键时候还是可以搏一下的。

如果郭英真的被绑了,极有可能是熟人做的。

曹莼贞拍了一下额头,说他可能明白了。

曹莼贞拍了拍徐一统的胳膊,说:"我现在就去找曹松军,有可能连夜就去合肥。咱们的宣传刚刚开始,你再联系一下其他骨干分子,让曹校长也帮一下,一定要把这件事情持续做下去。"

"那我呢?"何清扬有些着急。

曹莼贞认真地看着她,问:"何清扬,你明白地告诉我一件事,我们就接纳你。你应该是在芜湖五师上学,还没有毕业,你为什么现在回来?为什么一直待在家里?"

"因为我要在家监督你们,不让你们闹事。"何清扬笑着说。

曹莼贞点点头,说:"那你就监督吧!"他转身要走时,却被何清扬一把拉住,说:"我告诉你还不行吗? 我是被开除了,好了吧? 我对我爸说,我嫌那学校层次低,要在家里准备一下,然后到天津上大学。"

"为什么被开除?你有不当行为?"徐一统睁大了眼睛。

何清扬说:"还不是曹莼贞惹的。"

曹莼贞又好气又好笑。

"你在芜湖二甲农业学校读书时,和余天白、方运宏他们一起组织了马克思主义研究会。我到五师读书后,很快也加入了这个研究会。"何清扬说,"今年上半年,我们为了支持芜湖人力车夫的罢工,组织了学生罢课等行动,闹得很厉害。校方以我们破坏教学秩序、煽动社会仇恨为由,开除了十个人,我就是十个人之一。曹莼贞,如果不加入你们成立的那个研究会,我也不会参加学生罢课,又怎么会被开除呢?"

曹莼贞哈哈笑了,说:"原来我是你的引路人啊! 不过,我倒有些疑问,仅仅是参加罢课吗?"

何清扬嘻嘻笑了,说:"他们让我当罢课行动的协调委员,我一时好奇,就答应了。"

徐一统关心地问:"那你接下来怎么办?真要去天津上学?"

何清扬说:"本来要去的,看你们几个还不错,先留下来和你们处几天。"

曹莼贞点点头,说:"我们正是用人的时候,你又是我的'追随者',只要你愿意,我们就接纳你吧!"

何清扬撇了撇嘴,说:"用不了多久,你们就会庆幸今天的决定。"

三

一个晴朗的上午,合肥东大街一座华丽的府邸门前,驶来一辆米黄色的福特牌小汽车,一个英俊的穿着一身藏青色西装的青年男子从车上下来,挥了挥手,让司机把汽车开到附近等候,然后独自一人走上门前的台阶,扣响了粗大的黄铜门环。

过了片刻,大门开了一扇,一个穿灰色长衫面色白净的中年男人出现在门里。

"找谁?"中年男人问。

青年男子仰头看看门头上宽大的写着"郭府"二字的匾额,问:"请问这里是郭府吗?"

中年男人点点头。

青年男子说:"我是上海大学后勤处的,这次到合肥出差,受国文系任主任委托,前来看望郭英小姐,有封信要转交给她。"

中年男人愣了片刻,向门内看了看。

青年男子也随之向门内看。院子里,有两个穿着黑色长衫的年轻男人在不停地走动,目光里充满了警惕,就像两只随时可能飞起的大鸟。

"她不在。"中年男人说,"但是,我可以代你转交信件。"

青年男子摇摇头,说:"任公嘱咐我,一定要把信件亲手交给郭小姐,而且要她的回复。郭小姐上个月给任公去了一封信,打听到上海大学读书的事。任公见她文采斐然,字也写得娟秀,就起了爱才之心,亲手回了一封信。

如果不是我碰巧公干,估计郭小姐要一个星期以后才能收到信呢!"

中年男人犹豫了一下,说:"可是,她真的不在。"

青年男子笑笑,说:"请问,她是临时外出吗?那我就在贵府等候片刻吧。"说着,一脚踩进了门槛,有意无意地把中年男人顶得向旁边歪了一下身子。

中年男人下意识地抓住青年男子的胳膊,说:"她早上出去的,说要到很晚才回来。"

青年男子继续往里走,但在中年男人的拉扯之下,不得不住了脚。他笑望着中年男人拉扯他的右手,轻轻地摇了摇头。

中年男人似乎意识到了不妥,却并没有松开手。

这时,在院里走动的那两个年轻男人走过来,目光阴冷地看着青年男子,挡在了他的面前。

青年男子吁了一口气,说:"久闻郭府是庐州名邸,却原来是这样待客的。领教了。"他轻轻一拱手,转身跨出了门槛。

中年男人声音有些不自然地说:"先生可以留下姓名和住处吗?等我们老爷回来,我向他禀告,他可能会回拜呢!"

青年男子冷笑了一声,说:"无可奉告!"一招手,汽车开过来,他弯身钻进车里,一溜烟地离开了。

在东大街菜市场附近一家叫"百顺"的旅馆门前,汽车停下,青年男子下了车,匆匆忙忙地进了旅馆,上楼,敲响了203房间的木门。

曹莼贞一脸焦急地打开房门,一把把青年男子拉了进去。

曹松军和两个精壮的年轻人也在房间里坐着,看到青年男子进来,急忙围了过来。

"怎么样?运宏?"曹莼贞问。

被称作运宏的,正是曹莼贞在芜湖二甲农校的同学,现在合肥做学运工作的方运宏。

方运宏在一张椅子上坐下,接过曹松军递过来的一杯开水,轻轻地抿了一口,说:"按照咱们事先设计的说了,仍然进不了门。而且,前院有两个便衣,腰里别着家伙。我估计,是郭英的父亲郭开然从那个袁旅长那里请的兵。郭家有三进大院子,五十多间房子,说不定每进院子里都有便衣。"

"能判定郭英在郭府吗?"曹松军问。

方运宏沉吟了一下,说:"基本可以判定。郭开然虽然是合肥巨富,平时为人做事也比较张扬,却是个讨厌雇保镖的人,这是我们平日都知道的。那两个人,一眼就能看出是行伍出身,腰里别的都是短家伙。如果没有特殊情况,郭开然有理由这么做吗?而且,我往里闯的时候,那个管家模样的人有些慌张,那神色告诉我,他不仅怕我闯进去看到什么,还担心那两个人出手惹出不必要的麻烦。"

曹莼贞点点头,说:"那我们以后的行动,就以郭英在郭府作为前提了。"

一个年轻人说:"曹老师,要不要我们现在就去,把郭老师抢出来?"

曹松军白了他一眼,说:"我平时只教你们拳脚吗?我没教过你们动脑子吗?怎么拳脚学得不错,脑子却退步了呢?"

曹莼贞笑了,说:"天不怕地不怕,这不是优点吗?"又对方运宏说,"运宏,我们再研究一下,看看怎么救郭英才能做到万无一失。"

方运宏点点头,说:"万无一失很难做到,我们必须在不伤自己也不伤对方的前提下,尽可能地把郭英救出来。闹出人命来,会有很多后患,对我们以后开展工作不利。"

两天以后,合肥数家报纸突然刊登了内容完全相同的一篇文章《郭大亨绑架亲生女儿袁公子喜迎封建婚姻》,文笔犀利,剥骨蚀皮,把郭开然为了巴结袁旅长公然不顾女儿幸福将其绑架并囚禁家中的事实昭之与众。此文在合肥全城引起巨大轰动,郭开然一时成了过街老鼠,声名狼藉,人人喊打。按照郭开然和袁旅长原来的计划,一个星期以后,两家将在合肥最豪华的庐州府大酒店举办一场隆重的婚礼。他们邀请了合肥最有名气的婚庆公司进行策划,主题由郭开然亲自确定:世纪婚礼!郭开然和袁旅长都感到很头疼。就在他们准备迅速查清文章的来源,并且组织力量消除文章带来的影响的时候,一场令他们意想不到的学生运动,就像淋漓的秋雨一样,突如其来地降临到东大街上。

文章刊出的第三天,合肥被一场大风侵袭,似乎街上所有的灰尘都被卷上了天,而且在天空中自由飞翔,永不落地。看不清是晴天还是阴天,不知道大风会不会停止,更不知道它会在什么时候停止。上午十点,在东大街的西头和东头,突然同时出现了长长的学生游行队伍,他们举着横的竖的白底黑字、绿底黑字、红底黑字的大大小小的标语,喊着"反对封建婚姻""婚姻自由""打倒封建军阀""要民主不要独裁""立即解放郭小姐"等口号,像洪水一样拥向郭府。在郭府门前,会合的学生游行队伍像树木一样挺立着,手臂像长矛一样高举着,他们不停地喊着口号,要求郭开然出来对话。

令他们意外而惊喜的是,从郭府的后院突然传来郭英的回应。郭英听到了大街上传来的山呼海啸般的呐喊声,知道这一定是曹荺贞他们在想办法营救自己。房门外站着两名便衣。郭开然为了防止旧事重演,这次下了死命令:除了郭英的母亲,任何人不得进入郭英的房间,郭英也不得离开房间半步。郭英打开窗户,登上窗台,努力把身子伸出窗外,用尽全身力气向街上大喊:"我是郭英,打倒封建专制,打倒封建军阀,打倒郭开然!"

聚集在郭府外的学生们情绪更加高昂,他们愤怒地冲上门前的台阶,用脚猛踹黑色的大门。方运宏冲上前,示意大家理性一些,万不可毁坏财物,以免授人以口实。

大批的警察被调到东大街,他们在游行队伍的周围站成环形,手里提着警棍,眼睛里流露的却是漠不关心的神情。郭开然通过袁旅长,要求警察局迅速驱散游行学生,得到的回应却是,学生的游行并不是针对政府,而且没有过激的行为,如果强力干预,会置政府于风口浪尖。

报道学生示威游行的文章像雪片一样落到合肥以及周边城市的报纸上,大量的图片既是现场的写实,又增强了宣传效果,扩大了学生运动的影响。

第二天,学生的游行示威继续进行,而且不再局限于东大街,他们还拥向郭开然的钟表厂,拥到袁旅长的军营外面。

第三天上午,当游行学生再次聚集在东大街的时候,郭开然终于出现在他的家门前。他站在台阶上,信誓旦旦地向学生们声明,郭英一年前离家出走,再也没有回来过,所谓的他绑架自己女儿而讨好袁旅长的报道,纯属子虚乌有,并要求学生们提供郭英被绑架的证据。

方运宏代表游行学生与郭开然对话,质疑前天上午郭英在府内的叫喊声。郭开然表示,那是府内一个精神有些不正常的女仆所为。方运宏要求派学生代表进入郭府查看究竟,却被郭开然以私宅女眷甚多不便为外人察视为由拒绝。

当天晚上九点钟左右,郭府的后门悄然打开,两个便衣架着脸部被一条围巾完全缠住的郭英,上了一辆事先准备好的小汽车。

小汽车从后门绕上东大街,一路向西疾驶。夜色浓郁,街两旁的店铺大都关门闭户,只有几家做饮食生意的店铺还开着门,顾客稀疏,生意清淡。路北的一条巷子里,一辆人力车由北向南急行,上了东大街,看到疾驶而来的小汽车,想要闪避,已经来不及。车夫双脚蹬地,像箭一样脱离了人力车。在他的身后,小汽车与人力车轰然相撞,人力车向前飞出十余米。小汽车也受到了损伤,一个急刹车,停在了马路上。车夫左手捂着脑袋挡在了小汽车前面,右手用力地在引擎盖上拍打着,嘴里高喊着:"撞死人了!撞死人了!"

一名便衣从车上下来,抓住车夫的衣领,想把他拖到一边去。不料车夫紧紧地抓住汽车的进气格栅,一步也无法拖离。"杀人毁迹了,劫匪要杀人了。"车夫发出声嘶力竭的叫喊。

过路的人们纷纷围了过来,有人查看车夫的伤情,有人指责便衣撞了人还见死不救。人越来越多,把便衣围在中间。有的热心人要去拨打医院的电话,还有人喊着要去警察局报警。一个穿长衫的年轻人一把揪住便衣的衣襟,要他掏钱给车夫疗伤。眼看纠缠不休,车上另一个便衣也下了车,赶过来把年轻人往一边推。不料一直捂着头部的车夫从下面来了一个扫堂腿,把便衣击倒在地。穿长衫的年轻人两手一用力,把另一个便衣也摁倒在地。旁边的四五个年轻人发一声喊,把两个便衣死死地压在身下。

混乱持续了五六分钟,忽然从不远处传来数声响亮的鞭炮爆炸声。

压在便衣身上的年轻人忽然一跃而起,一哄而散。

两个便衣艰难地从地上爬起来,相互拍打了一下身上的尘土,然后下意识地摸了摸腰。

"枪丢了!"他们同时发出一声惊呼。

他们又一起扑向小汽车。在小汽车的后座上,司机被牢牢地捆缚成一根麻花,嘴里塞着一团肮脏的抹布。他一边挣扎着,一边发出愤怒的类似叫骂的吼声。

在城北的一所简陋的民房里,微弱的电灯光里,坐着曹莼贞、方运宏和惊魂未定的郭英。曹松军的两个徒弟在门外警惕地站岗,曹松军正用一支棉签蘸着紫药水,搽着额头上的伤口。

"曹松军,你要把我撞死了。"郭英捂着胸口,呼吸还有些急促。

曹莼贞笑道:"你不是郭大胆吗?这世界上还有什么事情能吓到你?"

方运宏也笑了,说:"以我们的判断,这三天的学潮闹过以后,你父亲肯定要把你转移到一个隐秘的地方,然后在第二天上午同意我们进入贵府查勘,以掩人耳目。你这么聪明的女子,虽然在府内信息不畅,也应该能猜到我们的意图吧?当你坐进车里的时候,难道就没有一点心理准备吗?"

郭英说:"就你们这些文弱书生,我敢指望吗?我还想着在半路上自己逃掉呢!反正他们不敢开枪,我怎么着都得试一下。"

曹松军扔掉棉签,走到郭英跟前,把刚刚搽过紫药水的伤口指给她看,说:"你仔细看看,这是文弱书生能做的事吗?我这是死里逃生,以命相搏。郭英,你记住,以后有了好吃的,第一个就要想到我。"

郭英说:"我哪里想到你会来呢?我以为你早就吓得没有了主意。"

曹松军抖了抖双肩,从腰里掏出两把柯尔特 M1911A1 型手枪来,说:"不过,再冒险也是值得的。看看这两把手枪,真没想到,姓袁的手下还有这么好的枪。"

郭英撇了撇嘴,说:"不了解情况就敢下手,你们还真有胆子。姓袁的总共派到我家六个便衣,全是他的贴身警卫,论起拳脚来,曹松军你还真不一定是人家的对手。那姓袁的真是鬼迷了心窍,为什么非要和我们郭家结亲呢?"

方运宏说:"有财有貌,哪个不想?"

郭英站起来,要去撕扯方运宏。

曹莼贞拍了一下巴掌,说:"好了,我们不说这些没用的话了。松军,你夺了人家两把枪,可能会惹来一些麻烦。这样吧,你把枪留给运宏,算是我们的回报。我们连夜赶回去,先把郭英安置下来,再商量以后的工作。经过这一次闹腾,郭英不能待在曹甸集了,我们以后开展工作都要更加小心了。"他又向方运宏拱了拱手,说,"运宏兄,我们都是同志,我也不言谢了。你的学运,这次真让我开了眼了。虽然没有一根长矛,威力却不亚于一支军队,真是佩服你。这也给我们提了一个醒,回去后,我们也要有意识地加强这方面的工作。"

方运宏点点头,说:"虽然有些成效,毕竟我们是在这样恶劣的环境之下,一定要注意安全。如果南方的中山先生能打出一片天地,就会渐渐影响到这里,那时,我们现在所做的工作就显示出重要性了。还有,以后你们那边有用得到我的地方,尽管开口。"

曹莼贞轻轻地叹了一口气,说:"我现在才真切地感受到,同志是远远超过朋友和亲戚的一种关系,因为它建立在志同道合的基础上,建立在追求共同信仰的基础上,没有掺进来任何杂质。"

第五章

一

郭英回到学校以后，简单地收拾了一下，就和徐一统等人告别，被曹莼贞和曹松军送到位于马埠湖边的李家庙小学。之所以来这里，是因为李家庙小学的校长李家和蒙学时期便是张书侯先生的学生，而曹莼贞虽然在形式上没有师从过张书侯先生，却能算得上张先生的得意弟子。张书侯先生是远近闻名的大儒，精通国文和西方哲学，还是著名的书法家、篆刻家、新派教育家。他早年曾经追随孙中山先生从事革命活动，后来因为身体原因，回到家乡养病，并创立了强立学社，广收乡里有志青年，讲授国文经典和西方的先进思想。曹莼贞五岁的时候，曹子文便带着他到张书侯先生家里拜访，并和张先生探讨一些国学问题。曹莼贞渐渐长大，对曹子文的教育方式感到不满，便经常自己跑到张先生家里请教，深受张先生影响。正是在这个过程中，他与李家和也成了好朋友。

曹莼贞有自己的打算，他并不想让郭英在李家庙小学待太久。

他最近得到一个新信息：国共两党的合作日渐紧密，一批由两党共同实施的项目极有可能在短时间内变作现实，如孙中山先生倡导的黄埔陆军军官学校，以及由苏联方面提出的为国共两党培养军政人才的莫斯科中山大学等。一旦这些学校建立，我党将从全国各地选派优秀党员充实到学校学习。曹莼贞盘算好了,届时他会积极推荐郭英和曹松军。他们年轻,才干突出,经过系统学习之后,肯定会有很大提升。

曹莼贞和曹松军刚刚回到曹甸集,便听到远处传来的枪炮声。汉阳造的步枪以及类似土炮的白铜管炮虽然声音很单薄,却是杀人的武器,听起来令人毛骨悚然。

前些日子都在疯传要打仗了,没想到这么快就开始了。

第一次直奉大战期间,时任安徽军务帮办的马连甲临阵倒戈,投靠了直系,不久就被任命为安徽省都督。他上任不久,就为曹锟贿选总统提供了十万元助选费,曹锟投桃报李,又任命他为安徽省省长。马连甲的倒戈行径引起部分部属的不满,在内部形成了倒马与拥马两个派系。马连甲虽然记恨倒马的部属,却也不敢过于得罪。因为这些人大多是原安徽省督军倪嗣冲的部将,一直摇摆于奉系与皖系之间,对直系半理不理。倪嗣冲1913年任安徽省都督,一直是皖系的顶梁大柱,在安徽经营了八年,亲信遍布,势力雄厚。全省的军政要职、各地的厘金税务机构,几乎都被倪的亲属或亲信所把持。马连甲深知其中的利害关系,恐怕牵一发而动全身,引发兵变。在他这里,只有一半的人事权和几乎为零的财权。驻守安徽各地的军队,粮草全靠自筹,省财政没有一分钱支持。这种局面的长期延续,导致马连甲威信缺失,令不行禁不止,也导致军队内部为粮草而争执频起,甚至刀枪相见。

粮草之争,其实就是派系之争,就是行政和军事地盘之争。

这次的枪炮声,正是驻守阜阳的第四混成旅高世续部与驻守亳州的第五混成旅华毓庵部为了争地盘、征钱款而进行的利益之战。

华毓庵的三千人马在一天之内占领了亳州南边的太和、界首等地,同时占领了东边的寿康、宿州,对高世续形成了睥睨之势。高世续不甘示弱,一边组织兵力进行反扑,一边派人面见马联甲,请求军事政治和道义上的支持。但是,远水解不了近渴。而且所谓的水,只是一厢情愿,一瓢泼下去,到底是水是油,还真不好说。

脚跟还未站稳,华毓庵就开始向占领区的居民收取税收。用他自己的话说:别人的婆娘,早晚还是别人的,逮到我手里,先解个馋再说。这个解馋,对于当地的老百姓来说,比割肉还疼。华毓庵的税收名目很多,包括田赋、厘金、盐斤附加等,其中最令人无法忍受的,是鸦片税。由于财政紧张,经费紧缺,马联甲多次私下提醒部下,可以动员辖区的乡镇长、团总等,强令百姓大量种植鸦片,然后提取鸦片税,用作军饷。在他的授意下,皖北各地种植鸦片成风,而最终受益最多的,却是马联甲自己。他把鸦片税的三分之一收归己有,名义上用于督军府开支,其实是拿来中饱私囊。皖北农村的经济因此受到沉重打击,农民不堪其苦,生产的粮食无法自给,还要千方百计交纳穿着军饷外衣的鸦片税。

华毓庵的部队一半用于和高世续作战,一半用于征税。

在五六月份鸦片刚刚收割做膏的时候,高世续已经收过一茬鸦片税。所以,当华毓庵的部队再去征收鸦片税时,不只是普通百姓,就连那些乡镇长都感到有些不可思议:刚刚剃过的头,如果用剃刀再刮一遍,还能刮下多少毛发呢?弄不好,会把头皮也刮下来。

最犯愁的还是老百姓,因为鸦片税是按人头派下来的,而不是按地亩。即使按地亩,财主们也不怕,因为他们可以把税收转嫁到佃户身上。

上半年,遇上了多年未有的大旱。曹莼贞曾经做过一次调研,这场大旱遍及皖北各地,除了寿康县东南乡镇的湖田有五六成收成外,其他地方都不到三四成。特别是寿康县的西部和西北部,以及周边的颍上、太和、蒙城、涡阳等县,不仅遭遇旱灾,还遇到了蝗灾,农民所依赖的主要粮食作物完全失收,只在沙地上收获了很少的红芋和荞麦,收成根本抵不上税收,很多人挣扎在死亡线上。

每天都有坏消息传到曹莼贞耳朵里:某村村民因为交不起鸦片税而被士兵枪杀,某村佃户因为被东家逼交鸦片税而奋起反抗,被东家打残了一条腿……

曹莼贞选择了一个周日的上午,在学校召开了一次会议,除了党小组的同志外,他还特意邀请了曹炳文和何清扬,以及夜校的十来位骨干学员。会议的议题是,在目前的形势下,我们应该做什么,可以做什么。

天阴得很厉害,要下雪的样子。麻雀们对于即将面临的寒冷有些胆战心惊,它们在风里喳喳叫着,像宽叶杨树上飘落的树叶一样在阴沉的天空中穿梭着。偶尔能看到一只掉队的鸿雁,它孤独地飞翔着,凄厉地呼喊着,似乎生命的终点就在前面不远处等着它。

大家都认为应该有所行动,即使无法改变形势,也要主动开展一些工作。但是,怎么行动呢?似乎没有更好的办法。

何清扬第一次参加这样的会议,她虽然高冷,在这样的场合还是有些胆怯。看到大家束手无策的样子,她忍不住站了起来,说:"你们不是常说打蛇要打在七寸上吗?你们知道这个七寸在哪里吗?"

大家都把目光投到她脸上。

"我这几天了解了一些情况,当然,我的信息有一部分来自我们家何厂长。现在我们寿康县征收鸦片税的主要方式有两个:一是华毓庵的士兵自己去收,收不上来,随时使用暴力,收上来了,也大部分装进了自己的口袋;二是他们利用当地的大财主,或者当地的人头,采取承包的方式征收。像我们前些日子去的元化村,以及它周边的九个村子,所有的鸦片税都承包给了元化村的大财主李万财。这样做的好处是,军队既能得到大笔的税收,又节约了士兵,可以让更多的士兵投入战斗中。而李万财得到了什么呢?抽头!百分之十的抽头!以我们现在的能力,不要指望改变太多,我们能把曹甸集镇和马埠镇的鸦片税抗下来,就很不错了。但是,有一点需要提醒大家,形势随时会有变化,我们不要过于担心抗税的后果,也许,我们刚把鸦片税抗下来,这个华毓庵就被高世续打跑了。"

何清扬侃侃而谈,似乎是在课堂上讲课。

曹莼贞说:"我从你的发言中得到一点启示,我们可以发动元化村及周边村子的群众,先把那个李万财抗住,在一个地方胜利了,也许就把其他地方带起来了。"

何清扬说:"即使其他地方带不起来,这局部胜利也是胜利啊!"

大家围绕何清扬的建议议论了一会儿,觉得集中力量攻一下元化村以及它周边的九个村子,是极有可能取得胜利的。一个时期以来,他们在元化村及其附近的村子做了不少宣传工作,有的村子正在运作建立农协的事。应该说,这些村子的群众基础不错,具备抗税的基本条件。

当然,其他有群众基础的地方也要去,相辅相成,效果会更好些。

曹莼贞决定亲自带几个人到元化村去。元化村由于村子较大,人口较多,就像一个高地,振臂一呼,好多村子都能看到。曹松军主动提出去曹甸镇东北的几个村庄开展工作,那一带他有不少徒弟,文的武的都不怕。曹莼贞建议徐一统和何清扬到马埠镇去,那一带的驻军少,又靠着马埠湖,安全一些。

郭英要参加曹莼贞这一组的活动。曹莼贞认为她目前不宜抛头露面,郭家肯定会派人在这一带打探她的消息,搞不好就得不偿失。郭英很坚决,说如果一直把她藏下去,她发挥不了作用,还不如回到那个封建家庭去。

曹莼贞想了想,只好答应了。

二

曹莼贞一行四人出发去元化村时,天色还没亮,月牙儿还模模糊糊地留在西边的天上,没睡醒的样子。天气越来越冷,大家都加了衣服。好在是晴天,空气很新鲜。郭英打扮得像个农村女孩,还用红头绳扎了一个独辫子。曹莼贞和郭英都有自行车,但是,大家都商量好了,这次要徒步下乡。一来骑自行车目标大,马联甲的军队匪气十足,被抢被劫都有可能;二来走着可以随时了解情况,也更容易和群众沟通。走到元化村东头的时候,已经是上午八点了。元化村的李谋之和李传亮已在村口等候多时,见他们来了,先找了一个僻静的地方,拿出准备的馒头和咸菜,让他们先垫垫肚子,借机把情况说了一下。

元化村驻了华毓庵的一个连,有七八十号人。李万财腾了一个大院子给他们,又强迫几户邻居也把房子让出来。这一个连分作两部分,一部分白天去南面的赵楼镇和营里的其他部队会合,随时准备打仗;一部分随着李万财的人到各村催税,借机捞些外快,抢些家禽家畜。晚上,全连都回到李万财家,吃喝玩乐,把全村搅得不得安宁。每天都会有枪炮声从周边传来,小规模的冲突不断,大规模的战斗虽然还没有,但已能感觉到硝烟的气息。

曹莼贞上次到元化村搞宣传时,是从村北头进去的,那是个较大的路口。但是,这一次的情况有所不同,要做得隐秘些。曹莼贞分了一下工,他和郭英随李谋之从村东进去,另两个组员随李传亮从村西进去,先到关系比较好的穷苦村民家里,动员他们坚决抗税,然后发动一些摇摆观望的村民,晓之以理,把利害关系说明白。如果能动员三分之二的村民一起抗税,这个村子的税收就能按住了。为了防止发生意外,大家又明确了一下相互的关系:曹莼贞和郭英是夫妻关系,是李谋之的表弟表弟媳,在曹甸集教书,这次到村里来,是动员失学的孩子到集上上学的。

郭英拽住了曹莼贞的袖口,说自己腿疼。曹莼贞脸红着扒开她的手,说你明天就回李家庙小学吧,什么时候腿不疼了再过来。郭英寒了寒脸,便和他拉开了一点距离。

村东的路口很窄,是在宅子河上横着排了几个水泥涵管,然后在上面垫了厚厚的一层土。进村第一家,是一个土坯砌的院子,破旧的窄门板上糊了两张尺把长的白纸。李谋之说:"这是老汤家,你认识他的。"

曹莼贞愣了,问:"他家怎么会有丧事?他的高堂早就不在了呀!"

李谋之说:"是他自己,五天前死的,前天就殓了。"

老汤那天在村集上和曹莼贞聊了很多,回到家里便被人喊到李万财家里,被李万财痛骂了一顿,说他脑后长了反骨,早晚要把他那块骨头给剔出来。华毓庵的一个连住进来以后,李万财对付的第一个人就是老汤。老汤还有两个儿子,三口人摊了七毛五分钱的鸦片税。老汤也不说不交,只说没钱。李万财便威胁他,说他要是再不交,就把他两个儿子都抓去当壮丁,这个部队刚刚战死了二十多人,正愁人手不足呢!老汤的两个儿子一个十九,一个十七,都到了当兵的年龄。老汤当时就骂李万财狗日的,说:"我有钱也不交了,看你能把我两个儿子怎么着。"也是赶巧了,当天晚上那个连长喝多了酒,听到李万财添油加醋地骂老汤,当时就恼了,派了一个排长,带着几个士兵,进了老汤家的门就开枪,当场打死了老汤,还把他的大儿子拉去当了兵。这事激起了很大的民愤,却都不敢声张,更没有人敢出头。兵荒马乱的,那连长随便找个借口,好好的人就成了土匪或者对面军队的奸细,不死也得扒层皮。

曹莼贞感到心里像刀割的一样。老汤不是因他而死,却与他有很大关系。如果那天他不和老汤对话,也许李万财第一个对付的人就不是老汤。归根到底,还是那帮土匪草菅人命。

老汤的小儿子在家,正一个人坐在屋里流泪。曹莼贞安慰了一番,问他愿不愿意和全村人一起抗税。他点点头,说:"别说是抗税,就是让我拿起菜刀去切李万财的头,我也敢。"曹莼贞便嘱咐他这几天没事就到部队去,找他哥哥打听一些消息,特别是那些人打算怎样镇压抗税的群众,有一点消息都要传出来。

村东头第二家叫李传声,家里有七口人,应交鸦片税一块五角钱。李传声家里有五亩地,没有按照镇里的要求种植鸦片,六月份仍然被强收了一块五角钱的鸦片税。当李万财找上门要他再交一块五角钱时,李传声差点晕倒在院子里。郭英问他是怎么打算的。李传声说没有什么打算,先拖着不交,实在扛不住了,也不能学老汤呀!

曹莼贞知道,像李传声这样想的,在本村以及周边几个村子里还有很多。

曹莼贞问李传声:"如果村子里有一个挑头的,你敢不敢响应?"

李传声叹了一口气,说:"只要有一点办法,谁愿意交这个钱?有钱还好说,你们到村子里走一走,看看有几个能交上的?这年头,吃糠能吃个三成饱,就是不错的人家了。为了逃税,每天都有人跑到外乡去。可是,跑出去了又怎么办?早晚还得回来。古语说'哪里的黄土都埋人',就没有人说'哪里的黄土都养人'。跑到外面去,连糠都吃不上。要是有人敢挑这个头,我就敢跟着走。天塌下来,有众人顶着,大家在一起就不怕了。"

两组人最后在李谋之的家里会合,摸到的情况都差不多。全村三百来户人家,有一半人坚决不交,主要是因为实在交不起,这个时候如果有人带头抗税,自然会跟着走;有一百来户的态度不确定,和李传声差不多;还有一小部分村民,勉强能交上税收,虽然心里不愿意交,但是让他们站出来抗税,却是万万不敢的。

离交鸦片税的最后期限还有两天,曹莼贞决定住下来不走了,以元化村为中心,用最快的速度把李万财包税的这十个村子都跑一遍。到了最后一天,如果形势还没有变化,就把这些村子里愿意抗税的村民全部集中到元化村来,人多势众,强逼连长让步。

几个人把各种情况都想了一遍,最坏的结果是发生冲突,伤人,酿成惨祸。谈到这一点,曹莼贞有些犹豫。李传亮说:"曹老师,我们不抗税就不会死人吗?你看看老汤!还有不少和老汤一样的人,家里连糠都吃不上,他们肯定没有办法交税,到了期限,等着他们的是什么,不是很清楚吗?这冲突能避免吗?既然不能,倒不如坚决地把大家组织起来。"

曹莼贞一拍大腿,说:"干!"

郭英被他的动作吓了一跳。

既然要对着干,便要做好发生冲突的准备。

李谋之认为,有必要动员村民准备一些冷兵器,真要发生冲突了,不至于吃太大的亏。

曹莼贞想了想,觉得时机不成熟,如果带了冷兵器,冲突的可能性就会加大,会被军队当作暴动,可能会造成不可收拾的后果。

曹莼贞提醒大家,要事先安排好一些青壮年,如果到时候事态发展到不可收拾的地步,可以迅速夺取一部分武器,把自己的伤亡减到最小。

接下来,大家仍然分组到周边的村子去发动群众。走出元化村,曹莼贞拉了郭英一下,两人略微落后了一些。曹莼贞说:"郭英,你不用随我们了,有更重要的任务给你。"

郭英站住了，看着曹莼贞，一脸的不信任。

曹莼贞笑了，说："如果不重要，你想走我也不会同意。你现在就回曹甸集，去找张书侯先生，把这里发生的情况和即将发生的情况告诉他，请他给柏文蔚将军写信，让柏将军通过关系尽可能地阻止鸦片税的征收，制止这场小军阀之间的争斗。柏将军目前应该是在上海，张书侯先生知道他的住处。你拿到张先生的信以后，要马不停蹄地赶赴上海，一定要找到柏将军。你说，这个任务重不重？"

郭英有些疑惑，说："我知道柏将军就是寿康县柏家寨的人，是同盟会的元老，在安徽也做过多年军政长官。但是，他现在已经是下野之人，能说动马联甲那些人吗？"

曹莼贞笑道："柏将军身居高位多年，资源丰厚，像倪嗣冲那些人，都是要给他面子的。至于马联甲，虽然投靠了直系军阀，骨子里仍然是个骑墙派，他对柏将军还是有所忌惮的。"

郭英点头道："我明白了。我虽然任务艰巨，却没有安全之忧。倒是你们，一定要注意安全。你从上海回到曹甸集的任务还没有完成，更要注意安全。别的话，我就不多说了。"

曹莼贞伸出手，和郭英握了一下，说："安全自然是要顾的，但是，顾不上的时候，也只能暂时抛开。你那边做得好一些，大家的危险就会减轻一些。"

走到一个路口，到了分手的时候，郭英逐一和大家握了手，然后目送大家走远，才转身向曹甸集赶去。

三

第二天中午，十来个村子全部走访完，曹莼贞感觉有了些底气，心里才松弛下来，疲劳也随之而至。李谋之家里只有两间草屋、三张床，曹莼贞在临时安排给他的那张床上小睡了一会儿，又吃了李谋之老婆熬的菜糊糊，身上才有了一点劲。刚想再召集大家议一下，便看到曹松军走了进来。他有些意外,便问曹松军那边的情况怎么样了,怎么会有时间来这里。曹松军把情况简单说了说,大致与这边差不多。原来郭英回到曹甸集的时候见到了曹松军,曹松军得知这边交纳鸦片税的最后期限就在明天,心里放不下,便匆匆忙忙地赶了过来。

曹松军说:"现在元化村这边就是一个汽灯的旋钮,旋好了,就能把周边几个乡镇都照亮。"

他把随身带来的包袱打开。曹莼贞睁大了眼睛,问:"你哪来的这些火铳?要它们做什么?"

曹松军找来一块破布,擦拭着十把火铳,说:"用处大着咧!到明天你就明白了。"

曹莼贞有些好笑,说:"松军,你可不要节外生枝。"

曹松军点点头,说:"我是给你们锦上添花的。"

然后他喊上李谋之和李传亮,三人一起出去,到天黑才赶回来。

第二天上午,是李万财规定的交纳鸦片税的最后期限。一大早,曹松军和李传亮他们便聚集到李谋之家里,大家边吃早饭边商量事。正在这时,老汤的小儿子来找曹莼贞,说消息打听到了,驻在元化村的这个连队,将会派出九个武装小组到周边的九个村子催税,每个小组有两名士兵,由李万财的人带路。这九组人以开枪为号,通报收税的情况。枪响一声,说明还在收,进展不顺利;枪响两声,说明收税完毕;枪响三声,说明遇到了反抗,要火速支援。李万财带着两名士兵在元化村催收,不过时间定在了下午,因为他要在上午指挥协调那九个组。现在李万财有些急,已经收上来的税款,比他预计的少得多,如果今天还收不上来,他将垫付所有的空缺。在九个武装小组出发以前,连长在李万财的央求下下了死命令:如果遇到激烈反抗,可以开枪。如果发现带头抗税的,一定要抓起来,然后送到元化村来,由连长统一处置。

曹松军便笑,说:"这个连长倒可以当我的徒弟,等这事过了,我和他聊聊。"

又是半阴半晴的天气,空气中时而飘来一阵似黑似蓝的烟缕,还弥散着一股动物皮毛烧焦的难闻的气味。在很远的地方,偶尔传来零星的炮声。快到十一点的时候,村子里和村子外仍然是平静的,但是,这平静让人非常不安。

大家都走到院子里。李谋之走到曹松军身边,说:"你的那些火铳,不会全哑火了吧?"

曹松军笑着摇摇头,说:"我倒不希望它们'发言'。"

正说着,忽然从南面榆树村方向传来一声火铳的巨响,榆树村的上空随即飘起一阵硝烟。

曹松军叹了一口气,说:"该来的还是要来。"

说话间,桃柳村和闫村方向也传来两声火铳的巨响。

"开始使用暴力了,这帮王八蛋!"李传亮咬着牙说。

曹松军说:"好了,不能再等了。"

曹莼贞点点头。

曹松军手提一把火铳走到院门外的空地上,把火铳指向天空,用一根香火连着点燃了三管。

砰!砰!砰!三声巨响。树上的鸟儿被惊得狂乱地叫着,向村外阴暗的天空飞去。

整个大地都抖动了几下,然后一切归于平静,只有飘散的硝烟在提醒人们,接下来会有惊心动魄的事情发生。

曹莼贞一挥手,说了一声"走",几个人便如箭一样向村南奔去。

从李万财家的方向传来连长的吆喝声和士兵跑动的声音,一股股尘土从地上升起,飘散开来,淹没了半个村子。

按照曹莼贞事先的安排,无论哪个村子发生士兵暴力逼税的事情,都会被村民迅速拿下,然后派一个人到元化村报信,曹莼贞等人待大局明确以后,再统一发出下一步行动的指令。曹松军的火铳代替了人力报信的问题:村子里响一声铳,说明士兵已经暴力逼税,而且已经被拿下;响两声铳,说明没有拿下,出了问题。三个村子都响了一声铳,说明三个村子都拿下了逼税的士兵。这个时候便不能再等了,曹松军的那个三连发,就是号召还没有行动的村子立即扣押士兵,然后押解到元化村。

不到半个小时,周边九个村子抗税的村民都押着收税的士兵集中到了元化村南路口旁边的打麦场。黑压压的人群把阔大的打麦场挤得严严实实,有一些后来的村民没有地方站,只好退到稻田里。三千多人的阵势,像汛期时马埠湖里的水,波涛汹涌,令人望而生怯。所有人都很兴奋,充满了期待和惊奇,对于他们来说,这是活了几十年都没有想过的事情,更是以前不敢做的事情。现在呢,不只做了,还会继续做下去!

所有村子的召集人都和曹莼贞见了面,简单地汇报了一下情况。曹莼贞也不言语,只把手一挥,便带着这汹涌的湖水,向李万财家奔腾而去。

元化村古老的土地还没有见过如此的阵仗。那些粗壮的柳树、楮树以及楝树,都睁大了眼睛,看着眼前的洪流,树叶和树枝都簌簌而抖。

快到李万财家的时候,前面突然传来一声凄厉的枪响。五十余名士兵排成人墙,像一段歪歪扭扭的堤坝拦在大家面前。连长扛着一支步枪,站在队伍的最前面,有些不屑地看着众人。

曹莼贞没有回头,他高高地举起右手,示意大家止步,然后一个人向前走去,一直走到连长面前。曹松军把手里的火铳交给身边的人,也慢慢地走了过去。

"谁?你是谁?"连长的表情很平静,似乎他已经见惯了这样的阵仗,永远不会惊慌。

"姓曹,是这些被你们强行收税的村民的代表。"曹莼贞回过身来,扫视了一下壮观的人群。

"出头的。"连长说,"自古以来,枪打的都是出头鸟,你不会不知道吧?"

"连长有没有想过,开了枪以后,你就成了一只鸟。"曹莼贞冷冷地说。

连长努力地想了一下,才明白过来,他点了点头,说:"有点水平。老实说,我也不想开枪,但是,你们不交税,我的士兵就会饿死,我不能就这么等着吧?"

曹莼贞说:"饿死你们的不是老百姓,养活你们的才是老百姓,他们是你们的衣食父母,你们对他们动手,就是弑父淫母。"

连长哈哈地笑了,说:"你说的也许有些道理,但那是你们的道理,不是我们的道理。"然后一挥手,"来呀,把这两只鸟给我绑了。"

过来两个士兵,手里拿着事先准备好的绳子。他们看了看曹莼贞和曹松军的手,又看了看他们的眼睛。

曹松军笑了,说:"他们在等着我们把手伸出来呢!"

曹莼贞也笑了,说:"这个,就叫束手就擒。"

曹松军抬起右手,猛地向前一挥。

身后三千多名村民嗷嗷叫着向前冲来,一瞬间就把五十余名士兵围在了中间。前面的人冲得太猛,和士兵挤在了一起。士兵想退,却无路可退。他们惊慌地看着连长,完全失去了主张。

连长也被牢牢地挤在了中间,他的脸被挤成了酱色,嘴半张着,像是被一截红芋塞住,一点声音也发不出来。

人群中发出一声喊,曹莼贞身边闪出一条窄窄的通道。通道的另一端,十来个村民押着李万财走了过来。李万财面如土色,全身哆嗦着,每行一步都十分艰难。

"你们到底要做什么?这是要求取消税收的样子吗?"连长的声音软塌塌的,像一条被抽去了脊骨的黄鳝。

"打死他们,为老汤偿命。"有人高喊。

"我们自然要取消这根本就不应该存在的税收。"曹莼贞说,"同时,我们要求严办枪杀老汤的凶手。"

连长的脸色变成了土灰,说:"取消税收,不是我能做主的,我只听上峰的指令。"

曹莼贞说:"大家可等不了你的上峰的命令,到底怎么办,你心里有数。"

曹松军说:"这么多的人,不是谁一喊就能喊来的,如果没有一个能让大家满意的说法,也不是谁一喊就能退走的。你都当上连长了,这一点还看不清? 就算你再来两个连,照样掉到这湖里淹死。"

连长说:"我一会儿就去向上峰请示,你们让人先退了,我明天给你们答复。"

曹莼贞哈哈大笑,把双臂举起来,高声问:"这位长官说,要明天给我们答复,你们大家说呢?"

人群中响起山呼海啸般的叫喊声:"放他娘的屁,今天不答应,就踩死他们!"

连长看似无意地向一个士兵使了个眼色,那士兵便往后缩,却被曹松军一个叼腕捉到面前,再轻轻一拧,士兵便瘫在地上。

连长的额上冒出一层冷汗,想了一会儿,才说:"我可以命令我的人不再征收。但是,如果换防,我就不敢保证了。"

"那么,杀害老汤的人呢? 你打算怎么办?"曹松军问。

"他是我手下的一个排长,是我管教不严,才出了这样的事情。我让人把他押解到县政府去,听由政府发落,你们看行不行?"连长用祈求的目光看着曹莼贞。

曹松军从衣袋里掏出笔和纸来,让连长把取消税收的保证和严办排长的意见全都写出来,一式两份,一份由连长自己留着,一份交给十个村的村民代表。

连长一一答应,喊过来一个膀大腰圆的士兵,让他弯下腰去,把纸张铺在他的背上,一笔一画地写好,又令人取来印泥,摁了手印。

然后连长让人把杀害老汤的排长捆了起来,带到曹莼贞面前。

整个过程,曹松军都用照相机拍了照。

曹莼贞点点头,说:"连长,如果你反悔,你的保证书,还有这些照片,很快就会在芜湖和安庆的报纸上见报,全国人民都会知道你是个出尔反尔的人,到那时,你还怎么在你的士兵面前做人!"

连长的声音低到几乎听不见,说:"我已经无法在他们面前做人了,你们走后,我马上就找上峰辞职,回我的宣州老家种水稻去。"

李谋之在一旁说:"你真种了水稻,就知道我们老百姓生活有多难了,就不会再做那些伤天害理的事了。"

第六章

一

抗税斗争取得了暂时的胜利,曹莼贞虽然很高兴,可心里仍觉得沉甸甸的。

曹莼贞和曹松军等人第二天下午回到了曹甸集,用晚上的时间和徐一统他们碰了一下头。整体情况很清晰,元化等十个村子的抗税斗争取得了胜利,对其他地方的抗税行动理所当然地起到了一定的影响,有积极的,也有消极的。像曹甸集镇的一些村子,征收的节奏就缓了下来,而且士兵的态度相对温和了一些。而在马埠镇那边,情况就不太理想,那些军阀感到了威胁,反而加大了征收力度,甚至在前线和敌人暂时议和,以便把更多的力量投入征税。

但有一点是显而易见的:党小组领导的这次抗税斗争,在皖北地区形成了很大的威势,广为人们关注和称道,为以后发展党员和扩大组织都打下了良好的基础。

第二天早上,曹莼贞去了张书侯先生家里。

张书侯先生正在院子里练五禽戏,看到曹莼贞,非常高兴,连忙把他让到堂屋里,让家人给他冲了一杯茶,然后关切地看着他的脸,说:"你瘦了不少,要注意身体。你们的事,郭英和我说了一些,我也从别的渠道得到了一些消息。我很赞成你们的行为,在给柏烈武的信中,我请他一定要想方设法制止马联甲部下这种恶劣的行径,既为家乡黎民百姓,也为天下苍生,更为目前得来不易初具雏形的民主形势。柏烈武受逸仙先生委托,正在参与国民党的改组工作。看眼下的形势,到明年年初,国共合作将会呈现一个新局面,这些军阀横行的日子不会太长了。你们扩大影响,扩大组织,我赞成。但是,一定要有耐心,一定要注意安全,坚持下去,就会迎来大展宏图的时机。"

曹莼贞点头表示感谢,然后取出那位连长写的保证书,请张先生给些意见。

张书侯先生翻看了一下,笑了,说:"这些人,总是言而无信的。特别是这个级别的军官,受上级的欺压,又要在下级面前挣面子,很多人是翻脸不认账的。我知道你们还拍了照,这也算是给他们一个教训吧!这个东西,既然拿到手了,倒是可以充分利用一下。安庆作为省会,有几家报纸还是有些影响力的,我给你推荐一下,你把这个东西交给他们,请他们暂时留用。这个连长或者他的长官如果能够兑现承诺,我们也不要赶尽,以免产生别的事端。如果不能够兑现,就让报社发消息,把照片和保证书都发出来。如果形成网破之势,那就只有网破了。"

然后张书侯先生又问曹莼贞有没有别的事情,如果有,不妨现在说出来。

曹莼贞有些为难,吭哧了一会儿,才说:"先生,我可以为信仰牺牲我的生命。但是,为什么我无法放弃爱情呢?"

张书侯先生笑了,说:"为什么要放弃爱情呢?"

曹莼贞说:"放弃了对革命无益的爱情,也许,心里就能装进对革命有益的感情了。"

张书侯先生大笑了,说:"我明白了。拿爱情的事情来问我,我只有枉为人师了。不过,我倒是可以望文而生义。既然你放弃不了,说明那份感情还在成长,起码,它没有没落。或者,你仍然怀着深深的期望。至于你正在犹豫的要不要装进来的感情,我倒是不理解了,那是感情呢,还是爱情呢?我觉得,爱情对革命有益无益,就看你能不能处置得当。爱情是无辜的,女孩子也是无辜的。"

曹莼贞的眼前出现了傅方圆俏丽的笑脸,然后便是郭英热情奔放却又略带嘲讽的瓜子脸。在请教张先生之前,他并没有明确地意识到自己心里是怎么想的。在张先生的鼓励下,他才产生了说点什么的念头,不料竟把潜意识里的东西暴露出来。是潜意识吗?说不清楚。他对自己的想法感到了羞愧。

去安庆之前,曹莼贞在自家的豆腐作坊里开了一个会,把目前要做的事情详细地做了安排。抗税自然要坚持下去,即使没有大进展,也不能后退。郭英那边暂时还没有消息,说明她已经找到了柏将军,不然以她的脾气,早就拍电报回来了。对于参与领导抗税的诸人的安全,曹莼贞反复强调,要大家一定要保持警惕,实在不行,就先找个安全的地方待一段时间,待形势明朗了再说。

曹松军等人并不赞成曹莼贞只身一人到安庆去。路上会有很多不可知的因素,涉身险地,特别是在目前这个敏感的时刻,完全没有必要。既然有张书侯先生的推荐,其他人去也是一样的效果。

曹莼贞之所以要亲自前往,是想在安庆切身感受一下那里的氛围,并且和那里的同学、朋友广泛交流一下信息,信息多了,方法就多了,道路就宽了。快则三天,慢则四天五天,这一趟还是值得的。

大家见劝不动他,便建议让曹松军和他一起去。曹莼贞拒绝了。曹松军身上背着很多工作,离不开。再说,两个人一起置身危险,倒不如一个人把危险担过来。

早上五点多,曹莼贞就从镇马车社动身了,赶到寿康汽车站时,还不到七点钟。上午从寿康开往安庆的汽车有两班,分别是九点和十一点。曹莼贞简单地吃了早餐,在县城的大街上随便走了走。走到邮局门口时,突然灵机一动,进去买了一个大信封,把张书侯先生的推荐信和那些材料都装进去,封了口,在信封上写上"寿康县曹甸集镇大松药厂何清扬收"。然后,他把信封揣在怀里,继续往前走。逛到八点半钟,才回到汽车站买了车票,坐在简陋的候车室里慢慢地等待发车。

候车室里人不多,男男女女不过二十多人,其中还有一部分是去合肥的。曹莼贞漫无目标地扫视着室内,忽然从窄小的玻璃窗看到五个穿黑色服装的年轻人匆匆忙忙地向候车室奔来,腰里似乎别着家伙。曹莼贞一激灵,连忙站起来走到物品寄存处,掏出大信封递给里面的一个中年男人,又掏出一块钱,说:"麻烦你按这个地址给我寄出去。"然后,他转身就往后门走。后门外是一个小广场,停着几辆斑驳的汽车。他刚走出后门,五个年轻人便进了候车室,检视了一遍,留下两个人把住前门,另外三个人从腰里掏出手枪,向小广场追过来。

曹莼贞知道,自己确定无疑是他们的目标了。此时一辆开往凤台的蓝色汽车已经启动,上面好像只坐了三四个人。曹莼贞一个箭步冲上汽车,在后排找了一个座位,刚要喘一口气,却见坐在他前面的一个人摘下礼帽,向他转过脸来。曹莼贞大吃一惊,原来是元化村的驻军连长。

司机熄了火,走到连长跟前,一脸坏笑地看着曹莼贞。

三个持枪的便衣也冲上车来。

曹莼贞叹了一口气,说:"你们果真是无耻至极!"

连长说:"我无'齿',却能咬碎铁蒺藜。我本想放你一马,无奈上面下了死命令,拘不到你,我的命都保不住。你今天该明白了,耍嘴皮子是解决不了问题的,没有这个,就不要想着抗税不交。"他从一个便衣手里取过手枪,打开保险,顶住曹莼贞的额头。

曹莼贞闭上眼睛,说:"丘八横行,民不聊生,徒呼奈何!"

连长哈哈大笑,看看司机,说:"你开车走一趟,把我们送到县监狱。"

司机啪地立正,敬了个不伦不类的军礼,惹得其他人狂笑起来。

半个小时后,押送曹莼贞的汽车驶进了寿康县监狱的大门。这所监狱始建于光绪年间,当时规模尚小,前几年经过扩建,现在拥有一百二十余间牢房,可以容纳千余人。这里围墙高数仞,岗哨林立,到处弥漫着恐怖的气氛和血腥的气息。

车门打开,几个便衣拧着曹莼贞的胳膊,把他带到一间比较靠里的牢房。房门哐啷响过,曹莼贞被扔了进去,砸在一个人身上,那人忍不住发出一阵呻吟。

曹莼贞定了定神,借着微弱的光线,看到牢房里还有二十多个人。被他砸中的那个人揉着肚子凑到他脸前,突然叫了一声:"曹教员,怎么会是你?"

曹莼贞单从声音便能听出,这人正是元化村的李谋之。

其他人也纷纷围拢过来。

曹莼贞一时心如刀割,这个牢房里关着的全是元化村及周边九个村的抗税骨干。

"怎么被抓了这么多人?"曹莼贞沮丧地问。

李传亮说:"他们是夜里动的手。本来,我们按照你说的,也防着呢!上半夜就没敢在家里睡,都躲在村外。看着没事,下半夜便都回了家。没想到,刚进门就被堵住了。"

曹莼贞摇摇头,说:"他们不讲信义,我们是防不住的,除非离家出走,但是,离家出走就意味着抗税失败。"

曹莼贞开始担心曹松军和徐一统他们的安危。既然逮捕是大规模的,曹松军他们肯定也在名单里面。

还有,他们被捕的消息有没有被外界知晓?村民们肯定是知道的,但是,他们有没有把消息传到对解决问题有用的渠道呢?比如,曹松军和徐一统知道吗?张书侯先生知道吗?

曹莼贞把大家聚在一起,商讨有没有办法把消息传出去。曹莼贞已经被搜了身,身上的钱全被搜走了。那些看守是见钱才眼开的,没有了钱,还有什么办法呢?

他走到牢门边,用力敲了敲门。没人理他。他继续敲,仍然没人理。他开始用脚踢。牢门上的小窗户终于打开了,一个中年狱警的暗黑的脸出现在小窗户里。曹莼贞请他通报一声,说要求见县长。中年狱警眼睛瞪着,说:"你想见,老子还想见呢!这两个月薪水只发了一半,我们正商讨着找他算账呢!"

曹莼贞说:"你们现在是替军队做事,为什么不去找那些丘八要薪水?"

狱警说:"你懂个屁!那些当兵的横得很,找他们只能要来黑枣。县长都被他们控制了,县长说的话,就是他们刚刚放过的屁。我告诉你,现在县城归华毓庵的第五营管辖,没有营长的命令,你们一个也出不去。"

曹莼贞问:"老哥,我多问一句,他们抓的抗税的,除了我们这些人,其他牢房里还有没有?"

狱警摇摇头,说:"好像没有。"

曹莼贞松了一口气。

第二天上午,曹莼贞刚刚在昏暗的光线中睁开眼睛,牢门打开了,两个士兵走进来,分辨了一下地上横七竖八躺着的人,然后踢了曹莼贞一脚,喊道:"起来起来,要赏你吃枣了。"

曹莼贞站起来,冷笑一声,说:"想杀老子,估计你们营长小了点。"

其他人也都站起来,拉住曹莼贞,说:"我们把这两个丘八干掉,再一起去死。"

两个士兵往后退了两步,把肩上的枪端在手里,说:"你们想干什么?"

曹莼贞笑了,说:"他们的命不值得我们换。"然后他径直走出了牢房。

天气晴得很好,阳光很亮,空气也比牢房里清爽很多。在监狱办公楼二楼的一个房间里,曹莼贞见到了坐在一张办公桌后面的驻军营长,营长的身边站着驻守元化村的连长,以及两个荷枪的士兵。

营长看了看曹莼贞,指了指桌子旁边的一张椅子,示意他坐下。

营长面相斯文,却流露出不少匪气,是读过几年书的兵痞。

"著名的曹教员,"营长拉长声音说,"曹甸集镇的优秀教员,上海大学的优秀学生,豆腐坊曹炳文的儿子,还差一点成为大松药厂何万年先生的乘龙快婿,我说的对吗?"

曹莼贞点点头。

营长说:"你给我们制造的麻烦,依着我的脾气,早枪毙你八回了,还要曝你的尸。知道你为什么还能坐在我的对面吗?"

曹莼贞说:"你有顶天的本事,还有央我的事吗?"

"央你?"营长哈哈大笑,"你太给自己面子了。我问你,曹教员,你挑动那些穷鬼不交税,他们省下的钱,能分给你多少? 你要是因此而丢了命,他们会替你养你父亲的老? 你还没娶女人,这个亏,谁替你补偿?"

曹莼贞冷笑一声,说:"这个世界上有这么多的不公平,我只是尽力让不公平少一些罢了,死了又有什么可惜? 还有,你们欺压良善,草菅人命,还以此为荣,与禽兽何异?"

营长猛地一拍桌子站起来,说:"我现在就让人带你下乡,脱光你的衣服,让那些穷鬼看看,他们心目中的英雄,原来也不过是一堆臭肉。当然,如果你能劝说他们尽快把税交了,我会赏你一笔钱,甚至会向你们县长举荐你,给你弄个教育委员做做。你对比一下,看看哪个更合算一些?"

曹莼贞笑了,说:"如果你敢羞辱我,你的鸦片税就更收不上来了,你不怕老百姓把你撕了? 你身边的那个连长,他可以用事实告诉你答案。"

连长的眼里冒出怒火,向营长敬了个礼,高声说:"营长,我请求由我来解决这件事。我就不信,一个肉胎的人,能扛得住我的铁鞭子。"

营长笑笑,点了点头,向外面抬了抬下巴。

连长把曹莼贞带到办公楼前的大院里,让两个士兵把他紧紧捆住,然后举起了皮鞭。

一个小时后,曹莼贞被抬回牢房时,已经昏迷不醒了。

二

第二天下午,曹莼贞在疼痛中醒来。

他睁开眼睛,眼前一片灰暗,他以为是半夜时分,自己正躺在学校宿舍里。空气中腐草的气息以及淡淡的血腥味,让他慢慢地想起昨天上午发生的事。他动了一下身子,一阵强烈的疼痛袭来。他又伸了一下胳膊和腿,还好,没有断掉。

他长舒了一口气。

旁边有人说:"你醒了?"他听出是李谋之的声音。

"谋之,怎么这么安静?"他问。

李谋之虚弱地说:"昨天上午,你被他们送回来后,我们被一个个地带出去,全都被打得遍体鳞伤。"

"我拖累大家了。"曹莼贞说,"接下来,还可能被砍头,甚至发生比砍头更让人无法接受的事,如果有扛不住的,有屈服的,也是可以原谅的。你们都是安分守己的农民,我不能要求你们太多。"

身边有了一些响动,有几个人的声音响起来:"不过是一条穷命,想要,就给他狗日的。都是男人,谁屈从了,谁就没脸进祖坟!"

曹莼贞感到脸上有一些热热的东西在流动,那是他感动的泪水。

正说着话,牢门口忽然传来一阵脚步声。门开处,一阵清香飘了进来。

曹莼贞艰难地抬起头,他以为眼睛出现了幻觉,便使劲揉了揉。没错,站在他面前的正是何清扬。

"清扬,你怎么进来的?"曹莼贞低声问。

"我收到了你寄的信,就知道你出事了。"何清扬说,"我到邮局打听,又找到了车站寄存处的人,才知道你是被这帮人抓了。我动用了一些关系,就找到这里了。"

"你去告诉张书侯先生就行了,"曹莼贞说,"何苦还要往这里跑?万一被他们察觉……"

何清扬蹲下身,帮曹莼贞坐起来,说:"花了钱,他们就睁一只眼闭一只眼了。我已经告诉了曹松军,他已经去张先生家里了。"

"松军没危险吗?"曹莼贞问。

"那些兵去抓他,没抓到,倒被他打伤了几个。我把他和徐一统藏在一个隐秘的地方,安全没问题。"何清扬取出一些钱交给曹莼贞,说,"郭英回来了,柏将军已经在过问征税的事了。你们再苦几天,在那几个看守身上花点钱,有什么信息也能传出去。"

曹莼贞点点头,看看周围躺着的人,说:"你告诉徐一统和曹松军,抗税斗争一定不能停,好不容易形成的局面,一定不能丢掉。"

何清扬说:"放心吧!我们已经在做了。高世续对马联甲纵容华毓庵的态度非常不满,准备从奉系借兵,声称如果马联甲不严惩华毓庵,他就归顺奉系。马联甲本来就不是直系的人,如果高世续投降奉系,他的日子会很难过。加上柏将军动用关系施加了压力,马联甲害怕了,估计很快就会发布停止征税、停止战乱的命令。"

李传亮在旁边呻吟了一声,说:"一个是蟹兵,一个是虾将。两边停了战,我们这些人还是要关在这里。"

何清扬撇了撇嘴,说:"你也太小看我们这些人了。我们已经派人去芜湖、安庆和合肥等地了,你们被抓的消息,明后天就会登上这几个城市的报纸。而且,多地都在组织工人和农民联合举行的大游行,目的就是让军阀停止混战、取消税收、释放你们。等着吧,我们这次要把庆功酒摆在寿康最豪华的酒店。"

看守在门口低声说:"快走吧,时间长了会有麻烦的。"

何清扬从随身带来的皮包里取出一台照相机,对着曹莼贞等人连拍了几张,然后对曹莼贞说:"曹教员,你看,依我的表现,是不是可以加入什么什么了?"

曹莼贞有些哭笑不得,他无奈地摆了摆手,说:"你这样做,可是有胁迫之嫌的。"

何清扬轻轻一笑,快步走了出去。

一周以后,曹莼贞等人被放了出来。

当他们相互搀扶着走出寿康县监狱时,看到大门外的马路上站满了前来迎接的人,有认识的,还有很多不认识的。曹松军的两个徒弟看到他们出来,便点燃了一盘一万响的鞭炮,喜庆的鞭炮声和人们热烈的欢呼声混在一起,令曹莼贞他们热泪盈眶。

郭英和何清扬从汽车站租了一辆汽车,带着他们先去了医院,把伤口处理好,然后把大家拉到了寿康县城最好的酒店——百寿楼。进了房间,曹莼贞意外地发现,张书侯先生竟然也在。曹莼贞握着张书侯先生的手,一时百感交集。

郭英和柏文蔚先生见面后,把张书侯先生的信件交给他,并把皖北地区正在发生的强征鸦片税的事情详细地说了。柏文蔚先生非常生气,立即和一些军界政界的当权者联系,请他们立即想办法阻止马联甲的军队在皖北一带的暴行。马联甲受到压力后,刚开始还有些犹豫,毕竟手下的横征暴敛能给他带来很多实实在在的东西,也能借此解决很多平时不好解决的问题。但是,随着外界压力的逐渐增大,以及省内外一些报纸如潮的抨击,马联甲有些害怕了。他的部队强令皖北一带种植鸦片并借此生财的事情以前并不广为人知,现在好了,不知道的人几乎没有了。正在此时,安庆的一家报纸刊载了华毓庵的一个连长在被村民围困的时候写的保证书,以及严惩一个枪杀抗税村民的排长的意见。此外,还有一张抗税现场连长趴在士兵背上写保证书的照片,一张曹莼贞他们在监狱里受尽折磨的照片。很快,倾泻在马联甲身上的责骂声就像深秋的暴雨,把马联甲淋得像落汤鸡一样。马联甲无奈之下,只好把华毓庵和高世续召集到一起,强令他们立即停火,维持战前的地盘不变,并且立即停止征税,释放因为抗税而被抓捕的村民。

"你们这次脱险,"张书侯先生说,"是各方角力的结果,也是你们自己坚持的结果。经历了很多苦难,说明了一个问题,你们都是能经受住考验的人,都是能成大器的人,是值得托付的人。在这么短的时间内,你们就有了这样一个团体,真是一件值得高兴的事情。"

曹莼贞点头,想,张先生说得对,有了这样一个团体,建立支部的条件已经成熟了。

张书侯先生又看看郭英和何清扬,说:"巾帼不让须眉。你们可以过优裕的生活,却选择了与他们一样负重前行,真是令人钦佩!不过,我还要提醒郭小姐一句,西园何限相思树,辛苦梅花候海棠。有些事情,不那么容易,但是,只要有毅力,还是可以做到的。"

郭英红了脸,说:"先生,你是有感而发吧?"

何清扬笑嘻嘻地说:"先生这样的大儒,为你有感,很荣幸吧?你该万福才是,怎么倒红了脸?"

众人哈哈大笑。

三

农历十月中旬,第一场小雪已经落下来了,空气中凛冽的气息越来越浓了。

徐一统又去了一趟上海,带回了上级党组织的指示。

曹莼贞想,该完成任先生交给的任务了。

下午放学后,曹莼贞专门回了一趟家,到父亲的豆腐坊里切了一大块嫩豆腐,又到母亲的小菜园里薅了一把细嫩的蒜苗,然后回到宿舍,烧着了炭炉,放上了砂锅,在砂锅里倒了半锅开水,点了数滴酱油,把嫩豆腐煮了进去。

陆陆续续,曹松军、徐一统和郭英都来了。

四个人围着炭炉,一边烤手一边就着蒜苗吃嫩豆腐。

曹莼贞又拿出一碗酱豆,说:"谁觉得豆腐味道淡,就用酱豆拌一下。"

然后,曹莼贞让徐一统传达上级党组织的指示。

徐一统说:"我这一次不只见到了任先生,还见到了不少领导人。大家对我们开展的斗争很满意,赞不绝口,说我们这拨人,如果再学一下军事,拉到哪里,都可以做文武全才的顶梁柱了。"

郭英说:"我听柏将军说,黄埔陆军军官学校正在筹建中,到时候,国共两党都将抽调一些骨干力量承担教学任务,还要从全国招生。如果有可能,我真想去学一下。等我毕业了,徐一统,你刚才说的文武全才,也许我敢担起来。"

众人都笑,说:"你真够自信的,还没有发生的事,你都贴到自己身上了。"

徐一统接着说:"我们请示发展的四名党员,都得到了批准,而且成立特支的申请也批了。"

大家一阵欢呼,虽然声音有些压抑,激情却像眼前的豆腐锅一样翻滚。

曹纯贞往碗里舀了一勺豆腐汤,高高地举起碗,说:"同志们,让我们以汤作酒,热烈祝贺!"

四只白色的瓷碗在空中相碰,发出清脆悦耳的声音。

曹纯贞喝了一口汤,说:"我的想法,今天要和大家敞开说一下。以我们目前的具体情况,成立党支部的条件确实已经具备了。在我们周边,像凤台、蒙城、涡阳等地,也有上级党组织派来的个别同志在那里活动。还有一些寿康籍的,在上海、芜湖、安庆、合肥等地上学的同志,他们也利用各种机会回到家乡宣传革命。像曹渊、薛卓汉、胡允恭、陶淮等同志,他们回到家乡时,我们都见过面,都有过深入的交流。他们对寿康革命形势的发展都做出了很大贡献。如果我们把他们中的部分人拉进来,这个支部早就可以成立了。但是,我想,我们成立支部的目的是对内发展党员,对外发展群众组织,这个支部应该体现出一种结合。是什么样的结合呢?是各个阶层同志的结合。松军是工人,我和徐一统、郭英都是知识分子,那么,我们的队伍中,一定要有农民参加进来。这样,一方面体现出了我们的工作成果,我们已经广泛地进入了各个阶层,团结了各个阶层的优秀人才;另一方面,我们必须明白,我们的工作是持久的,是艰难的。所以,在以后的工作中,非常需要各个阶层的同志在支部里担当责任,以便更好地发动和领导各个阶层。当我们要求的这些条件都真正具备时,我们才向上级提出了成立特支的申请。"

曹松军说:"我赞成纯贞的想法。既然我们是安徽省第一个农村党支部,就要充分体现出农村这个特色。"

郭英抻了抻衣袖,抹了抹脸,说:"曹松军,你不要以为只有你自己是农村的,你看看我这一身衣服,看看我这张可以当砂纸的脸,我比你还农村呢!"

大家这才恍然意识到,郭英从合肥回来后,一直穿一身黑色的土布衣服,平时搽脸的那些东西也不见了,还有那些小资情调,似乎也被风吹走了。

"曹甸集的风厉害,"徐一统笑着说,"什么不良的东西都能吹走。"

郭英挥手打了他一下,说:"什么是不良的?你不是女孩子,你知道什么是不良的?我告诉你,我是在攒钱!因为我没有过去那个经济来源了,我和那个家庭已经彻底决裂了。现在看来,不只是我不想他们了,他们也不想我了。想我做什么?还让曹松军劫我啊?"

大家都笑了。

曹松军问:"那你攒钱做什么?虽然薪水少,也不至于挨饿吧?"

郭英白了曹莼贞一眼,不回答,舀了一块豆腐,放到嘴边吹了吹。

曹莼贞低下头去,装作没有看到郭英的白眼。

"我告诉你吧,曹松军,"郭英吃了一点豆腐,说,"我有一个去黄埔读书的想法,到时候,需要不少费用的。"

大家都吃了一惊。刚才说到黄埔,其实就是个玩笑,难道郭英当真了?

郭英又说:"如果这个地方不需要我了,我就去黄埔上军校。或者,到广东参加农运,那里的农民运动像火炕一样热火,我在那里可以找到用武之地,而且,也可以忘掉过去的一切。"

曹松军刚要说什么,徐一统暗里拉了一下他的手。两人站起来,推说吃饱了,要回去睡觉。

曹莼贞无奈地看着他们,说:"别忘了,周日上午,我们要举行仪式。"

两人点着头,飞快地出了门。

屋里只剩下两个人的时候,世界仿佛一下安静下来。炭火依旧很旺,偶尔发出细碎的哔剥声。曹莼贞用筷子夹了一点酱豆,要往郭英的碗里放。

郭英摇了摇手,说:"我吃好了。我们出去走走吧!"

两人出了校门,很快走进了黑暗。向南看,远处的村庄有几星灯火在闪,偶尔会有几声狗吠。天空中星光稀疏,令人感觉更加清冷。郭英抱紧了膀子,慢慢地在前面走,曹莼贞在后面跟着。向南走了百十米,再向东拐,不久便走到满是枯草的白泉河边。一条小鱼跃出水面,发出的声响很悦耳。郭英站下,等曹莼贞走到身边,说:"莼哥,我想要你给我一个准话。"

曹莼贞默然。在张书侯先生家里,他说出了自己的犹豫,回到家里后,便感到很羞愧,觉得对不起傅方圆。虽然相距遥远,又过着完全不同的生活,但是傅方圆一直在等待,这是事实。这种等待,是在巨大的压力下坚持下来的,也是在对未来完全不可知的情况下坚持下来的,多么难能可贵!徐一统这次去上海,了解到傅方圆的一些情况,并捎回了傅方圆的口信。傅方圆最近经常去上海党组织在小沙渡创办的第一所工人学校——工人半日学校,既学习进步知识,又真实地了解到工人的生活。而且,她在那里接触到不少来自寿康县的进步学生,对曹莼贞他们在曹甸集开展的很多工作都有耳闻。她让徐一统带信给曹莼贞,如果他这边在经济上有需求,尽管和她说。如果他能去上海一次,她还会给他一些惊喜。

曹莼贞不知道傅方圆会给他什么惊喜,他一时半会儿也去不了,但是,他的心里充满了期待和想象。

"郭英,"曹莼贞说,"我知道你的心,但是,我真的无法许诺你什么。"

郭英说:"我知道你还在念着某个人,但是,你应该明白,一只上海的鸟儿落在寿康的山坡上,它是无法生存的。即使你在这里是一棵树,枝繁叶茂,也无法给那只鸟儿安全感。"

"我没有想这么多。"曹莼贞说。

郭英弯腰拾起一块砂礓,顺手扔进了小河里。

"在政治上,你比我成熟。"郭英说,"打倒军阀,国共合作过程中的种种矛盾,还有封建势力的强大,这些困难的消除,需要我们付出生命,而且,需要经历漫长的时间。我们就像在悬崖峭壁上前行,而她呢,是在中国最宽阔最豪华的马路上散步。这个时候,我们需要的是互相鼓励,相携而行,是真实的帮助,而不是沉浸在不切合实际的幻想中。"

曹莼贞知道郭英是对的,但是,他无法因此而改变。

郭英有些激动,她一把抓住了曹莼贞的右手。

"莼哥,你是知道我对你的感情的。同志加爱人,这是我一直盼望的。能和自己热爱的人向着一个共同目标前进,这是多么令人向往的事!难道,你对我……"

曹莼贞用左手轻轻地拍了拍郭英的手,把右手抽了出来,说:"我虽然是一个坚定的革命者,但是在爱情方面,我是一个幻想主义者,我无法摆脱幻想,虽然我知道那可能是不切合实际的。"

郭英长吁了一口气,仰面看天,良久不说一句话。

曹莼贞感觉到,郭英的眼睛里流出了泪水。

"那,我只有走了。"郭英说,声音轻得几乎听不见。

"这里非常需要你,我希望你留下来。"曹莼贞的声音有些急切。

郭英轻轻地冷笑了一声,说:"曹莼贞,在爱情上,我是个现实主义者。我离开这里,并不是说不革命了。我已经和你说过,我要去广东,那里有更火热的生活,我要去寻找,去追求,去实现我的梦想。"

曹莼贞一时无语。他知道,当郭英去意已决时,所有的劝说都是无力的。

郭英离开了小河边,慢慢地往回走。曹莼贞犹豫了一下,快步赶上去,和她并肩而行。郭英停下脚步,和曹莼贞相向而立,片刻后,突然扑到他的怀里,紧紧地抱住了他。

她的泪水恣肆流淌,在微风中很快变得很凉,打湿了曹莼贞的肩膀。

周日上午,阳光明媚,校园里已经落尽叶子的几棵高大的泡桐树似乎被阳光注入了精神,朝气蓬勃地挺立着。一群麻雀刚刚从树枝上飞走,又飞来一群鸽子,贴着树梢呼啸而过,留下一阵风和数管灰色的羽毛。

九点整,在曹炳文整洁的校长室里,一场隆重的入党仪式正在举行。

曹炳文、何清扬、李谋之、李传亮,四名新党员站在第一排,曹松军、郭英和徐一统站在第二排,曹莼贞站在最前面,他们面向悬挂在东墙上的红色党旗,庄严地举起了右手宣誓:

"我自愿加入中国共产党,我宣誓:牺牲个人,严守秘密,阶级斗争,努力革命,服从党纪,永不叛党。"

短暂的沉默之后,大家相互握手,祝贺这个崭新日子的到来。

郭英从自己房间里拿出一盒奶糖分发给大家,何清扬则准备了八支黑色和红色的金星钢笔送给每一个人,说要给大家留下一个可以睹物思情的记忆。曹松军和曹炳文从教员办公室搬来几张凳子,大家围坐在一起,脸上洋溢着喜悦之情。

曹莼贞拍了两下巴掌,大家安静下来。曹莼贞说:"同志们,今天是个永生难忘的日子,对于几位新入党的同志,对于已经入党的同志,都是永生难忘的。因为,接下来,我要向大家宣布一条永生难忘的消息。"

他停了一下,目光热烈地看着大家,似乎要让这简短的停顿也铭刻在众人的记忆里。

"今天,1923年11月25日,中国共产党在安徽的第一个农村党支部,直属中央领导的寿康县曹甸集特别支部,正式成立了。"

大家低声欢呼起来。

曹莼贞向何清扬和郭英示意。两人飞快地跑到曹莼贞屋里,搬来一个用豆腐和蛋清做成的洁白如玉的漂亮蛋糕,上面插着一支鲜红的蜡烛。

曹莼贞说:"这个蛋糕,它没有高贵的食材,没有精致的做工,但是,我相信,它是我们大家吃过的——也包括以后吃到的——最美味的蛋糕。因为,它的使命,是庆祝中共曹甸集特支的成立,是庆祝安徽第一个农村党组织的成立,是庆祝我们每一位同志,从今天起,将肩负更加艰巨而光荣的使命。"

"我想,"郭英说,"它还有其他的使命。"

大家都把目光投向她。

"我们可以借它,来预祝中国革命早日成功,预祝一个没有人压迫人、没有人剥削人、没有等级之分、荡涤了一切人间污浊的新中国早日诞生!"

大家一起鼓起掌来。

"我认为,在这样的时刻,作为特支书记,曹荩贞先生应该即席赋诗一首。"何清扬笑吟吟地说。

曹荩贞点了点头。他沉吟了一下,声音低沉地朗诵起来:"祖辈辛勤夜不眠,诸君整日重担肩。频遭歉岁难温饱,哪堪兵燹苦连年。国事纷纭病夫态,山河破碎不忍看。寻求真理红澜挽,展望神州换新颜。"

阳光透过窗户,照进了屋里,照在八张喜气洋洋的脸上。

第二部

第一章

一

1928年11月中旬的一天,天气非常清冷,空气潮乎乎的,似乎有些稀薄,令人喘一口气都感觉困难。夜里就刮起了大风,光秃秃的树枝在风中碰撞着,发出凄厉的声音。

在寿康县城南小学的一间宽敞的办公室里,二十多名年轻人或坐或站,正在焦急地等待着什么。徐一统和何清扬坐在南面临窗的两只桑木凳子上,有些不安地向窗外看着,时不时交换一下眼神。他们在本月初接到上级通知,要求他们尽快从苏联莫斯科中山大学赶回,参加在寿康县城举行的一次重要会议。他们告别了老师和同学,带着简单的行李,匆匆忙忙地赶了过来。

屈指算一下,离开曹甸集,已经有三年多了。

在曹甸集工作时的那些同志,在遭受"四一二"白色恐怖后,还有多少人活着?还有多少人坚持工作?徐一统和何清扬的心里充满了担忧,也充满了忧伤。

院子里传来杂沓的脚步声,门口暗了一下,两个精神抖擞的年轻人走了进来。

"曹松军?郭英?"徐一统和何清扬惊喜地站了起来。

曹松军和郭英脸上也露出惊喜的表情,四个人紧紧地握着手,一时百感交集。

"郭英,你比我们大家离开曹甸集更早,这几年,你都去了哪里?"何清扬问。

郭英比五年前成熟了很多,但是从她的眼神里,能看出来她和那时一样执拗任性。在曹甸集特支成立的第二个月,她就只身一人去了广东,在广东省农会工作了一段时间,黄埔陆军军官学校成立后,她便考入了女生队,成了一名优秀的学员。从黄埔军校毕业后,她去了中央农民运动讲习所,一边做学员,一边帮着工作。一个星期前,她接到通知,要求她立即回到寿康,参与当地党组织的重建工作,并领导当地的军事活动。

何清扬有些羡慕,她看了一眼徐一统,说:"我们刚进莫斯科中山大学的时候,我是准备学习军事的,你却坚持两人一起学政工。不然,我就可以和郭英一起从事军事斗争了。多痛快啊!可以拿起枪和敌人面对面地干。还有,曹松军,"她仔细看了看曹松军,说,"你又是去了哪里?看你一身戎装,完全是军官作风了,还是个少校呢,了不得啊!"

曹松军笑道:"首先,我不赞成你刚才的说法。从目前的形势看,是不可能把政工和军事分得那么清晰的。我们过去开玩笑说的文武全才,现在真要成为不得不实现的现实了。"

徐一统说:"我知道你离开得晚一些,这样更好,可以和莼贞一起多待一些时间,多学一些东西。"

曹松军说:"是的,我离开曹甸集时,你们都已经各奔西东了。我去黄埔军校学习,也是莼贞的催促。他认为军事斗争会逐渐成为一种主要的斗争手段,没有军事人才早晚要吃亏的。我去黄埔的时候,是大前年的下半年。毕业以后,我先到北伐军第一军做了排长。不久,柏文蔚先生为响应北伐,以淮上军旧部为骨干,以淮上人民自治军和江淮民军为主体,组建了三十三军。我便被党组织派到三十三军在寿康县组建的学兵团做了营长。这个学兵团有很多我们的同志,团长孙一中也是党员。老蒋叛变革命以后,反动派在全国范围内'清党',学兵团也难以避免,柏将军的压力很大,我和其他同志正在做撤退的准备。"

正说着话,只听学校大门刺耳地吱呀了一声,紧接着,传来细碎的马蹄声。屋里不少人都站了起来,说来了来了。

郭英等人也赶忙向院子里看,只见西装革履的方运宏正把两匹枣红色的瘦马往一棵杨树上拴,他的旁边站着一个穿着藏青色长袍的青年男子。那青年男子转过身来,何清扬惊叹了一声:"我的天哪!这不是当年的曹莼贞了,这是老曹了!"

曹莼贞留了胡须,这让他看上去比实际年龄大五六岁。昔日白皙的脸已经被健康的黝黑覆盖,表情里也多了一些刚毅和果断。他的眼神是沉郁的、冷淡的,似乎凝了一层永远不会融化的霜雪。

曹莼贞和方运宏一起走进屋,用低沉的声音和大家打着招呼,好像这屋里所有人都是他的熟人。看到郭英他们,他没有感到惊讶,就像大家昨天刚刚从曹甸集中学分手一样。他伸出手,和他们轻轻地握了一下。在和郭英握手时,他略微停留了一下,目光也对视了片刻,说:"欢迎你们回来!"

屋里只有一张方桌,上面放着两把竹壳水壶,摆着几只黑釉小碗。方运宏把曹莼贞让到方桌边坐下,自己也傍着曹莼贞坐下,轻轻地敲了一下桌子,说:"各位都到了,现在,我们开会。我叫方运宏,你们都认识,或者都听说过。这些天,我一个一个地联系上你们,又把今天开会的信息传达给你们,虽然有些辛苦,但是有一个好处,那就是我们提前认识了。'四一二'反革命政变后,我们寿康乃至皖北的革命形势发生了很大的逆转,革命组织被破坏殆尽,很多革命同志都被杀害了,有些同志失去了和组织的联系,成了散兵游勇,革命活动也基本上销声匿迹。为了迅速扭转目前的不利局面,也为了避免更大的损失,中共安徽省临时委员会于 10 月 25 日在芜湖召开会议,分析了当前的形势,提出的第一个重要措施就是迅速在全省各地重新组建党组织,尽快把失散的党员和先进分子收纳进组织,开展针锋相对的斗争,重振民众的信心。经临委研究决定,组建中共寿康临时县委,也叫寿凤临时县委。我作为省临委的特派员,负责寿康县委和省临委的联络工作,并参与县委的工作。中共寿康临时县委的书记由曹莼贞同志担任。大家知道,莼贞同志在组建第一特支以后,一直致力于寿康县党员的发展和群众组织的壮大,并在前年春天担任了县委的主要领导,领导了多次有影响的群众运动。'四一二'反革命政变时,他死里逃生,并一直卓有成效地开展工作,是省委信得过的信仰坚定且有能力的优秀干部。下面,就请莼贞同志讲话。"

会场里响起一阵压抑的掌声。

曹莼贞站起身来,向大家拱了拱手,轻轻地叹了一口气,说:"来参加今天这个会议的同志,在这一年多时间里,大多经历了多次生与死的考验,都见证了白色恐怖的残酷,见证了蒋介石、汪精卫之流的卑劣和凶残,也见证了我们红色基因的强大。我们皖北地区自1923年冬季成立党组织以来,在大革命失败前的四年半的时间里,做了大量的发动群众、组织群众、壮大组织的工作,取得了非常大的成绩。今天在座的大部分同志亲身参与了这些工作,可以说,功不可没。比如,1924年8月,胡允恭、黄一伯等人组织淮上中学补习社,宣传革命。同年9月,薛卓汉、陈允常和方运宏到马埠小学教书,成立小学支部,下辖李山庙、吴山庙等六个党小组。当时全省有四十余名党员,寿康就占了二十余名。1924年冬,方运宏在寿县中学公开成立寿县学生联合会,反对顽固校长,组织罢课和游行。1925年,上海五卅运动爆发时,我们各位党员共同努力,组织了寿康各界沪案后援会,寿康学生沪案后援会,将破坏群众运动的大资本家、商会会长揪出示众,并将捐款汇给上海的工人兄弟。此后,我们还相继成立了城关支部、窑口集特别支部、堰口集支部等,并选送一批优秀青年赴苏联莫斯科中山大学及上海大学、广州中央农民运动讲习所和黄埔军校学习。黄埔一至六期的学员中,寿康籍的共产党员就有二十多人。到苏联莫斯科中山大学深造并经常与我们保持联系的,就有十七人,占全省的半数。同志们,当时的革命形势真可以用如火如荼来形容,打倒北洋军阀,打倒封建主义,打倒帝国主义,这个美好的愿望就快要实现了。如果没有蒋介石和汪精卫对革命的背叛,中国革命的成功真是指日可待。"

有人插话道:"背叛,它的最大的罪过还不是革命成功的推迟,而是一大批优秀的热血青年被屠杀。"

曹莼贞点点头,说:"是的,史无前例的屠杀,让无数优秀的共产党人和向往共产革命的优秀分子死于非命,就像一朵朵可以让这个世界充满花香的蓓蕾,被扼杀在了初开之时。像曹甸集的李谋之、李传亮他们,他们的革命热情还没来得及完全释放,就被杀害了。这些无法估量的损失,我们一定要用反动分子的血来偿还!"

按照省临委的指示,要在最短的时间内把失去联系的党员和积极分子联系上,恢复正常的组织活动。同时,要动员一切可以动员的力量,做好武装暴动的准备。曹莼贞在寿康工作时间长,和参加会议的大部分同志或多或少都有工作上的接触。他把所有参加会议的同志按区域分为五个组,分别指派了工作,并由方运宏与各组分别确定了联系方式。待所有事宜安排完毕,已经是正午时分了。

曹莼贞和方运宏把徐一纯、何清扬、曹松军、郭英等人留下来,把他们带到学校后门附近的一间宿舍里。

方运宏掀开窄窄的床板,揭开床板下的两块方砖,从一个方洞里掏出一个黑色粗布包裹的小包,一层一层揭开来,出现在众人眼前的,是两把毛瑟手枪。

方运宏把两把手枪分赠给曹莼贞和郭英,说:"非常时期,这东西比生命都珍贵。"

郭英验了一下枪,点了点头,说:"东西不错,就是老了点。"

曹松军说:"学兵团准备撤退的党员倒是可以留下一些枪支,我尽力收集一些,留作暴动时使用。"

方运宏说:"刚才在会议上,我没有宣读省临委关于县委委员的任命,这也是出于安全考虑。按照省临委的指示,由我们六人组成中共寿康县委,徐一统负责宣传工作,何清扬负责组织工作,曹松军和郭英二位同志负责军事,我在寿康县委的工作就是为大家提供后勤保障。在恢复党组织活动的同时,军事工作必须跟上,甚至要走在前面。军事工作的当务之急,一是调查清楚寿康县保安团、警察局以及可能对我们造成伤害的县内及周边地区武装力量的人数和装备,包括红枪会、大刀会等会道门组织;二是调查清楚我们掌握的力量所持有的枪械数量;三是要不定期地见缝插针地把军事常识传授给我们的同志。同时,要利用关系,筹集资金,组织人员制造炸弹和打制大刀、长矛等。此外,松军还要在学兵团多做一些工作。三十三军虽然是柏将军一手拉起来的队伍,又有淮上军的老底子,毕竟隶属蒋介石,所以,学兵团里的共产党员将很快成为清洗目标。这些党员各有各的线,大部分人是准备撤离的。松军要想办法留住一些人,因为我们将来的暴动非常需要这样的力量。"

曹松军摇摇头,说:"这个撤离的情况,我了解一些。这些人在撤离后,会分散到全国各地去,将成为各地武装暴动的中坚力量,所以,我们想留人难度很大。"

徐一统若有沉思地说:"是的,这一年多时间,我们的损失太大,各地都需要人。"

曹纯贞说:"既然是这样,我们也不好强求,还是以自力更生为主吧!另外,在军事方面,我和运宏可以分担一些。我前几天就已经计划好了,近期要去一次上海,看看能不能利用关系筹集一批经费,就地购买一些军火。运宏负责到农村收集土炮、火铳、兔子枪这些土家伙,作为必要的补充。初步计划是,如果我们的枪械加起来能有一百五十支左右,就举行暴动。"

何清扬说:"我到苏联以后,我父亲就和我断绝了关系,不然,我倒是可以从家里筹点钱,买点武器。"

徐一统笑了笑,说:"即使没有断绝,你从家里也就是趸摸几个零用钱,有什么用呢?"

何清扬白了他一眼,说:"有一个情况,刚才方运宏也说到了,我觉得有必要着重谈一下。在寿康和附近的几个县,有不少会道门组织,像红枪会、大刀会什么的。这些组织良莠不齐,有作恶多端的,也有聚集自保的。他们人数众多,拥有的枪支却不多,更多的是大刀和长矛。我们可以考虑一下,能不能把这些人动员一部分过来,作为我们暴动时的补充力量。"

曹莼贞笑了,说:"莫斯科中山大学毕业的,就是不一样,眼光很独特。"但是,大家心里都明白,这些会道门组织无论是带头的还是从众的,封建意识非常浓厚,素质也较差,如果没有足够的力量震慑,想把他们收服,是一件非常困难的事情。

方运宏点点头,说:"省临委也考虑到了这个问题,但是没有做具体要求。就在上个月,我们的几个同志在宣城那边开展工作时,被当地的大刀会杀害了。所以在这个问题上,我们一定要慎重。"

和会道门组织的接触,敏感且充满了不确定因素,牵一发而动全身,处理不好,反而会影响暴动。但是,这又是一个无法回避的问题。

曹莼贞拍了两下巴掌,说:"这个问题,等我从上海回来以后再说吧。到时候,我具体了解一下情况,大家再一起确定怎么办。"

二

上海火车站还和过去一样稳重而严肃,像一个从没有年轻过的老人,一直坐在风霜里,面无表情地看着川流不息的人群。

曹莼贞下了火车,立即感受到扑面的严霜,还夹杂着一丝血腥的气息。他知道这只是自己的感觉。大屠杀已经过去一年多时间,无数共产党员的血被冲进了黄浦江,但是,血腥的杀戮一直没有停止,不断有鲜血流淌,血腥的气息就像云一样,一直笼罩在这个城市的上空。繁华的表面下,隐蔽着无数肮脏;看似平静,却蕴含着一触即发的杀机。

第一特支成立以后,在一个较长的时期内,一直和上海的党组织保持紧密联系。随着党员的不断增加、组织的不断扩大,不断整合,寿康的党组织整体划归安徽省委联系和指导工作。所以,曹莼贞来到上海以后,并没有尝试和当地党组织联系。他的目的只有一个,那就是在上海筹备一批军火;途径也只有一个,那就是借助傅方圆。

与傅方圆分开六年了,其间,他虽然也得到过她的消息,知道她比较倾向革命,并且还参加过红色夜校等外围组织,却没有和她直接发生过任何联系。但是,曹莼贞知道,只要能找到傅方圆,她一定会像过去一样热心地帮助自己。在来上海的路上,他一再地问自己,如果只是为了个人感情,他会来找她吗?答案很明白:会来,但是,肯定不是现在。六年的时间,他有过一些机会来上海,但是,他一直没有把机会兑现。原因呢?他觉得,自打离开上海,他和傅方圆之间就隔了一条河,他们都热切地隔河注视着对方,却没有勇气蹚过河流。河流的另一边,即使不是陌生的土地,也是不属于自己的。

寻找傅方圆,最可靠的办法是到她家附近去等待。她仍然在上海,即使不在家里住,也会隔三岔五回家的。曹莼贞在凤舞巷的南口等了两天,也没有见到傅方圆。傅英杰的福特小汽车倒是有规律地每天两出两进。曹莼贞戴了一顶黑色礼帽,压低了帽檐,目光从帽檐下穿过,勉强能看到坐在车子里的傅英杰红光满面的脸。傅英杰当初曾经信誓旦旦地说自己绝不和任何政治集团联姻,但他很快就把这话遗忘了。现在,即使他和那个发动大屠杀的人不在同一条船上,也是在相邻的船上。他们是两支射向同一靶心的箭,也许会偶尔碰伤对方,但共同的目标让他们最终牢牢地绑在一起。曹莼贞又在亚培尔路27号傅英杰的办公室外以及位于白利路的纺织总厂外徘徊了一天,仍然一无所获。虽然没有人限制他的时间,但是他知道,他不可能一直这么守下去。时间和金钱,他都耗不起。第四天中午,他来到上海大学西侧的严家胡同,寻找一个极其缥缈的希望。他不相信自己还能寻到杨姓老夫妇开的那家淮南风味的牛肉汤馆,沧海桑田,如果杨姓老夫妇还能安稳地坐在他们的小馆里,真是万幸了。所以,当他在苍茫的天色里看到巷口蒸腾的热气,看到杨老板瘦削的身影时,竟有一种喜出望外的感觉。他走到汤馆门前,脱下帽子,向杨老板轻轻地笑了一下。

杨老板惊讶地看着他，嘴唇嚅动了一下，然后轻轻地叹息了一声。

曹莼贞四处看了一下，一切就像他当初离开时一样。"杨老板，大妈不在？又去送饭了？"他记得上海大学有几个懒先生，他们非常喜欢杨老板的牛肉汤，却又不愿意迈动脚步，所以，杨老板夫妇经常给他们送饭。

杨老板放下手里的活计，摆了摆手，在一张小桌旁坐下。曹莼贞坐到他对面，从他脸上忧伤的神情，已经预感到了不幸。

"死了一年多了。"杨老板垂下头，泪水顺着干枯的脸颊流了下来。

大屠杀的时候，杨老板见街面上到处在抓人杀人，就把小铺子关了门，老两口每天在屋里躲着，哪里也不敢去，却没有挡住祸从天降。一天早上，杨大妈刚刚起床，就被一颗流弹击中了腹部。当时的医院全都被军队接管，里面躺满了伤兵，平民百姓根本进不去。杨大妈在小铺子里躺了三天，最终还是离开了人世。杨老板本来打算关了铺子回老家淮南，思前想后，回去也没有立锥之地，还不如在这里耗着，活到什么时候是什么时候。

唏嘘了一番，杨老板突然问："你没有去找傅小姐吗？我以为你们是一起来的，刚才还向你身后望呢！"

曹莼贞摇摇头，说："我已经几年没有见到她了。上海这么大，我都不知道她在哪里。"

杨老板抹干了泪水，说："我倒是一两个月能见到她一次。她偶尔会来这里吃牛肉汤，还和我说起当初你俩来这里吃饭的一些细节。我看呢，她不是喜欢喝牛肉汤，她是一直放不下你。"

曹莼贞有些惊喜，连忙问："那她最近一次来这里是什么时候？"

杨老板想了想，说："将近一个半月了。我记得很清楚，她是坐一辆米黄色的小车过来的。以前，她都是走来的。"

曹莼贞点点头，说："她毕业后，应该已经闯出一番事业了。"

曹莼贞给杨老板打下手，一直待到晚上打烊才离去。第二天早上，他匆匆地吃了早点，又赶到牛肉汤馆，给杨老板做了一天伙计。

傅方圆仍没有出现，但是，曹莼贞已经无法继续等待了。

来到上海以后,他多次设想过两人见面时的场景,却没有想过见不到时一定会有的失落。

回到旅馆,已经是晚上九点多了。他简单地洗了洗,便和衣躺到床上,想着明天离开上海的事,想着离开上海以后怎么办。暴动刻不容缓,没有武器的暴动无疑是以卵击石。牺牲不可怕,可怕的是力量损失带来的后果。除了傅方圆,他没有别的筹集经费的途径,更没有别的搞枪的途径。就这么离开了,他心里虽然不甘,却也是无可奈何的事情。

他长叹了一口气,强迫自己睡觉。一天的劳动与等待,已经令他身心俱疲。

门外传来轻轻的脚步声,曹莼贞一下坐起身来。每天晚上外面都有许多杂沓的脚步,但是,这个脚步令曹莼贞热血沸腾。他跳下床,来不及穿好鞋,便冲过去打开了房门。果然,门外站着傅方圆。傅方圆举着右手,正准备敲门,看到曹莼贞,她惊讶地睁大了眼睛。

"你看到我了?"她问。

"我听到你了。"曹莼贞激动地看着傅方圆,炽热的眼神如火,把傅方圆的脸映得通红。

傅方圆闭上眼睛,轻轻地叹出一口气。

曹莼贞无法自抑,一把把傅方圆抱在了怀里。

良久,两人才依依不舍地分开。傅方圆坐在简陋的房间里唯一的一张木椅子上,看了看曹莼贞,又看了看房间里的摆设,笑着说:"曹学兄在牛肉汤馆里打了两天工,不知是思乡了,还是思人了?"

曹莼贞愣了一下,终于明白过来:"你昨天就看到我了?为什么不现真身?你难道不知道我寻你寻得很辛苦?"

傅方圆摇摇头,说:"不知道。昨天看到你,我以为你是故地重游,只是想喝一口老家的汤而已。或者,是想借那口汤回忆一下在上海大学的美好生活。"

曹莼贞苦笑了一下,说:"那今天呢?"

傅方圆点点头,说:"今天是继续回忆啊!"

曹莼贞假装黑了脸,走过去又要抱傅方圆。傅方圆配合了一下,然后做了一个手势,说:"我知道你的时间紧,赶快把你此行的目的说了吧!"

曹莼贞点点头,坐到床沿上,把来上海的目的说了。

傅方圆沉吟半晌,才说:"这一年多发生的事情,令我非常悲伤,也非常愤怒。大屠杀的时候,遍地是血,走在弄堂里,不小心,脚下就可能碰到尸体。一座繁华的城市,瞬间成了人间地狱。那个时候,我最担心的是你,多少次从梦中惊醒。我托人打听,也得不到你的消息。我就像一片在风中飘动的树叶,在风中很冷,但是,我又不想就此埋没于地面的尘土中。昨天下午,我路过杨老板的牛肉汤馆,竟然看到了你。你知道吗曹莼贞,我就像从地狱突然回到了人间,觉得身边的一切都那么美好。我不敢确认你是来找我的,所以,我想再等待一天。但是,我昨天就知道你住在这里,既然你来了,我就不会让你像六年前一样跑掉……"

从傅方圆的叙述中,曹莼贞了解到,半年以前,她已经和傅英杰闹翻了,原因是傅英杰给那些高举屠刀的人提供资金和纺织品,并应邀担任了上海商会的副会长和市政府资政。父女二人大吵了一场,傅方圆便从家里搬了出来,挪到了闸北区。好在那时她已经不需要在经济上依赖傅英杰了。从上海大学毕业以后,傅方圆一边做中学国文老师,一边开了一家化妆品公司,代理了一个叫"法妮"的法国化妆品牌子。任教的原因很简单,她需要让自己的头脑保持清醒,能跟得上时代。而做化妆品销售这样一个与国文没有多少关系的行当,是想尽可能多地挣钱,她知道曹莼贞肯定需要钱,说不定什么时候就能帮得上。公司在开业半年以后就开始营利,目前发展态势良好,在上海的几个商业中心都设有分店。

"这些钱,是救命的钱。"傅方圆笑着说,"你不是走投无路,是不会来找我的。既然来找我,就是要我救你的命。"

傅方圆的话看似开玩笑,却说到了曹莼贞的心里。曹莼贞脸红了,内心有深深的愧疚感,而且,还夹杂了一些自卑。这令他有些坐卧不安,眼神也有些迷茫,甚至有些后悔到上海来。

傅方圆对他太好了,而他,没有为傅方圆做任何事情,连想她的次数都不够多。六年的时间过去了,他已经顾不上那朵云,而那朵云一直不离不弃地在他的头上飘。

傅方圆算了一笔账,以她目前的经济实力,按黑市的价格,可以给他提供购买一百支步枪的经费。

"我还可以借一些,我能借到。"傅方圆说,"也许,可以买一百五十支枪。"

这已经大大出乎曹莼贞的预期。一百五十支枪,对于一次大规模的暴动来说自然是不够的,但是,对于目前的寿康县委来说,却是一笔不敢想象的财富。

曹莼贞一时无语。他无从得知傅方圆是如何做到这些的,但是他知道,她一定付出了无数他无法想象的辛苦。

傅方圆接下来说的话,更是令曹莼贞惊讶得无以复加。他觉得,傅方圆一定是站在天空中的某朵云彩上,在她的俯视之下,他的内心没有任何隐秘的角落。

"如果你有路子可以买到那些东西,我就把钱给你。如果你没有路子,两天以后,我就把枪支弹药给你。"傅方圆说。

傅方圆的客户中,有一位叫杨丝雨的中年女士,她的先生梁海是浙江诸暨人,十几岁就到上海混码头,三十岁上就入了青帮,"通"字辈。他虽然在帮内地位一般,却有着极好的人缘,帮内帮外都混得很开。1926年10月,上海工人第一次武装起义时,上海滩的地下军火市场开始活跃起来,梁海瞅准了机会,私下做起了军火生意。到第三次上海工人武装起义结束,他已经赚得盆满钵满。大屠杀之后,流入黑市的军火就像黄浦江里的舌鳎鱼一样多。梁海此时已经没有了资金之虞,更是做得顺风顺水。不仅如此,他还囤了一批货,准备时机成熟时从青帮里跳出来,单独拉一帮人建码头,自己当老大。杨丝雨曾经和傅方圆说过,真到了那一天,就在帮内给傅方圆留一个显要的位子,就叫她百变师太。玩笑归玩笑,傅方圆却从他们两口子的做派看出,梁海绝不是可以在上海滩做成大事的人,说不定哪一天就成了一条死死的舌鳎鱼。但是,有一点是可以肯定的,目前从梁海那里拿军火,不只安全,还可以便宜不少。

曹莼贞从傅方圆的话缝里能听出来,她与杨丝雨的接触,其实早在计划中,是她给他留的一条路。

第二天下午,傅方圆给曹莼贞带来了满意的答复:梁海可以提供一百二十支汉阳造步枪,每支枪配一百发子弹,另外,还有一挺捷克式轻机枪。并且已经约好,夜里三时半,在闸北的一处仓库验货、提货。

傅方圆准备了一辆卡车,车上装了一部分纺织品作为掩护。傅方圆从随身带的小包里取出一张特别通行证,递到曹莼贞手里。通行证上盖着上海市警备司令部的大印,并注明"军备物资输送"字样。曹莼贞有些惊讶,问:"纺织品也是军备物资吗?"

傅方圆冷笑了一声,说:"这是我和老头子决裂的一个原因。他现在生产的纺织品,有相当大的一部分是专供那些人的。不过,这一次他倒是帮了我们一个大忙。不然,这些东西即使出得了上海,也到不了寿康。"

"去求老头子了?"曹莼贞问。

傅方圆轻轻地叹了一口气,说:"也谈不上求,他巴不得我给他打个电话呢!他也知道我在做生意,而且还可能是违法的生意。但是他从来没有追问过,有底气的人都是这样,因为他们觉得在上海滩就没有摆不平的事。"

三

傅方圆坚持要和曹莼贞一起去仓库取货,但曹莼贞坚决不同意,说你不要过于打击我的自信好吗?别让我的回忆充满了愧疚好吗?傅方圆没办法,只好笑着让了步。

夜里两点整,曹莼贞在离旅馆不远的一个街口和一个满脸胡须的中年男人见了面。中年男人仔细打量了曹莼贞一番,便带着他走进附近一个宽敞的大院。院子里停了一辆绿色的卡车,车上装了半车灰色棉布,全部用指头粗的麻绳松松地扎成捆。解开绳子,这些棉布便是很好的遮挡,可以把军火遮得严严实实。

夜色浓重,虽然隔不远便有一盏路灯,灯光却是疲惫的、无力的。胡子男人一边开车,一边打着呵欠,还时不时地看一眼曹莼贞,似乎在埋怨他。曹莼贞知道这是自己的错觉。傅方圆和他说过,这个男人是她的一个远房表哥,人十分可靠。他十年前从乡下跑到上海投奔她父亲,老头子不想让他待在家里,就为他买了一辆卡车,让他为厂里拉货,闲暇时也可以做些私活。傅方圆看他为人实诚,而且能吃苦,时不时地给他拉一些活儿,所以他对傅家父女非常感恩。

拐弯抹角地开了近一个小时,卡车在一个偏僻的大院子前面停住。院子的左边有一条窄窄的小河,河岸上长着一些高大的树木;右边则是一处垃圾厂。一盏昏黄的电灯挂在陈旧而宽大的铁门边,更显出周边的荒凉与寒冷。胡子男人闪了三下车灯,院子里走出一个矮个子老男人,开了门,把车放进去,然后重新把门锁上。

曹莼贞下了车,立时便觉得像掉进了冰窖。上海的冬天本不应这样冷,但自打他踏上上海滩的那一刻起,他就一直觉得冷气逼人。

迎面是三座阔大的仓库,全都严严实实地关着门。老男人把曹莼贞带到最东面的仓库前,在铁门上轻轻地敲了一下,铁门立刻便打开了。两个年轻男人走出来,站到铁门的两侧。曹莼贞很平静。经过多年的历练,他已经处乱不惊,他有时会想,除了傅方圆,还有谁能令自己产生那种慌乱的感觉呢?

仓库里的灯光与外面一样昏黄。曹莼贞走进去,迎面便看到五个粗粝的年轻男人和一个穿着讲究却面皮毛糙的中年男人。一个衣着光鲜的中年女人站在中年男人身边,正在低声和他说着什么。曹莼贞知道,这女人肯定是杨丝雨。

杨丝雨看到曹莼贞,脸上立即起了笑,迈着碎步迎过来,把手递给他。

曹莼贞伸出右手,轻轻地握了握那只嫩白的小手,滑腻而温暖,看来傅方圆代理的化妆品不错。杨丝雨回头看了看中年男人,做了一个小手势,然后拍了拍曹莼贞的袖子,把他带到距离众人较远的地方。

"我一看到你,就明白傅小姐为什么要为你冒险了。"杨丝雨笑吟吟地看着他说。

"如果我再年轻几岁,恐怕便会嫉妒她了。"她又说。

曹莼贞笑了笑,没有说话,目光却四下逡巡着。在靠近东墙的地方,整整齐齐地码着十几只黑乎乎的长条箱子,旁边散放着几块粗硬的篷布。他知道,那便是他渴望的东西。

"我听说过你们浪漫的故事。"杨丝雨继续说下去,"我有一个亲戚在上海大学教书,他说全上海大学的男学生都在嫉妒你,所有的女学生都在吃傅方圆的醋。"

"哪有这事。"曹莼贞笑了笑。

"这样的罗曼蒂克,是可以回味一生的。"杨丝雨说,"换作是我,你当初是走不掉的。我听说,你是回了老家,说是你父亲多病,又不愿意到上海来住,你是不得已才回去的。"

曹莼贞点点头。

杨丝雨说:"你倒会顺坡下呀!你以为我会信吗?傅小姐和我说的那些,我心里过一下便判断得清清晰晰的。"她向那些箱子瞥了一眼,"做这些事情,早晚要出事的。梁海也就做这一笔了,我们刚刚说好了。这个世道,什么都没有命金贵。所以,我要劝你一句,早些收手吧!为了傅小姐,为了那段浪漫感情的延续,你怎么舍得做这个呀?就在昨天,从江苏那边传来消息,有一个县发生了暴动,打死了一百多人呀!现在是老蒋的天下,哪个能撼得动?要我说,你这生意也不要做了,顶多把东西运回去交给那些人,回来安稳地陪着傅小姐。多好的女孩,多好的人生呀!你不要过着过着就跳到黄浦江里去了,那里的水没有好喝的!"

曹莼贞不愿意让眼前的这个漂亮女人失望,便笑着点点头。但是,杨丝雨所描绘的他与傅方圆的爱情,像一幅美丽的图案一样在眼前慢慢展开,散发着诱人的甜香,让他忍不住深深地呼吸了一下。

梁海有些不耐烦地跺了一下脚,喊:"有完没完了?"

杨丝雨笑了笑,说:"完了。"

她又低声说了一句:"小曹,这个世界上,什么信仰啦、人生啦,都没有两个人的幸福重要。"

梁海不满地瞪了曹莼贞一眼,高声说:"黑更半夜的,是说那些话的时候吗?赶紧过来,验货吧!"

梁海向几个年轻男人摆了摆手,他们便走到长条箱子跟前,七手八脚地打开箱盖,然后分立两旁。曹莼贞和杨丝雨走到箱子跟前,杨丝雨弯腰看了看,咬了咬嘴唇,向曹莼贞笑了笑,闪到了一边。曹莼贞从一只箱子里取出一支汉阳造步枪,看了看成色,有六成新。他拉开枪栓看了看,又扣了一下扳机,把它重新放回箱子,又走到另一只箱子跟前,取出一支步枪,用同样的方式验了一下。

"都是旧货。"曹莼贞对梁海说。

梁海笑了笑,说:"旧货都是经过考验的,沾了血就有了灵性,用着顺手的就是好货。新货倒是有,要加一倍钱。也就是说,如果你要拿新的,就少了一半的数量,就等于少武装一半人,少了半个连。"

曹莼贞吃惊地看着梁海,想,经历过血火的考验,看来很多人都成精了。

杨丝雨拉了一下梁海的胳膊,说:"既然钱货两讫,让他们把货搬车上去吧!"

梁海点了点头,向众人挥了挥手,说:"装车装车,还来得及睡个回笼觉呢!"

不到十分钟,一百二十支步枪和一挺捷克式轻机枪便被安放在车厢里。箱子的上面和周边,被那些灰色的棉布遮盖着,看不出任何蛛丝马迹。

曹莼贞向梁海抱了抱拳,又向杨丝雨笑了笑,转身登上了卡车。

他心里感到一阵轻松,觉得整个身子都轻飘飘的。他想,傅方圆现在正在做什么呢？她睡了吗？

　　昨天下午分手时，傅方圆的神色让他不敢直视她的眼睛。缱绻良久，傅方圆才依依不舍地离开他的怀抱，然后告诉他，待他们暴动时，她肯定又攒了一些钱，那时她就再带些军火去寿康找他，然后就永远和他在一起。曹莼贞的心里虽然被巨大的激动冲击，说出的话却是拒绝的，理由很简单：在哪里都可以做革命工作，在上海这个地方，做的贡献会更大一些。他自然明白，傅方圆是要和他在一起。爱情是最伟大的东西，它可以让贫穷变成富有，可以让冰冷变成火热，可以让人不顾一切。他渴望爱情一直伴着自己，也伴着傅方圆。但是，他心里明白，这次武装暴动，会有非常大的牺牲。暴动之后，会是他入党以后最艰难的一个时期。如果有爱人相伴，自然是最大的动力。但是，他无法想象像傅方圆这样柔弱的女孩子，怎么在那样艰苦的环境中生活和工作。

　　卡车在狭窄的街道上慢慢地向北行驶着。按照胡子男人的经验，在这样的深夜，慢慢行驶，降低噪音，是最安全的方式。街道两侧的店铺和民居都非常安静，偶尔出现的家居的灯火使这种安静异常温暖。偶尔会看到一两个人在街道边匆匆忙忙地走着，他们会扭头看一下卡车，然后继续赶路。过了一条河，有一处废弃的工地，高低错落的不完整的砖墙像一片长势茂密的树木。工地的中间有一条狭窄的水泥路，卡车穿行其间，占据了道路的大部分。没有路灯，卡车的灯光便是这黑夜里唯一的亮，它孤单地照射着前方，周边便显得越发黑暗。曹莼贞觉得有几缕风直往驾驶舱里冲，扭头看看，车窗玻璃严严实实的。他吸了一口冷气，从腰里抽出方运宏给他的那支毛瑟手枪，警惕地注视着前方。

　　突然，有一只流浪狗惊慌地从一堵矮墙后蹿出，一路尖叫着跑向远方。
　　"加快速度！"曹莼贞低沉地说。

　　胡子男人似乎也感觉到了危险，脚下一用力，汽车顿了一下，便猛地向前冲去。灯光也猛地亮了一下，正好照见一辆砖斗车从空而降，声音响亮地砸在汽车前面不远的地方。胡子一个急刹车，曹莼贞向前冲了一下，头部撞在前挡玻璃上,他疼得咧了一下嘴。

"倒回去!"他大声喊道。

胡子男人还没来得及动作,车后面又传来一声巨响。曹莼贞知道,后退的路也被封住了。

胡子男人骂了一句,从身边操起一把扳手,警惕地四下张望。

近处的墙头上出现了一个黑影,手里似乎拿着一支枪。一块砖头啪地打在引擎盖上,随后,一个高个子年轻男人不知从哪里冒出来,像一堵山一样站在了灯光里。他的手里拎着一把枪刺,慢慢地向驾驶室逼过来。

曹莼贞认出来了,这个男人,四十分钟前还站在闸北的那座仓库里。

如果是梁海背信弃义,今天就算交代在这里了。如果只是梁海的手下欺负他是外地人,想借机发横财,事情也许还有转机。曹莼贞向车后看,后面没有人,他的右手慢慢地打开了枪机。

"关灯!不要熄火!"曹莼贞低声命令。

胡子诧异地看了他一眼,伸出左手关上了车灯。

曹莼贞悄悄地扭开了车门,然后飞身下车,向着墙头上的黑影甩手就是一枪。一声惨叫伴着一声枪响从墙头上传出,黑影消失的同时,车门被子弹钻了一个洞。曹莼贞没有立即回到车上,他迎着飞奔过来的高个子,向前急走了两步,对着高个子的右腿开了一枪。高个子大叫了一声,倒在了道旁。

曹莼贞走到高个子跟前,捡起他脱手的枪刺,吹了一口气,狠狠地踢了高个子一脚。然后,他把砖斗车拉到一边,重新上了车,拍了拍被吓呆了的胡子男人,说:"走,开快些,早点脱离这个是非之地。"

胡子男人扭头看着他,喃喃地说:"怪不得方圆能看中你,舍得为你倾家,原来你是个英雄!"

曹莼贞笑了笑,说:"如果我能称得上英雄,那遍地都是英雄了。"

汽车开到杨曹甸的时候,天色已经亮了。曹莼贞松了一口气。杨曹甸是上海北郊的一个村庄,有一条平坦的公路通往北方。过了杨曹甸,便意味着真正出了上海。最危险的一关闯过来了,不管前面还有多少困难,似乎都变得微不足道了。曹莼贞打开车窗,慢慢地向着身后的上海挥了挥手。

曹莼贞没有想到,他的这个孩子气的动作,会在以后被人数次提起。

在那条通往北方的公路的东侧,有两棵高大的香樟树,两棵树中间,停着一辆米黄色的小汽车。傅方圆坐在车里,看着曹莼贞向上海告别的动作,感到又好笑又痛苦。

她知道,在这个夜晚,曹莼贞肯定会经历一番艰难,她希望陪在他的身边。虽然曹莼贞的坚决拒绝让她有些好笑,她还是顺从了。夜里三点钟,估摸着曹莼贞正在做交接,她便开车出了城,来到这个地方等他。等他,不是要和他道别,而是亲眼看看他是不是安全,事情是不是办得稳妥。她在汽车里等了一个多小时,终于看到那辆卡车驶了过来。当卡车驶到近处的时候,细心的傅方圆还是发现了一些异样:引擎盖上瘪了一大块,副驾驶座的车门上有一个枪眼。这说明他们肯定遭遇了意外。傅方圆的心一下提到了嗓子眼,她努力辨认着驾驶室里的曹莼贞,确认他没有受到伤害后,心里才轻松了一些。

卡车走远了,傅方圆的眼泪模糊了视线。

"莼贞,我一定会去找你。"傅方圆在心里说。

第二章

一

经过一段时间的努力,寿康县的工作总算有了一些眉目。

首先是党组织的逐步恢复。在大家共同努力下,那些被破坏的党组织大部分都恢复了正常工作。全县目前有十五个支部、四个特别小组,还有一个特别支部,分散在寿康县的大部分乡镇。所谓特别小组,是原来直属省委领导的;特别支部,是直属中央的。所有恢复联系的党员,加在一起,有一百二十人左右。而他们联系的进步群众,已经有上千人。

曹松军和郭英的工作也有了成效。曹松军在学兵团动员了十余名愿意留下来继续战斗的党员,成立了一个支部,并且采取了一帮一或一帮二的方法,也就是说,一个党员联系一个或者两个思想上比较先进的士兵,尽可能地扩大队伍。郭英的工作主要是帮助大家进行军事训练,她编写了一本小册子,作为军事速成教材,非常实用。用她的话来说,经过她的速成训练的人组合在一起,战斗力会成倍地增长。

曹莼贞经历重重艰险运回寿康的枪支,已经发放到各个支部。他和方运宏统计了一下,算上这批枪支,再加上各支部原有的土铳、土枪等,可以喷火的家伙已经有一百六十支左右。徐一统和何清扬筹集了一些资金,秘密打造了一批大刀、长矛。综合起来,短时间内拉起一支三百人的队伍已经不成问题。如果曹松军的支部成员能够分散到这支队伍中去,队伍便有了骨干,战斗力会增强很多。

暴动的时机,正逐渐成熟。

端午节的上午,天气晴得很好,空气中飘散着粽子和糖糕的香气。按照三天前的约定,在曹甸集中学,曹莼贞秘密召集了临时县委的六人会议。曹莼贞虽然早已离开了学校,但是曹炳文仍然在这里做校长,经常给他提供一些力所能及的帮助,并在学校的后院给他留了一个房间,需要的时候,他可以在这里休息和工作。曹炳文为大家准备了一些自家炒的瓜子和花生,和大家简单地寒暄了几句,便退出了房间。大家把自己掌握的情况分别谈了一下,都感到很兴奋。待大家汇报完,曹莼贞冷静地提出了几个不得不明确的问题:什么时候可以发动暴动?暴动的对象是谁?暴动要解决什么问题?暴动之后怎么办?

方运宏的观点很明确,暴动的时机已经成熟,因为暴动本身的意义不仅仅是占领或者控制,而是宣告一种存在,给世人一个警醒,让已经蛰伏的同志重新振作起来,让广大民众振作起来,并参加我们的斗争。

"南昌起义的枪声已经响了近两年,湖南秋收起义点燃的火把早已照亮了夜空。我们只有点燃自己的火把,才能发挥出我们的作用,才能成为真正的火种。"方运宏有些激动,他喝了一口水,控制了一下情绪,说,"如果我们一味地等待,那就永远不会有成熟的时机。我们要定下一个确切的日子,一切的准备工作都以那个日子为齐。同时,我们还要把这里的情况写一个报告给省临委,我相信他们一定会大力支持我们。"

徐一统和何清扬赞成方运宏的意见,他们把目前的形势比作一个人带了一盒火柴去点燃一个被雨淋过的稻草垛。能不能点得着,能不能把稻草垛烧掉,不仅要看火柴的数量,还要看稻草垛潮湿的程度。最好的办法,是点一下试试。"我们不能等稻草垛全部干燥了再去点,因为那个时候就不需要我们点了,任何人的一把火都可以把垛给烧了。而且,在稻草垛干燥的过程中,谁知道会不会再来几场冬雨呢?"徐一统说。

倒是曹松军有些犹豫,这有些出乎曹莼贞的意外。

曹松军用一串数字表达了他的担心:目前寿康县的驻军有三十三军的学兵团,这支力量对于武装暴动构不成威胁,因为它的整体是进步的,而且是在柏文蔚将军管辖之下。县城里的反动武装力量有一个警察局,四十五人;一个保安团,将近两百人;还有一个税警大队,不到一百人。单是这些力量,对于暴动仍然构不成真正的威胁。真正可以泼到大火上的凉水,倒是民间的那些看似不起眼的力量。比如,在马埠镇,仅当地土豪大户养的看家护院的炮手就不下一百人。在曹甸集,有五十人左右。纵观一下全县,足足有近一千人。这些人虽然非常分散,平时还会产生一些矛盾,但是,真正到了关键时刻,其中一部分人会自然而然地抱成一团,形成一支不可小觑的力量。此外,还有那些居则为民、出则为会的会道门组织,他们虽然是墙头上的草,却极容易被人利用。一旦他们站在我们的对面,力量的对比将会呈现非常悬殊的态势。

曹莼贞看着郭英,说:"你也说一下吧!"

曹莼贞觉得,自己面对郭英时,仍然有一种胆怯的心理,这让他感到有些苦恼。

郭英摇摇头,说:"你们说打,我就带人打;说不打,我就带人练。不过呢,我是不怕的,因为我们面对的充其量是乌合之众。一声枪响,可以惊飞一群麻雀,同样可以吓跑一群野猪。"

大家都笑了,说郭英这个比喻好。郭英剥了一颗花生,高高地扔起,又张开嘴巴去接。

曹莼贞也笑了,说:"松军和郭英的话,倒是给了我一些启发。我们为什么暴动?自然是为了反抗,是要动员更多的人加入我们,我们要成为一支真正的能站得住脚的武装力量,摧城拔寨,武装割据。所以,我们的暴动必须要有成功的把握。我们所打击的对象,就目前来说,不能是所有的土豪劣绅。我们可以选取其中一部分劣迹斑斑的、民愤极大的人,作为我们的打击对象。同时,要做好宣传工作,一方面向民众宣传,鼓动大家加入我们的队伍;一方面,要向那些稍有不慎就有可能站在我们对面的人进行宣传。这样,我们就可以去点那个稻草垛了。但是,从南昌起义和湖南起义的情况来看,我们的暴动最终要走的一条路,极有可能是进入八公山区,建立我们自己的根据地,作长期斗争,并逐步融入全国的革命洪流中去。"

曹松军点了点头,说:"我有个不成熟的建议,我们可以选取几家有民愤的地主试试手,扒粮、吃大户,先造一下声势,看一下各方的反应再决定什么时间发起武装暴动。"

"这样会提醒他们的。"何清扬说,"枪声一响,所有的兔子耳朵都支棱起来了。"

"这不是暴动,仅仅是一个前奏。而且,我们只需就近动员一部分力量。我们要造成一个假象:它仅仅是饥饿的农民对多行不义的土豪进行的复仇行动。"曹松军说。

曹莼贞看了看方运宏,问:"你看怎么样?"

方运宏点点头,说:"我看可以。我们可以借此练一下队伍,试试手。同时,看一下那些人的实力。"

曹莼贞一拍桌子,说:"就这么定了。一个月之内,我们要行动一次。"

正说着,曹炳文忽然推门进来,手里拿着一封信,向曹莼贞做了个手势。曹莼贞站起身,和曹炳文一起走到门外。曹炳文把信交给他,说:"我这也算是善解人意了吧?"

曹莼贞笑了笑,向曹炳文拱了拱手。

信是傅方圆写来的。曹莼贞上个月曾经给傅方圆写了一封信,告诉她那天夜里的遭遇,目的是让她提防梁海,甚至对杨丝雨也不可过于信任。在上海的时候,曹莼贞就和傅方圆约好了,曹校长这里目前相对安全,可以作为书信来往的地址。傅方圆在信里告诉他,那天夜里的意外是梁海的手下私自行动造成的,梁海很快就发现了手下的不轨行为,了解了事情的始末,并通过杨丝雨向她道了歉。而且,那两个手下都受了重伤,也算是得到了应有的惩罚。为了表示歉意,梁海还通过杨丝雨送了她一只精致的手枪。她本不想要,想着以后也许能用得到,就留下了。在信的末尾,傅方圆用一首诗表达了自己对曹莼贞的最新的认识:银鞍照白马,飒沓如流星。三杯吐然诺,五岳倒为轻。眼花耳热后,意气素霓生。谁能书阁下,白首太玄经。

读着傅方圆的信,曹莼贞有一种眼花耳热的感觉。

二

袁楼是寿康县西北的一个村子,北靠淮河,西邻蒙城,南面则是以草木皆兵著称的八公山。村子以小麦为主要农作物,这一点,与寿康县的大部分村子不一样,这里也因此被人称作麦子村。村里有五百多户人家,分为两姓,袁姓和方姓。相传袁姓和方姓出自同一个祖先,上溯十代,便是袁氏老四门。方氏之为方,原因很简单,老四门传到孙子辈时,四门中的一、二、三和第四门的传人因为利益之争成了水火之势。第四门的当家人一怒之下,随了奶奶娘家的姓,改为方。从此以后,袁、方二姓便不相往来,而且,时不时会因为祭祀的事情大打出手。到了民国初年(1912),袁姓的代表人物袁成田,有土地五百多亩,家里养长工十多人,炮手十来人,而且纳了三房妾,人丁兴旺。袁成田在麦子村跺一下脚,寿康县城肯定会有动静。而方姓的代表人物,则是仪表堂堂的新派人物方明坚。之所以说他是新派人物,是因为他留过洋。甲午战争以后,最流行的一句口号是"知耻而后勇"。方明坚的父亲受康有为思想的影响,虽然一直蹲在传统的圈子里,想象却已经越了洋,渡了海,也算是知耻而勇了。宣统刚一继位,方明坚的父亲就卖了三十亩地,把方明坚推上了开往日本的轮船,其目的,在他自己说来,是想让儿子成为一支箭,把整个家族的眼界打开,让外面的世界精彩当下的生活。而在袁成田看来,他是为了让东风压倒西风。东风也好,西风也罢,两个姓氏,同一家人,一直保持着势均力敌的态势。

然而打破这种平衡的,是他们做梦都想不到的一个人。

黄昏时分,袁楼村的南路口走来一壮一瘦两个年轻男人,穿着县保安团的制服,腰里挎着毛瑟手枪。他们边走边打听,不一会儿就来到了袁成田家门外。袁成田家的院子有一亩半左右,进了阔大的院门,走二十来步,便是七间高大的瓦房,黄泥墙、杉木檩、灰瓦,看着硬气又大气。中间是一个过道,出了过道,再行上二十来步,是八间高大的堂屋,依然是黄泥墙配灰瓦,只是门楣上用彩漆描了一些降妖伏魔的神话故事。院子的东侧有六间边房,西侧是一个宽敞的牲口棚,里面拴着五匹壮马和七头黄牛。在院子的东北角,有一座四米见方的高高耸立的更楼,也是黄泥墙和灰瓦,登到最高处,可以望到三里开外。更楼上二十四小时都有炮手值班,两人一班,一班四个小时。

还没待两个年轻男人扣响门环,更楼上便有人发问:"做什么的?"

壮些的年轻男人挥了一下手:"我们是县保安团的,来清点地方武装,赶紧开门。"

更楼上那人迟疑了一下,才说:"等着吧!"

壮些的年轻男人向瘦些的年轻男人轻声说:"一统,你说,他们能分辨出这证件的真伪吗?"

徐一统笑了笑,说:"曹松军,我发现你最近有些婆婆妈妈的,完全不自信。告诉我,是不是追求郭英碰壁了?要不要我教你几招?"

曹松军有些生气地说:"你哪只眼睛看到我追求她了?曹莼贞都怕她,我还追求她?"

徐一统笑出声来,说:"这人吧,就和小猫是一样的,只要对了气息,当牛做马都行;气息不符,你给她当牛做马她都不看你一眼。"

曹松军说:"那你告诉我,你和何清扬,谁是谁的牛马?"

徐一统得意地仰起脸,说:"我们都不做牛马,我们是彼此的主人。"

两人正逗着嘴,大门吱吱呀呀地开了。

一个四十出头、挎着快枪、留着分头的男人走了出来,打量了两人一眼,问:"你们是县保安团的?请问到我们袁家有何贵干?"

曹松军说:"老子清点地方武装,一天走了两个乡二十多个村子,没见过一个敢这样和我们说话的。叫你们袁老爷出来迎着,不然,别怪我不给面子。"

徐一统在旁边说:"曹团副,这小子长这个熊样子,我一看就烦。算了,我们走吧,他们的许可证批不下来,活该这袁成田把他的炮手队解散了。"

分头男人脸上立时堆满了笑容,刚要说话,就见一个六十多岁、黑须飘飘、一身长袍马褂的老者从大门内闪身出来,脸上哈哈笑着,说:"老刘,来了贵客,你怎么不通报一声?怠慢了客人,你这一班人都要扣钱啊!"然后向二人拱了拱手,说,"二位老总远道而来,怠慢怠慢,请到堂屋叙话。"

徐一统皱了皱眉头,问:"你可是袁成田袁先生?"

老者点点头,说:"正是。"

徐一统看了曹松军一眼,掏出一本证件在袁成田面前晃了晃,说:"时间匆忙,我们也不喝你的水了,等以后有机会喝你的酒吧!我们是县保安团的,这是我们曹团副。这次下来,是奉命了解全县各镇各村拥有地方武装的情况。像你们袁家,据说有十二个炮手,个个都有快枪。你们是保家了,但是,对地方治安却起到了破坏作用。有不少人家,还仗枪欺人,弄出许多事端来。我们这次要把所有的炮手登记在册,由县保安团发放许可证以后才能雇用。必要的时候,还有可能把这些人调到县上去,统一集训,统一使用。"

袁成田的脸色变了变,立时又恢复了笑容,说:"行,上面怎么安排,我们就怎么听。"

曹松军大步流星地走到第二进院子里,仰头看着更楼上持枪巡逻的两个炮手,说:"袁先生,把你的炮手都叫过来,我们要登记造册。"

袁成田向老刘使了个眼色,又向曹松军说:"二位老总,咱们还是到屋里边喝茶边聊吧!"

曹松军摇摇头,说:"公务繁忙,这茶还是欠着吧!"

袁成田便笑笑,拱了拱手,转身向堂屋里走去。

不一刻,从更楼里走出六个男人,每人手里拿一支快枪。

徐一统向老刘点点头,说:"去搬一张桌子出来。"

老刘向一个年轻的炮手招了招手。

桌子搬出来,徐一统示意大家把枪支全放到桌子上,说:"我们不仅要审核人,还要登记枪支的编号。"

曹松军问:"所有人都来了吗?"

老刘点点头。

曹松军啪地拍了一下桌子,像打了一个炸雷,把袁成田惊得从屋里跑了出来。

"这是全部?你家就七个炮手?"

袁成田连连点头,说:"我们真的只有这七个炮手。老总,你看啊,这样的年头,粮食失收,物价飞涨,我们都是土里刨食吃的人,哪能养活许多人?就这七个人,还是胳膊连着腿,腿连着筋,都是自家亲戚,需要照顾的。不然,我哪可能养这么多闲人?"

徐一统从随身带来的黑皮包里取出一沓照片,摔到桌子上,说:"你们看看这些照片,认识照片上的人吗?"

袁成田脸上冒出一些冷汗来。照片上拍的,正是袁家更楼上的十二个炮手。袁成田把曹松军拉到一边,从衣袋里掏出一沓钞票来,说:"曹团副,请你体谅我们的苦衷,多多包容。"

曹松军把钞票装进衣袋里,装作不解的样子,问:"我们不过是审验一下人和枪,你怎么紧张成这个样子?"

袁成田苦着脸说:"曹团副,我们早就听到消息了,说你们要来验人验枪,凡是超过七个炮手的,主家要向县保安团交一笔超编费,还要没收超编的枪支,以后,还会有很多说不清楚的麻烦。我这小家小业的,本来日子就捉襟见肘,如果再折腾一下子,非破产不可呀!我大胆地说一句,你们这样审验有什么意思啊?你们保护不了我们,我们自己保自己,不也是替你们解忧吗?"

曹松军点了点头,沉吟片刻,说:"这样吧,你把你的人都喊来,把枪全带过来,摆在这儿,我心里有数就行了,保证不让你超编,这样行了吧?"

袁成田大喜,回头喊了一声老刘,做了个手势。老刘快步走进更楼,片刻便带出五个炮手来。

曹松军吸了一口冷气,想,这十二支枪要是向着一个方向射击,还真是伤不起。

看着整齐地摆放在桌子上的十二支枪,徐一统心花怒放。他一一拉开枪栓检验,退出弹仓里的子弹,又向着人群虚瞄一下。众人惊慌地向后退,徐一统哈哈大笑。验到最后一支枪,徐一统并没有退出弹仓里的子弹,在向众人虚瞄之后,忽然抬起枪口朝院外的老杨树的树冠放了一枪。

啪!院子里升起一朵烟,老杨树被击落一根胳膊粗的树枝,树上的几只麻雀惊慌地叫着飞走了。

炮手们被吓了一跳,有些无措地看着袁成田。

袁成田刚想说什么,却突然竖起了耳朵。

"村子里进军队了,"他的声音有些变调,"老刘,赶紧带人上更楼看看。"

从村口方向,传来无数杂沓的脚步声和鼎沸的人声,越来越近,越来越响,几乎能感觉到大地的颤抖。

成片的麻雀从杨树柳树上惊起,向着远方疾飞而去。

老刘欲上前拿枪,却被徐一统拿枪指住。其余的炮手见到这阵势,一齐发出喊声,要强行上前时,却见曹松军从腰里掏出短枪,随手一甩,挂在堂屋门口的一只硕大的红灯笼应声落地。

"你们不过是拿人钱财替人消灾,"曹松军喊到,"非要舍掉性命吗?"

炮手们相互看了看,低声商量了几句,便举起双手退到了东侧的边房门前。

袁成田气急败坏地往屋里蹿去。徐一统举起步枪,一枪打在堂屋门框上。袁成田吓得摔了一跤,爬起来以后,再也不敢动弹。

"袁成田,我实话告诉你吧!"曹松军说,"你这些年残害无辜,作恶多端,早就有人看不顺眼了。我们今天来,就是替那些被你害过的人主持公道的。不过,我们这次不会伤你性命。如果你继续作恶,下一次就不会这么客气了。"

徐一统走过去,用一根麻绳把袁成田捆了个结结实实,然后把他拽到牲口棚里,拴在一具石槽上。

正在这时,鼎沸的人声已经来到了院子附近。徐一统跑过去打开了大门。大门外,有无数拿着刀矛、棍棒和布口袋的农民,他们脸上的神情非常兴奋,高声大嗓无所顾忌地说着话,俨然这个世界的主人。

曹莼贞站在众人前面,他一把抓住徐一统的胳膊,兴奋地问:"全解决了?"

徐一统点点头。

曹莼贞转身面向众人,高声喊道:"乡亲们,还记得来之前我和你们说的话吗?这个袁成田剥削了你们几十年,今天是和他算总账的时候。但是,大家一定记住,我们今天只扒粮,不伤人,先留着他的狗命,以后有清算的时候。我们扒的粮,是他从我们身上榨取的,我们取回自己的东西,天经地义。"

众人一声大喊,抖开随身带来的布口袋,向袁成田的粮仓扒去。还有一些农民冲进了堂屋,满屋翻找值钱的东西。曹莼贞赶过去制止,却被从身边冲过的几个人带了个趔趄,只好返回院子,向曹松军摊摊手,无奈地苦笑了一下。

曹松军指着桌子上的枪支,笑着对曹莼贞说:"莼贞,你看这枪,全是一水的柯尔特。真没想到,这袁财主能搞到这么好的枪。"

徐一统在一旁问:"方运宏和郭英那边有动静吗?"

曹莼贞笑着说:"去自己家抢东西,他还能失了手?"

曹松军和徐一统都睁大了眼睛。

原来,在大家商定拿袁楼的袁成田开刀的时候,方运宏提出,把袁楼的方姓人家的代表方明坚也作为扒粮的对象,原因很简单,方明坚虽然没有恶行,却囤积了大量的粮食。因为此次发动群众的由头是扒粮济困,所以,只要能解决饥荒问题,都可以综合考虑进去。大家有些犹豫,因为方明坚在当时颇有一些贤名,稍有差池,就会带来负面影响。在方运宏的一再坚持下,大家思量再三,才勉强同意。

只有曹莼贞他们知道,方运宏的老家就在袁楼,方明坚正是他的父亲。

"他可真行,看来以后是不想见老爹了。"徐一统笑着说。

曹松军也笑着说:"我明白了。一个村子有两个大地主,如果一个被抢,一个安然无恙,所有人都会猜测这是方家做的活儿。方运宏这可不是觉悟高,是保他老爹呢!"

曹莼贞笑道:"你们都是妄加猜测。他的想法其实很简单,从两个大户家扒粮,对于解决饥荒问题肯定更有帮助。此外,他知道自己父亲的性格。方家虽然有万贯家业,却没有养一个炮手。即使有炮手,也不会向人开枪的。方运宏这次可是真的大义灭亲了!"

正说着,方运宏和郭英、何清扬从外面走进来。

"我们那边都已经结束了,你们这里怎么还这么乱?"何清扬问。

徐一统笑着说:"你们是儿子抢老子,我们是抢恶霸,能一样吗?"

方运宏苦笑着说:"何清扬这次把我坑惨了,她给我化了一个妆,功夫不够,还是被我父亲认出来了,当场就和我断绝了父子关系。不过,他倒是主动把粮食都献出来了。"

众人哈哈大笑。郭英说:"这就叫,运宏瞒天难过海,方父顿足又捶胸!"

三

袁楼村的扒粮风波过去了半个月,没有发生意想中的疯狂报复,一切都平静得让人感觉不正常。曹松军打听到的消息是,虽然袁成田到县里有关部门告了状,而且托动关系找到了县长,却没有得到满意的答复。扒粮的都是附近的农民,即使把他们都抓起来,又能怎么样呢?而且,这些农民十之八九都是饥民,从饥民嘴里再把粮食抢回来,无疑是火上浇油,极易激起民变。没有人愿意这么做,因为不可预知的因素太多。而方运宏带来的消息则是,县里的人找到方明坚,问他为什么不去县里报案。方明坚的回答让人家无可奈何,粮食是给人吃的,有人没得吃,拿走总比霉变强。这样的道理,颇让县里的人为难,事情也就搁置了下来。

曹莼贞认为,方家老爷子之所以不愿意生事,一是确实不愿多事,二是不想把方运宏带进去。毕竟父子情深,义断了,情却无法绝。

接下来的几个月,寿康县委又发动了五次扒粮行动,都取得了成功。县长王怀道终于坐不住了,派人下来调查,查了一个多月,得出的结论是共产党利用饥民闹事,危害社会安定,图谋颠覆政府。共产党在哪里呢?没有人知道。于是王怀道把几家被抢的地主召集在一起,让他们共同回忆那些带头的人,最后,总算拼凑出三张画像,张贴在县城和一些乡镇,对上对下都算交了差。

曹莼贞认为,这种小规模的扒粮行动可以暂时停止了,它已经达到了目的,再继续下去,可能会招来不必要的麻烦。接下来要做的,就是拉起自己的队伍,发起大规模的武装暴动,建立自己的政府,形成自己的根据地。

曹莼贞和方运宏经过细致的调研,决定把武装暴动的地点定在马埠镇。

寿康县有二十来个乡镇,一部分在平原地带,一部分在丘陵。平原地带一马平川,无坚可守;丘陵不高,就像平原上的土山一样,在视觉上很小,作为地形掩护时也起不到太大的作用。多方比较,只有马埠镇的地形最适合武装暴动。镇子的西面和北面都是一望无际的马埠湖,湖边有长长的芦苇带,还有比芦苇更加茂盛的香蒲,湖风吹拂,可以听到飒飒的轻吟。它的南面既有平原,也有丘陵,还有大片的杨树林。在这样的地方开展武装斗争,如果形势严峻,便可以退入马埠湖,像蜻蜓一样自由飞翔。最主要的是,马埠镇上的十多家土豪多有恶名,为富不仁,民愤很大,有开展武装暴动的群众基础。此外,马埠镇是千年古镇,群众的文化素养较高,宣传工作容易做。相传在春秋末年,马埠镇还是一个小村庄的时候,孔子的弟子宓子贱由鲁国出使吴国,病逝于此,留下了一座宓子墓。当地人为了纪念他,建了宓子祠,并以此为中心渐渐发展,形成规模。受宓子遗风影响,当地民风淳朴,被人称作君子镇。近年来,虽然战争频仍,匪患成灾,民不聊生,这里淳朴的风气却依然浓厚。在这样的千年古镇发起武装暴动,其辐射性更强,影响力更大,对于全县乃至周边数县革命形势的发展都会起到更大的作用。还有,马埠镇的组织基础是全县最好的。寿康县的党员在全省占比很大,而马埠镇的党员占了全县党员的二分之一强。镇里有多个党领导下的群众组织,基础较为牢靠。在这里发动暴动,即使做不到振臂一呼,应者云集,也可以保证没有太多的对立情绪。

地点确定下来以后要做的工作,便是向上级党组织汇报,同时,尽可能争取军事上的援助。

郭英和曹松军的任务最重,他们要加强军事培训,制定具体的暴动方案。用曹莼贞的话说,这次暴动的成败与否,取决于郭英和曹松军的工作做得到位与否。

向省临委汇报工作,自然非方运宏莫属。

在安排这些工作的同时,曹莼贞给了自己一个更艰巨的任务,那就是在暴动开始前,与大刀会这个有可能成为心腹之患的会道门组织成为朋友。

大刀会是活跃在寿康以及周边三四个县的会道门组织。近年来,由于地方政府和军阀横征暴敛,群众生活困苦,人心思动,加上民风剽悍,为大刀会的发端和发展提供了有利条件。目前,大刀会已经拥有近万会徒。它的总坛主是一个叫汤小美的民间拳师,手下有八大金刚和十二分坛坛主。所谓分坛,是汤小美根据需要按地域建立的分支机构。分坛由坛主负责,下面设有大队长、分队长、班长。每个分坛拥有十名传道师,任务是向广大会徒传道。传道师传道的地点是佛堂,堂内设有供桌和香案,上供天皇、地皇、玉皇、西天大佛、张天师、观音老母、齐天大圣、黄天霸、杨八姐、张四姐、李元霸、龙王三太子等十二菩萨。自总坛主到普通的会徒,共有十二个等级,每个等级都有一套约定俗成的规矩,这些规矩就像天上的太阳和月亮一样,绝不允许更改,不允许破坏。大刀会初成立的时候,还算安分守己,其教义是:"除邪扶正,见财不取,见色不淫,随叫随到,风雨无阻,保家保身,为国为民,替天行道,不得违命,倘有三心二意,五雷击顶。"这些教义看起来很复杂,其实通俗易懂,便于会众理解。成了气候以后,汤小美开始刚愎自用,而且变得异常粗暴。他每年都给各分坛坛主分配发展会徒的任务,在规定期限内要完成规定的数目。凡是建坛的村子,每户都要有会徒,参加者为年满十八岁的男性青年。若不参加,便要罚粮,罚得很重,村民根本无法负担,于是求个太平,入会了事。

当初之所以选择到袁楼扒粮,还有一个重要的原因,那便是袁楼不是大刀会的势力范围。但是,马埠镇不一样。马埠镇虽然没有设立分坛,离大刀会第十分坛所在地杨庙镇却只有十几公里的路程。而且,镇上有不少大刀会的会徒。一旦暴动,会不会触及会徒的利益,或者伤害第十分坛的利益,都不好说,因为暴动过程中肯定有不少事情是不可控的。

还有一个无法越过的担忧。曹莼贞从曹炳文那里得到一个信息:国民党新派到寿康县的县长王怀道正在打大刀会的主意。王怀道为了加强对乡镇和村的控制,委派军人出身的心腹张道政组织了一个联防组织。所谓联防,是把邻近的几个乡镇组织在一起,共同防止匪患。其主要目的,明眼人一看便知:清共!用张道政的话说,是防止共产党卷土重来。联防搞了两个月,票子花了一大把,却看不到明显的效果,王怀道无法向上面交代,在同仁面前也感觉脸上无光,为了给自己擦屁股,他打起了大刀会的主意。他意识到,即使他再搞一年的联防,也赶不上大刀会的势力,也无法达到大刀会的威力,倒不如把大刀会招安,为己所用,一举多得。于是他两次派张道政前往位于凤台县城的大刀会总坛,拜访总坛主汤小美,许以重利,要求只有一个,当政府需要时,你得随时效力。汤小美虽然拥有万名教徒,却从未想过与官府成为死对头。与官府建立联系,一来可保安全,二来取得合法身份后,可以冠冕堂皇地为所欲为。即便如此,汤小美并没有立即答应张道政,表面的原因是内部意见不一,需要进一步说服;内里的原因却只有一个,他不想受到过多的辖制,说白了,就是既想有合法身份,每年从政府那里空手套来大笔的银圆,又不被政府唤来喝去。表面的原因用来哄哄傻子倒是可以,可惜王怀道和张道政并不是傻子。两边的接触一直没有取得预期的效果,只好暂时停滞下来。这种停滞就像一枚秋天的树叶,一缕微风都可能把它吹离树枝,落到地面上,所以,曹莼贞认为,自己必须去大刀会一次,以保证那枚树叶一直待在树枝上。

曹莼贞知道,以自己目前的身份和实力,想要让汤小美不再与王怀道发生联系,几乎是不可能的事情。那么,可能的是什么呢?迟滞这种联系,让王怀道在短期内特别是在马埠暴动前无法取得期望的效果。王怀道对武装暴动的镇压,是不可避免的。如果汤小美拒绝参与王怀道的镇压,那么,暴动的成功便是可期的。汤小美为什么要参与呢?他是明白其中的利害关系的,不参与,不正是他期望的吗?

曹莼贞认为,自己与汤小美的见面,是极有可能取得成果的。

临行前,曹莼贞去拜访了张书侯先生,从张先生那里拿到一封写给汤小美的书信。汤小美在做拳师之前,曾经在柏文蔚将军的淮上军做过一年团参谋。有一次,他因为醉酒把一个士兵打成重伤,被军法处判处了死刑。恰好张书侯先生受柏烈武将军之邀去军部拜访,看到了被押赴刑场的汤小美。了解情况后,张书侯先生觉得量刑过重,便为他求了一个情,改为重责六十军棍,赶出军营。自此,汤小美便把张先生视为救命恩人。以他的意思,各分坛不但要设十二菩萨的牌位,还要挂张书侯先生的画像,以示恩情难忘。张书侯先生知道后,写信给他,表示此举将陷自己于不义,坚决拒绝。张先生说,如果他汤小美真的记念恩情,可以为周边的黎民百姓多做些行善积德的事情。

这段历史,寿康县的人都知道。如果有人与大刀会发生了龃龉,排解不开的时候,便去求张书侯先生,张先生一封信准能解决问题。

曹莼贞不想隐瞒张书侯先生,把要在马埠镇发动暴动的事和张先生说了。张书侯先生把信交给曹莼贞的时候,说,我已经把该说的全说了,而且说得非常诚恳。但是,你不要过于依赖这个,它充其量是一块敲门砖。汤小美不再是过去那个汤小美了,我张书侯也不是年轻时的张书侯了。

曹莼贞明白张书侯先生的意思。所以,他让曹松军从学兵团里挑了五名士兵陪同自己一起去凤台。这五名士兵个个精明强干,身手都不错,和曹松军站在一起,单是虎虎的生气,就令人不敢小觑。

七个人从学兵团借了一辆汽车,赶到汤小美的总坛所在地凤台县城老仙府时,刚刚上午九点。老仙府是清朝嘉庆年间一位凤台籍的知府在老家建的府邸,多次转手,最终被汤小美占有,做了大刀会的总坛。离得老远,便见府门威武,气象如虎,门前左右分列四名手持大刀的剽悍男子,头包白布,边沿镶着黑布带,白包头中间有一黑色"佛"字,黑布带子上则写着"佛光普照"。他们身上穿的,是一套紧身黑衣,腰间用白色绑带束紧,绑带是纱织的,宽五寸,厚半公分,中间拖白色流苏。上衣胸前有十二粒白扣,代表十二时辰。每只衣袖上有九粒白扣,左右共十八粒,代表十八罗汉。内衣为黄色,上面画有八卦图,裤角则用绑腿带裹得紧紧实实。

曹松军笑道:"有其名而无其实,单看这身装束,就是唬人的。"

曹莼贞点头道:"真真假假,不得不防啊!"

曹莼贞下了车,带人走到大门前,把来见汤小美的意思说了。站在东侧最里面的汉子有些不耐烦,说总坛主今天吩咐了,所有外客都不见,有事请明天再过来。曹莼贞也不多言,取出张书侯先生的信,说:"总坛主看信后,如果还不见,我们立刻就走。"汉子看看信封,脸上半信半疑,转身进了大门。约莫一支烟的工夫,又从里面急步走出,向曹莼贞做了一个请的手势。

曹莼贞一行随在汉子身后进了大门,行了三分钟,才走进第二进院子。院子里有很多会徒,分列左右两侧正在练功。左侧的练文功。但见传道师烧香磕头请神已罢,用右手食指在佛水上面画符,口念咒语。会徒们双手向上高举,两腿叉开,闭目待神附体,嘴里不停地念着:"一、二、三,请附体。"片刻,有些貌似已经附体的会徒开始乱喊乱叫,手舞足蹈,说自己是某某大神,不怕枪炮子弹,刀枪不入,闹得不亦乐乎。右侧的练武功。会徒们手持长二尺宽六寸的大刀,正在练习"砍刀":他们脱掉上身衣服,把刀口对着手膀或胸口,取过一只木槌在刀背上猛搥,嘴里念念有词:"一、二、三,请附体。"有一个会徒搥得太猛,胸口立刻渗出一片血渍,疼得他高声大叫,却被为首的一个大汉一脚踹倒,然后过来两个会徒把他架到了一边。进了第三进院子,才显出一些威严来。但见佛堂巍峨,金光普照,连院子里的数排大树上都裹着亮闪闪的金箔。供奉的十二菩萨的两边写着八德:孝悌忠信,礼义廉耻。横匾是"佛光普照"。带路的汉子把曹莼贞等人带到佛堂东面的一处青砖院落,进门先喊了一声"到",里面也传来同样的一声"到",汉子便弯腰退出。从院里走出一个同样装束的汉子,继续把众人往里引。

院子不大,但布局合理,置物得当,兼以假山绿水,显出一些与外面不同的景象来。待走到正屋门前,汉子伸手向后挡了一下。曹莼贞会意,让跟随的五名士兵在外等候,和曹松军两人走进了正屋。

汤小美坐在一只八仙椅上,正咕噜咕噜地抽一管旱烟。看到两人进来,他先粗眼打量了一下,待看到曹莼贞秀眼细眉,心里便轻看了一分;待看到曹松军一身毛呢戎装,才挺了挺上身,示意两人坐下。曹莼贞和曹松军在椅子上坐下,曹松军腰杆挺直,目不斜视,曹莼贞则在脸上堆了些笑,轻轻地咳嗽了一声。

"张先生的信,不知总坛主看了没有?"曹莼贞问。

汤小美点了点头,斜睨了他一眼,说:"你看着像一个教书先生,怎么和张先生扯上关系了?你妹是他儿媳妇?你来,是想在我这里扯一个事干干?你想干什么呀?给你个传道师,你行吗?"

曹莼贞有些哭笑不得。原来汤小美没有细看张先生的信,难道他只是看了一眼信封?张先生在信里说得很清楚,曹先生乃皖地青年才俊,有鸿鹄之志,亦有翻云之手,请务必以上宾待之,询之以道,于你本人、于大刀会今后之发展都大有裨益。

曹莼贞说:"我是张书侯先生的学生,今天来到贵坛,是想和总坛主探讨一下你们大刀会的将来。"

汤小美哈哈大笑了几声,说:"我大刀会的将来?和你探讨?那你告诉我,你是能文,还是能武?如果能文,能背《离骚》吗?我他娘的七岁时背了七天七夜也没背会,挨了先生七顿打,从那时起,谁能背《离骚》我就佩服谁。张先生不但能背,还会讲,我就佩服他。"

"那能武呢?"曹松军不屑地问。

汤小美显然比较重视曹松军,他点了点头,说:"能武,就得像我前院那些会徒一样,刀枪不入,上得刀山,下得火海。"

曹莼贞哈哈一笑,说:"帝高阳之苗裔兮,朕皇考曰伯庸。摄提贞于孟陬兮,惟庚寅吾以降。皇览揆余初度兮,肇锡余以嘉名。名余曰正则兮,字余曰灵均。纷吾既有此内美兮,又重之以修能。扈江离与辟芷兮,纫秋兰以为佩。总坛主,你还要我背下去吗?"

汤小美惊讶地睁大了眼睛,双脚落地站了一下,又重新回到椅子上,竖起了大拇指,说:"不用了,你这文绉绉的,一看就不是诳人的。"又把目光转向曹松军,说,"那你的武又是什么呢?"

曹松军拍了拍腰里的短枪,说:"我不做你们那些所谓的刀枪不入的事,因为我根本不会给刀枪任何机会。我想打谁的左眼,绝不打谁的右眼。"

汤小美忽然兴奋起来,他站起身来,围着曹松军身前身后走了两圈,啪地一掌拍在曹松军肩上,见他如一尊泰山石一样纹丝不动,忍不住竖起了大拇指,连叫了两声好。随后,他向门外吼了一嗓子:"把镇江淮喊来。"

曹莼贞和曹松军交换了一下眼神。

不一刻,一个身长腰圆的三十出头的男人站到了门前,拱身向汤小美使了个礼。

汤小美对曹松军说:"你看不上我的刀枪不入,我也不想看你的打左眼不打右眼,只要你把我们总坛的武法师打败,我就和你们聊半个钟头。如果你败了,只好请你们立即走人。"

曹莼贞有些好笑,本来是准备和人家磨嘴皮子的,现在好了,要打了,而且,不打还不行。

曹莼贞并不担心曹松军,曹松军的翻子拳远近有名,每年都打败不少挑战者。到黄埔军校学习后,他的拳术又有长进,对付这样的武师应该不成问题。

曹松军向镇江淮拱了拱手,说:"我们是到院里比画,还是就在这屋里?"

镇江淮不屑地撇了撇嘴,说:"拳打卧牛之地。这屋里的空儿都有些太宽敞了。"

曹松军把武装带解掉,刚要说个"请"字,不料镇江淮已经一个"秋风扫叶"向他下盘击来。曹松军"旱地拔葱"躲过去的同时,右手已经击出一招"天女散花"。镇江淮叫了一声"好",身形倏地一紧,拧出一招"乾坤挪移"。两人过了十几招,仍然不分胜负,但镇江淮的喘气明显粗了不少。汤小美有些着急,拍了一下桌子,喊道:"老镇,平时你五招之内就置人死地,今天这是怎么了?昨天夜里闪着腰了?"镇江淮额上冒了汗,脸色也有些发白。连对武术一知半解的曹莼贞都能看出,镇江淮堪堪要败了。曹松军并不想让他过于难堪,动作略缓了一缓。不料镇江淮并不领情,一招"欺上瞒下"逼近,右膝非常隐秘地顶向曹松军的裆部。曹松军心中一懔,这是要取人性命了。他迅急地"如封似闭",紧接着来了一招"击鼓骂曹",一脚踹在镇江淮的小腹上。镇江淮踉跄着后退了几步,后背猛地撞在了墙上,他的双腮鼓起,分明有一口鲜血即将喷出,却被他硬生生地咽了下去,只在嘴角留下一缕血痕。

曹松军一拱手:"承让。"

汤小美毕竟是拳师出身,眼睛亮得很。他已经看出,曹松军仅把那招"击鼓骂曹"使到一半,如果使完,镇江淮肯定会留下终身残疾。汤小美冲镇江淮挥了挥手,沮丧地吼了一声:"去去去去去!"

镇江淮满脸羞惭地扶着墙走了出去。

汤小美端起一杯水,一饮而尽,然后冲着曹莼贞说:"好了,曹先生,有什么话你就直说吧!我说了给你半个钟头,一定不会食言的。"

曹莼贞笑笑,说:"恭敬不如从命。我们今天来,是敬你们大刀会会规严明,群众基础好。在目前的局势下,如果你们能再进一步,就可能成为省内一支谁都不敢小看的力量。"

汤小美面无表情地问:"再进一步?怎么进?"

曹松军说:"和我们联合起来。"

汤小美笑了,说:"联合?你们拿什么和我联合?就你们这七个人吗?外面那五个都像你这样能打?即使这样,又能对付我多少把大刀?"

曹莼贞说:"我们可以用思想和技术帮助你们。"

汤小美摇摇头,说:"张先生在信里说你是青年才俊,倒也没有虚夸。但是,谈到什么狗屁思想和技术,就有些出格了。我受命于神,发展在天,神的思想就是我的思想。你的技术再好,能好过天吗?"

曹莼贞这才明白过来,张书侯先生的那封信,汤小美是认真看了的。此人真的不可小觑!

曹莼贞淡然一笑,说:"你听说过学兵团吗?"

汤小美说:"柏将军的学兵团,兵精枪好,这个谁不知道?"又狐疑地看了看曹松军,说,"我看出来了,你这身军装,倒真是学兵团的人。我刚才还在怀疑,你穿这身军装,应该是政府的人,怎么和那个张道政不一样呢?张道政摇头晃脑的,一身的官气。你呢,倒有一股子正气!不过,我就更不明白了,既然你们都是政府的人,怎么不事先通个气?你们这样接二连三地到我这里来,自己倒不烦,我可烦了!不就是那些事吗?答应了我的条件,我就听你们的;不答应,我就自己玩。"

曹松军说:"恰恰相反,我们希望,你不要和张道政合作。"

汤小美愣了一下,问:"为什么?"

曹莼贞说:"张道政代表王怀道,王怀道为什么要与你合作呢?自然是力量不够,想借力打力。打谁呢?你看到了上一任县长梁志昆的所作所为吧?他们横征暴敛,欺压百姓,助军阀为虐,名义上要"剿灭"共产党,其实杀了很多不相干的人,只为充数邀功。这些事不用我一一列举了,你比我还清楚。他要和你合作,就是为了让你去做这些事。你是一个比谁都明白的人,你做了这些事,怎么去向你的会徒宣讲你的教义?怎么让大家心甘情愿地加入你的大刀会?我是为你们大刀会的发展着想,你费尽周折建起来的江山,就心甘情愿地被王怀道和张道政给毁掉?"

汤小美有些吃惊地看着曹莼贞,内心的波动全表现在了脸上。

"我跟他合作,也不会做这些事的。"他迟疑地说。

"你不做,他会给你想要的东西吗?"曹莼贞说,"大家都是无利不起早的人,都是聪明人。即使你一时得到了,你不听他的吆喝,下一次还能得到吗?"

汤小美皱了皱眉头,问:"你们是什么人?仅仅是学兵团的人?你们为什么要这么劝我?真像你们说的,全是为了我好?你们不是无利不起早?"

曹莼贞哈哈大笑,说:"那我就实话和你说,我们是共产党。"

汤小美腾地站了起来,脸上的肌肉抖了几下,又慢慢地坐下去。"我和你们从来没有关系,我没帮过你们,也没害过你们,以后也不想和你们发生关系。而且——"他欲言又止,最终没有表达出来。

曹莼贞撇了撇嘴,说:"我知道,你是说,我们现在根本不值得你考虑。"

汤小美一笑,端起茶碗猛喝了一口。

曹莼贞说:"北伐战争势如破竹,我们共产党人在其中起了多大作用,你不会没有听说吧?远的不说,曹家岗的曹渊,赫赫有命的铁军营长,那是我们共产党人,为了北伐的胜利,他在汀泗桥献出了自己的生命。蒋介石叛变革命,杀了无数共产党人,但是,共产党人是杀不完的,他们揩干身上的血迹,又重新站立起来。南昌起义你看到了?湖南的秋收起义你看到了吗?还有大别山区像火一样熊熊燃烧的农民暴动,你没有感觉到热度吗?我们能在短时间内像狂风一样刮起来,你应该能想象出以后的发展。"

汤小美点了点头,说:"你们这些人,有知识,有胆量,有信仰,我是很佩服的。你们今天来,真实的目的,不会是劝我跟着你们干吧?"

曹莼贞摇摇头,说:"这个想法我们自然没有,但是,我们想和你交个朋友。"

汤小美诧异地看着他，然后咧嘴笑了，说："我知道了，你是想和我说，以后呢，咱们井水不犯河水。"

曹莼贞微微一笑，并不答言，只用目光直视着汤小美。

汤小美向外大喊："拿酒来。"

一个会徒拎着一罐酒和一摞酒碗走进来，放到汤小美旁边的方桌上。

汤小美拔去罐塞，哗哗哗倒了三碗酒，端起其中一碗，说："我老汤虽然不能上识天文下识地理，但是，中间这一段看人看势，我还是不含糊的。你们共产党以后能不能夺了江山，我不想猜，但是，只看你们两个，我就知道你们的气候小不了。放心吧，无论你们做什么，只要不犯我的利益，我绝不会与你们为敌。信我，咱们就把这酒干了。"

曹松军说："都在一个地界上吃饭，有时也难免勺子碰了锅沿，只要能解开的，都不是问题。即使解不开，也没有必要过于计较，以后总有解开的时候。"

汤小美说："这个还用你教我？来吧，喝了这碗酒，我们就是朋友了。"

曹莼贞和曹松军也端起酒碗，和汤小美碰了一下，然后一饮而尽。

第三章

一

徐一统和何清扬要在暴动前夕举行婚礼,出乎所有人的意料。

寿康的春天与往年比起来,晚来了半个多月。桃花在农历三月初才吐出嫩蕊,麦苗还不到半尺高,早稻也刚刚播种下去,青黄不接的时间眼看要延长了。这是一个难熬的春天,甚至是令人有些绝望的春天。在这样的时刻,徐一统和何清扬要举行婚礼,既给了大家惊喜,也让大家心里充满了疑惑。

徐一统和何清扬在婚礼前一天赶到了寿康县城,在一家中等档次的旅馆要了一个房间,自己简单布置了一下,又在隔壁的酒店订了一桌饭。当曹莼贞他们赶到的时候,一切都就绪了。十张请柬,分别请了曹莼贞、曹松军、郭英、曹炳文、方运宏,还有徐一统的两个堂兄、何清扬的三个闺蜜,其中的有些人虽然不在组织,但是非常同情革命,经常给徐一统和何清扬提供一些资助,用于组织活动。方运宏到安庆向省临委汇报工作还没有回来,不过他拍来了电报,向新婚夫妇表达了祝贺。

大家带来的贺礼都别出心裁。曹莼贞的贺礼是一只青铜爵,那是他昨天专门回家向父亲求来的。近几年来,他回家的次数加在一起也不超过一个月时间,父母对他的态度,也由生气转为爱惜,每次回家,都把辛辛苦苦攒下的几个钱交给他。但是,父亲有一个原则,家里仅有的那几件古董,一件也不要动了,说要留个念想,将来全部送给孙子。父亲不相信,当曹莼贞有了孩子以后,日子还像现在一样不太平。父亲不相信革命会成功,但是也知道自己无法阻止儿子,就把希望寄托在将来。讨这只青铜爵费了曹莼贞很多口舌,直到他答应每周都回家一次,父亲才松了口。曹松军送给新婚夫妇一把柯尔特手枪,那是他在第一军当排长时,从敌方的一个团长手里缴获的,枪把上镶了一层厚厚的黄金,金光闪闪的,倒像一个玩具。本来应该浪漫的三个闺密最不浪漫,她们送了何清扬三百块大洋,装在一只小小的皮箱里。她们知道,所有的祝福在明天就成了一阵风,只有这些大洋,可以在关键的时候帮助新婚夫妇渡过难关。

何清扬和徐一统的家庭早已登报与他们解除了关系,所以他们根本没有通知家里。

曹炳文被推举为婚礼主持人,在他的主持下,老派新派的程序混杂在一起,既有仪式感,又不乏诙谐和幽默,整个婚礼现场热闹非凡。婚礼结束,在去酒店之前,曹莼贞让徐一统向大家解释一下为什么要选在这个时候结婚。

徐一统沉吟片刻,看看何清扬,说:"我们是这样想的,在以后的斗争中,每一天都会有牺牲,所以我们要做好牺牲的准备。如果我们不是革命者,这个婚礼可能会推迟;如果我们有一人不是革命者,这个婚礼永远不会举行,因为没有人希望自己的爱人在孤苦和回忆中度过一生。既然我们都是革命者,都做好了随时牺牲的准备,那我们就尽快在一起吧,让我们给爱人更大更多的力量,我们要共同战斗,我们生要同衾,死要同穴。"

没有掌声响起来,大家依次和他们握手,都流下了热泪。

"即便我们看不到那光明的一天,我们的孩子一定要看到。"曹松军说。

徐一统看了看郭英,说:"我们打算好了,如果这次暴动能够成功,我们有了自己的根据地,就生一个孩子。"然后他问曹松军,"你们怎么打算的?"

曹松军没有想到他会这么问,下意识地看了看郭英。

郭英愣了一下,红了红脸,说:"你放屁!"转身走了出去。

曹莼贞心里一阵放松。郭英和他的关系,在这次重新见面后有所改善,没有了以往的那种怨气,但是,他仍然感觉紧张。曹松军对郭英的好感,所有人都能看出来,郭英自己也能感觉到。从目前来看,郭英即使现在还不能接受曹松军,起码在心理上不反感。曹莼贞真心祝福他们,如果他们能结合在一起,也是天造地设的一对了。

去往酒店的路上,曹莼贞忍不住想起了傅方圆。

从上海回来后,他和傅方圆通过几次信。信里不可以说工作方面的事情,但可以诉衷情。傅方圆在最近的一次来信中,说起她准备把化妆品公司关闭的事情,说她感到做这项工作越来越没有意思,每天和那些富家小姐太太打交道,使她很不舒服,甚至有些痛苦。"我不能就这样下去,"她写道,"一边过着富小姐的生活,一边排斥那些富小姐,一边还要想着自己的爱人正过着连白水豆腐都无法吃饱的日子。我会尽快到你身边去,即使无法帮助你,也可以帮助我自己,让我的心情恢复平静。当然,我会带着丰厚的嫁妆过去,肯定会给你一个大大的惊喜。"

曹莼贞当天就给傅方圆回了信,劝她继续做下去,不要因一时的冲动放弃已经成功的事业。他盼望傅方圆时刻在自己身边,但是在他的潜意识里,却又排斥她的到来。过安逸的生活,这是他对傅方圆的祝愿。他知道安逸中的傅方圆并不幸福,但是,如果让她和他一起过连安全都无法保证的生活,他是无法接受的。他想到了何清扬,想到了郭英,心里便生出很多歉疚,觉得自己还不是一个纯粹的革命者。这种歉疚让他在与郭英和何清扬相处时,更加赏识她们,也尽可能地照顾她们。

但是,他不知道自己的信能否阻止傅方圆。

望着何清扬和徐一统携手的情形,他想,如果阻止不了,那就让她来吧!就像徐一统和何清扬一样,或者,像郭英和曹松军一样,做一对革命伉俪,不是很好嘛!

二

暴动的日期定在农历三月三十日。

方运宏带着省临委的指示回来时,桃花已经谢了一半,梨花已经悄悄地开放,阳光也有些烤炙人了。这个日期有些急促,出乎曹莼贞他们的意料。方运宏向曹莼贞做了解释,目前敌人正向以金家寨为中心的皖西苏区发动疯狂的进攻,如果我们能早些举行暴动,可以吸引敌人的一部分力量,以减轻皖西苏区的压力。离暴动的日期只有十来天了,曹莼贞把各个支部的负责人召集起来,开了一个紧急会议,让大家做好最后的准备。他还抽空回了一趟家,和父母一起吃了一顿饭。父亲几乎没有和他说话,但是,当他走出家门时,父亲的泪水流了下来。父亲知道,儿子的异于寻常的举止,可能是一次永久的告别。

按照暴动方案,三月三十日早上五点以前,所有参加暴动的人员都要赶到马埠镇的泰山庙集合。这个时间有些早,来自较远乡镇的暴动队伍要在半夜出发,赶到时难免人困马乏。曹莼贞在三月二十九日一大早便来到了马埠镇,把镇上和周边的地形又仔细地察看了一遍,把方案在大脑里仔细地过了几遍。天黑时,他和马埠镇当地的两个党员一起,买了几大箩筐馒头,准备了几桶开水,全部搬到了泰山庙。然后,他独自一人坐在泰山庙里,静静地等待那个神圣时刻的来临。

泰山庙是明代一位当地富绅筹建的,结构仿东岳泰山庙,只不过面积稍小了一些。在晚清时期,每年的二月初二,便会有大量的村民从全县各地奔赴这里,自发举行一年一度的祭祀大典,香火极盛。民国初年,这里遭了一次火灾,虽然没有被夷为平地,却也遭受了重大损失,庙内的大部分神像和壁画损失殆尽。大火之后,当地发起过一次募捐活动,意在修葺泰山庙。但是,由于资金不足,修葺以后的庙宇再无往日的辉煌,渐渐没落下来。现在,这里已经萧条到只有鸟雀光顾了。

曹莼贞的心情既兴奋,又有些紧张。这是他一生中的一个分水岭,也是寿康革命斗争的一个分水岭。他没有太多的想象,把眼前的事情做好,是他现在的全部心思。

已经有虫鸣了,虽然声音还有些低微,却预示着夏夜已经来临。曹莼贞便想到小时候和父亲一起在家里的小院子捉蟋蟀的情形。父亲虽然已经成为体力劳动者,却始终不苟言笑,也不愿意放弃他的斯文。父子二人一起捉蟋蟀,是他陪儿子玩的唯一游戏。曹莼贞记得有一天晚上,两人捉到一只个头很大的黑元帅,他很兴奋,嚷嚷着第二天要去挑战镇上的几只著名的蟋蟀。父亲有些严厉地喝止了他。父亲一直认为,捉蟋蟀是件斯文的游戏,而斗蟋蟀则有辱斯文。其中的道理,父亲不说,看着儿子不解的神情,他用手抹了抹额角,面无表情地背手离去。他不知道,他留在额角的一块灰尘,让儿子整整笑了半夜。

曹莼贞想起当时的情形,忍不住又笑了起来。

他想,如果自己有了儿子,会怎么教育他呢?自然,肯定不能学习父亲的教育方式,因为父亲无法真正地做到言行一致。

和谁生呢?傅方圆?不是她,还能有谁呢?

他又想起了傅方圆。

庙门外有了一些动静。曹莼贞从薄梦中睁开眼睛,警觉地抽出了手枪,站起来,悄悄地向庙门走去。门外传来一声轻轻的布谷鸟的叫声,曹莼贞收了枪,他知道,是自己的同志到了。他大步走到门边,用力拉开门闩,曹松军和郭英一前一后出现在他面前。

本来郭英要在这个暴动的前夜陪在曹莼贞身边,她的理由很充分,作为暴动的总指挥,他必须绝对安全。但是,曹莼贞拒绝了。在他看来,郭英和曹松军一起去动员学兵团的战士更重要,多带过来一个人一支枪,就多一分力量。曹松军和郭英带来二十一名学兵团的战士,曹莼贞站在一边,看着战士们走过他的身边,进入大殿,心里激动不已。近一个时期以来,学兵团发生了不少变故,有不少人参加了寿康县各界人士召开的声讨蒋介石的大会,令蒋介石非常不满,命令柏文蔚将军立即裁撤学兵团,或者把学兵团并入别的建制。柏将军有些左右为难,而国民党内部不满柏将军的一些人趁机造谣,说柏将军半个屁股已经坐到大别山的苏区了,柏不是柏,是苏了。柏将军无奈,也动了裁撤学兵团的念头。大势已定,人心思动,于是各找门径,学兵团数日之内走掉一大半人。留下的人,大多情绪消极,对前途感到悲观。在这样的形势下,能拉来二十一人,已经十分不易了。

方运宏和徐一统、何清扬他们也陆续带着队伍过来了。到了五点钟,曹松军清点了一下人数,已经来了近三百人,预期可以抵达的人员,基本上都到了。曹松军按照原来的计划,把全部人枪编为三个中队,分别由郭英、曹松军和方运宏担任中队长,曹松军兼任大队长。暴动总指挥曹荜贞随郭英的一中队行动,徐一统和何清扬随方运宏的三中队行动。三个中队的任务非常明确,要在八点钟之前,分别拿下马埠镇三个最大的地主家院,然后视情况临时调整部署,攻打余下的七家较小的地主家院,最后会合一处,在望春园酒馆门前的空地上,树起大旗,召开公审大会。

五点半钟,所有的事项都部署完毕,队员们也已把曹荜贞准备的早餐扫荡一空。曹松军看看曹荜贞,说:"总指挥,该你了!"

曹荜贞纵身跃上一只石磙,喊道:"同志们,现在,我宣布,中国工农红军皖北游击大队,今天正式成立了。"

众人压低声音欢呼了片刻。曹荜贞待大家安静下来,右手一挥:"同志们,现在,让我们出发,去向残暴的地主开战,去实现我们的理想。"

郭英的一中队要攻取的目标是林家大院。林振一是马埠镇田亩最多、炮手最多、民愤最大的地主,他的占地五亩多的庄院在镇子的西北角,靠近马埠湖边,有后门,出门即可登船入湖。所以郭英专门安排了十个人在后门外的柳林里埋伏,看到有人出来,能活捉就活捉,遇到反抗就用枪打。天色已经大亮。曹荜贞和郭英并肩而行,转脸看郭英时,一副气定神闲的样子,像是去参加朋友的婚礼。再回头去看身后的队伍,但见枪林刀丛在东升的太阳光里闪闪发亮,一张张朴实的脸孔布满了兴奋。杂沓的脚步声,说明这支队伍还有些无序,但是,那充足的渴望战斗的精神,完全可以抵消许多不成熟。曹莼贞忽然想起当初自己单枪匹马到曹甸集开展工作的情景,不由得在心里叹了一口气。虽然革命遭遇了挫折,比起初创时期,力量还是增加了不少,特别是现在可以举起枪杆公开斗争,真是当初无法想象的事情。

离林振一的庄院还有一百多米时,郭英回头举了一下手,队伍立即停下了。郭英向身边的一个红脸汉子点头示意,红脸汉子挥了一下手,带着十来个人向西边迂回过去。郭英喊了一声"三小队",便见队尾的二十多个精壮汉子瞬间越过队伍,呈扇形向大院弯腰前行。后面的两个小队与三小队保持着二十米左右的距离,小心翼翼地向前移动。林家大院有十六个炮手,有两座更楼,分布在西北和东南两角。队伍走出泰山庙时,消息肯定已经传了出去,有炮手的地主们肯定都做好了准备,强攻成了唯一的选择。当红脸汉子带领的人马从西边迂回到大院附近时,突然从大院的西北更楼上射出一发子弹,打在一棵柳树上,震得树叶哗哗响了几下。郭英向空中开了一枪,三个小队便一起高喊起来,向林家大院快速推进。郭英身后的十个学兵团的战士迅速找到了障碍物,举枪向东南角的更楼瞄准。

西面的枪声已经爆豆般响起,南面还没有一枪射出来。曹莼贞的心里有些紧张。虽然西北角更楼上的炮手已经被牵制住,但是,东南角更楼上的炮手有九人,攻得越近,危险越大。他再次扭头去看郭英,郭英也扭头看看他,说:"没什么好紧张的,打仗就得有牺牲。"话音刚落,从东南角更楼上便传出接二连三的枪声,冲在最前面的两个队员叫了一声,弯腰倒在了地上,另有几发子弹打在地面上,击起一阵尘烟。隐蔽在障碍物后面的学兵团的战士几乎同时开了枪,更楼上传出几声惨叫,有一支枪从更楼上掉了下来,砸在地面的一块瓦砾上。更楼上的木柱子被掀掉了数块木片,迸溅出去,像几朵从树上萎谢的花朵。

曹莼贞的心里一阵疼痛,自打参加革命以来,他还是第一次见到自己的同志牺牲在面前。

郭英向更楼上开了一枪,高喊了一声"冲",便向前疾奔而去。

片刻,第三小队已冲到了院墙下,搭起了三个人梯。第一、第二小队瞄准更楼,一阵排枪打去,但见火花四溅,硝烟四起,炮手们被打得没有还手之力,只好躲在墙内胡乱向外开枪。有几个队员冲到大门前,用大刀劈剁着大门。一时,枪声、刀斫在大门上发出的剧烈的哐哐声,以及中枪的人发出的痛苦的叫声交织在一起。有一个人梯被打中,几个队员滚落在地上。另外两个人梯上端的队员已经爬上了院墙,一翻身便跳进了院子。更楼上的人便集中火力向院里射击。又有两个队员翻进了院子,从院墙里侧传出了枪声。有人高喊:"门闩已经抽掉了,撞啊!"便有几个抡刀的队员合力用肩膀向大门撞去。

曹莼贞挥舞着手枪,和队员们一起高喊着,向大院里冲去,刚冲进大门,便看到西北更楼上有两个炮手正要翻墙从北面逃走,他甩手就是一枪,一个炮手惨叫了一声,从墙上摔了下去。曹莼贞看看手里的枪,看着院里的火热,长长地出了一口气。

战斗持续了半个小时,林家十六个炮手被打死六个,五人受伤,另外五人举手投降。游击队也有七人牺牲,五人受伤。见大势已去,林振一果然带着一家人打开了后门,却被埋伏在柳林里始终没有参加战斗的游击队员候个正着。战斗结束以后,曹莼贞命令立即开仓放粮。郭英留下二十名队员由曹莼贞调配,自己则带领余下的队员直奔下一个目标。下一个目标是住在镇中的赵姓大户,赵大户手下虽然也有五六个炮手,见到林家很快便被攻克,心理防线已经崩溃,郭英的人马刚到,赵大户就举手投降了。

林家的粮仓位于院子的东侧,从外面看,只是高高大大的五间边房,待到打开门来,曹莼贞却吃惊地睁大了眼睛。原来这五间边房只是粮仓的一个顶,在地面之下,有一个巨大的地窖,用防潮材料铺底装壁。地窖里有五个巨大的用苇席圈成圆柱体的独立仓,里面装满了小麦、大米和玉米等粮食,进门便可嗅到浓烈的粮食香气。曹莼贞粗略地估计了一下,应该有五百余石粮食,也就是十万斤左右。

越来越多的群众从镇里和镇外拥来,镇街上已经成了人的洪流,像马埠湖的水一样。在暴动开始前一天,指挥部已经派出人员在方圆二十里发动群众,一旦暴动开始,就到马埠扒粮。在这足有五千人的洪流里,有一部分群众是为扒粮而来,他们推着大车小车,挑着箩筐,脸上全是喜气洋洋的笑容;有的则是为复仇而来;还有的,是为了参加游击大队。到处是喧嚷声、枪声、骡马的嘶鸣声。曹莼贞站在林家的更楼上,看着这喧闹的景象,内心无法平息。反思一下,他觉得自己对群众的力量还是估计不足,发动群众时过于保守,如果再开放一些,游击大队会更加壮大。这样好的群众基础,如果没有合适的引导,真是太可惜了。

陆续有好消息传来。曹松军和方运宏都以较小的伤亡完成了任务,镇上的十个目标已经全部清除掉。曹莼贞命令每一处都留下十人看守,其余的队员全部集中到望春园酒馆前面的大广场。

望春园酒馆是马埠镇最大的酒馆,门前的广场其实是一个丁字街口,也是镇上商业最繁荣的地方。在酒馆的门前,有一个高出地面一尺多的一百平方米左右的平台,可以做主席台。镇里办红白大事时,所请的锣鼓戏班以及耍狮耍猴等娱乐,都在这里举行。曹莼贞赶到时,酒馆门前已经拉起了一个巨大的横幅:皖北游击大队公审土豪劣绅大会。已经有上千人会聚在这里,还有越来越多的人向这里拥来。方运宏、曹松军等人已经来到,正在指挥队员维持秩序,见到曹莼贞,便赶过来简单地碰了一个头。总的情况和曹莼贞掌握的差不多,暴动用时一个半小时,十个目标全部攻下,毙伤炮手四十余人,缴获长枪七十余支、短枪十把。十个地主庄院的粮仓储粮非常丰富,加在一起,足足有两千石。两千石,这个数字震惊了大家,果真是朱门酒肉臭,路有冻死骨。按照事先的计划,游击大队留下十分之一的粮食作为军粮,其余的全部分给群众。

曹松军向四面派出了侦察小分队,以便了解暴动引起的反响,以及敌人的动向。最大的敌人,自然是王怀道把持的县城里的那些武装,因此,派往东边的侦察力量更强一些:两个小分队,一个抵近城关,一个在十里外的地方接应。

在主席台的四周,围满了游击队员和群众。参与扒粮的群众,带来的大车小车以及箩筐等都装得满满的,从他们的脸上,能看到积压已久的情绪的充分释放,能看到对于新生活的渴望,还能看到对游击大队的感激。徐一统说了一句话,道出了大家的心声:"看看这些群众吧!看看他们的兴奋,我们应该反思一下。这说明什么?一场这样的革命,早就应该发起了。"

公判大会在上午九点钟准时举行。首先,燃放了一挂一万响的鞭炮。震耳欲聋的鞭炮声和大家的欢声笑语混杂在一起,就像一团动力强劲的气流,冲上了九霄。然后,由曹莼贞宣布中国工农红军皖北游击大队正式成立,并给所有游击队员发放了临时赶制出来的红色袖章,上面写着"游击大队"四个字。在发放袖章的过程中,又有四十多位青年农民要求参加游击大队。

曹莼贞笔直地站立在主席台上,向后一挥手,喊了一声:"请旗!"

两个身材魁梧的游击队员从望春园的正厅里迈着正步走出,共擎着一面红色的大旗,旗的正中间是一颗硕大的白色的五角星,五角星的中间是一枚金黄色的党徽。两个队员走到曹莼贞面前,敬了一个礼,把大旗交到曹莼贞手里。曹莼贞走到主席台中间,以目示意曹松军。曹松军迈着标准的步伐走到曹莼贞面前,敬了一个标准的军礼。曹莼贞把大旗交到曹松军手里,又紧紧地和他握手。曹松军将大旗用力地在空中挥舞着,主席台四周响起了雷鸣般的掌声和欢呼声。

接下来的公判,对群众起到的宣传作用,绝不亚于武装暴动本身。当十位土豪劣绅被押上主席台的时候,台下响起愤怒的叫喊声、怒骂声,十几位群众跳上台,对他们拳打脚踢,幸亏游击队员处置得当,才避免更严重的后果发生。控诉,控诉,控诉!预计一个小时的公判大会,两个小时都没有结束掉。地主们数不清的恶行,数不清的剥削,农民们数不清的冤情,如果每一件都是一条鱼,那这些鱼足以装满整个马埠湖。

曹莼贞想起徐一统说过的那句话:一场这样的革命,早就应该发起了!

如果没有这样的革命,中国的农村将走向何方?中国的社会将走向何方？这些像鱼一样多的冤，又到哪里去申呢？这些像鱼一样多的仇，又到哪里去报呢？

经临时成立的审判委员会研究决定，判处其中三位恶行最大的地主死刑，另外七位，将在即将成立的县苏维埃政权的监督下进行劳动改造。

公判大会快要结束的时候，何清扬快步走到曹莼贞身边，说刚刚接到省临委的通知，然后递给他一张小纸条。

曹莼贞看后，面色一下变得通红。

二

暴动以后的工作千头万绪，整个白天都忙得不可开交。在黄昏来临的时候，曹莼贞来到马埠老街的一处古老的院子里，等待傅方圆的到来。这处院子是游击大队一处隐秘的军火库，里面有很多土制炸弹、大刀长矛。之所以选择这里，是因为傅方圆将要给游击大队带来一批军火。

傅方圆要到马埠镇来，完全出乎曹莼贞的意料。当何清扬把省临委的通知转达给他时，他的心里充满了激动，同时，也充满了忐忑。

曹莼贞检查了一遍现有的储存。枪支和子弹已经全部发放到队员手里，在上午的战斗中已经损耗了一部分。接下来，会有很多恶仗，军火会成为一个很大的问题。傅方圆的到来，无疑是雪中送炭。

天黑下来了，曹莼贞院内院外转了数次，仍然不见傅方圆的身影。

中午吃饭的时候，何清扬把他拉到一边，问他是不是趁这次傅方圆过来，把他俩的事情给办了。曹莼贞不置可否。内心的矛盾还是原有的那些，既希望她能留在自己身边，又担心她在这样艰苦的条件下吃苦，安全也得不到保障。但他的心里还是倾向何清扬的意见的，他甚至想，如果有可能，等形势稳定下来，他要带着傅方圆去见一下他的父母。他想象着父母的喜悦，不由自主地笑了。

他再一次走到院外。院内的灯光零零星星地散到院外一些，像散落的花瓣。两边没有住户，这也是选择这里做军火库的原因。老街是没有街灯的,只能借着细碎的灯光,模糊地感知街道的大致面貌。从远处传来一阵鞭炮声,还有一些听不太清楚的锣鼓声。突然,从老街东口传来马车碾在青石板上发出的声音,还有越来越响的马铃声。一辆双驾马车在细碎的灯光里,摇摇晃晃地向这边行来。

近了!可以看到坐在马车上的傅方圆穿着一身农妇的衣服,头上还挽了一个圆圆的发髻。曹莼贞长吁了一口气,快步迎了过去。车夫和交通员跳下车,把马拉住。曹莼贞扶着傅方圆下了车,想搀着她的手,把她带到堂屋里先休息一会儿。但是,表情异常兴奋的傅方圆拒绝了他,指着马车上隆起的车篷,说:"快找几个人,把我带来的宝贝卸下来。"

人是早就准备好的。曹莼贞喊了一声,便从院子里走出七八个游击队员。他小心翼翼地打开篷门,接过一个队员递过来的马灯,眼睛一下便睁大了:足足四十支步枪,还有成箱的子弹。他回头看了一眼正笑眯眯地看着他的傅方圆,说:"傅方圆,你是我的救星。"

傅方圆笑着说:"我只想做你的女神。"

曹莼贞叹了一口气,说:"你是我们皖北游击大队的女神。"

傅方圆撇了撇嘴,说:"在自己的队伍里,我可不敢做女神。"

待把一切都安顿好,傅方圆才随着曹莼贞走进堂屋。曹莼贞为她倒了一杯热水,把马灯捻子拧得更大些,让更多的光辉放射到屋里。在灯光的照耀下,傅方圆显得非常漂亮,本来不相称的衣服竟然很合身,像是为她量身定做的。曹莼贞傻傻地看着傅方圆,一时不知道说什么才好。

傅方圆轻轻地喝了一口水,问:"你这么久没有见我,连一句话也没有?如果你是个口讷的人,倒没有什么。但是,你是吗?"

曹莼贞笑着说:"我很想你。"

傅方圆"嗨"了一声,说:"虽然只有四个字,听着还是挺舒服的。"

"那你告诉我,你是真的不走了?"曹莼贞问。

傅方圆点点头,说:"这一点,就像我现在站在你面前一样真实。"

傅方圆离开上海之前,已经把自己在上海的痕迹全部抹去了。她把化妆品公司处理掉,然后回到父亲家里,耍了一点小手腕,搞到一笔钱,仍然借助梁海的力量购置了这批军火。她本来想带着这批军火直接去曹甸集,又觉得这样做过于冒险,便通过上海的党组织与安徽省临委取得了联系,了解到曹莼贞他们的真实情况。得知曹莼贞他们将于近期在马埠镇举行暴动,她的心情更加迫切,便带着这批军火去了淮南,与安徽省临委的一名交通员会合后,马不停蹄地赶了过来。

曹莼贞的眼睛有些湿润,他为有这样的爱人感到骄傲和自豪。这样的爱人,她不仅把生死和他连在了一起,还把生死与革命连在了一起。这个时候,如果再劝她回去,就没有任何道理了。

两人聊到晚上十点多,仍然依依难舍。为傅方圆安排的住处就在附近,曹莼贞把她送过去,强令她尽快休息。他从傅方圆的眼睛里能看到跳动的火焰,但是大敌当前,他选择了忽略。

曹莼贞刚刚回到暴动指挥部,曹松军便匆匆忙忙地赶来,告诉他,派往东面的侦察小分队报告,王怀道的队伍已经出了寿康县城。

据侦察小分队报告,中午的时候,王怀道就得到了马埠暴动的消息,因为十二点钟左右,县保安团和警察局、税警大队都有了异动。下午三点,王怀道已经拼凑了一支近二百人的队伍。但是,令人感到奇怪的是,这支队伍没有立即行动,而是停留在县政府门前的广场上,似乎在等待什么。到了晚上十点,这支队伍才慢慢地走出广场,从县城西门出了城。

两人正商量对策,方运宏和郭英等人也赶到了。大家的意见很快达成一致。在其他方面情况不明并存在一定威胁的情况下,只能派出一中队和二中队东向迎敌,分别在杨庙和曹甸集附近设伏,既是梯次防守,又可随时接应,不求全歼,只求损耗敌人,让他们知难而返。同时,要注意缴获枪支弹药。在西面和南面,敌对的武装力量可能是大刀会,也可能是各乡镇的地主为了自身利益而临时组织的武装。虽然曹莼贞已经和汤小美有过看似不错的约定,但是,汤小美是不是可以依赖的人,谁也说不准。一旦王怀道因为形势紧迫而许诺他更多的条件,他便极有可能成为王怀道手里的一支枪。

至于那些地主武装,当他们是散兵游勇时,可能形不成战斗力。但是,一旦他们联合起来,力量会迅速增大。所以,这两个方面都不能小觑。三中队本来只有九十余人,上午又临时加入一些当地的年轻人,现在有一百三十余人。用一百三十余人防守这么大的范围,真打起来,便会显得非常单薄。所以,曹松军和郭英必须尽快击退王怀道,然后把部分力量转移到南面和西面。

临别时,曹莼贞和曹松军、郭英紧紧握手,他能感觉到曹松军的坚韧,也能感觉到郭英的无所畏惧。

真正的考验,开始了。

三

曹松军带着二中队赶到了杨庙镇,侦察小分队报告的最新消息是,王怀道离杨庙还有不到十公里,他们有近两百人的队伍、三辆汽车、十来匹马,还有十余辆携带后勤物质的马车。从寿康县城通往马埠镇的道路只有一条,杨庙镇正好扼住这条道路。道路由东向西穿过七百米左右的街道,向北拐,通往曹甸集,离马埠约有十五公里。曹松军迅速把队伍在杨庙以东展开,埋伏在路南的一片四五十米高的丘陵上,还有路北的一处密密的杨槐树林里。正面则准备了一些看似不经意丢在那里的装满了黄沙和水泥的布袋,一旦南面和北面同时打响,这些布袋便成了把道路拦死的掩体,王怀道要么退回去,要么抵死向前冲。冲过去以后,他还会陷入郭英的一中队在曹甸集设置的埋伏圈。即使能突破这两道防线,也不会有多大的战斗力了。

刚刚布置好,像已经约好的一样,东面便隐隐约约地出现了汽车的灯光,以及大队人马行进的声音。不一会儿,便见一支由汽车开道,马车垫尾,中间黑压压的队伍慢腾腾地爬过来。曹松军在正面的掩体后指挥战斗,看到对面的阵势,心里便有了谱。他把携带手榴弹的十余名队员调到南面的丘陵上,只待他这边枪声响起,便把手榴弹全部砸向前面的汽车。汽车越来越近,可以看到汽车驾驶舱里晃动的人影了,甚至可以听到队伍里的调笑声了。曹松军打开枪机,仍然没有下令。汽车越来越近,已经与两边的埋伏平行了,他仍然没有下令。待到第一辆汽车的车灯扫到了正面的掩体,曹松军才抬起右手,对准驾驶员开了一枪。枪声、玻璃的碎裂声、驾驶员的惨叫声几乎同时响起,随后便见从丘陵上接二连三飞下二三十只黑色的"大鸟",爆炸声随之轰天动地地响起,然后便是无数的子弹从南北两个方向射过去。王怀道的队伍立时乱作一团,汽车上受伤的没受伤的都争着往下跳,中间的队伍扭头便向后跑,跑不多远,便被一阵射向天空的子弹追了回来。

短暂的慌乱之后,敌人渐渐认清了局面:既然不可以往回跑,两边的火力又猛,只有向西攻击前进。于是黑压压的人群一边放枪,一边拼命向西冲来。曹松军抬手击倒了一个敌人,身边的几十支步枪同时喷出火苗,前面的十几个敌人瞬间倒下,后面的敌人慌乱地趴在地上,胡乱地放着枪,嘴里不干不净地骂着什么,埋怨着什么。

战斗持续十分钟以后,敌人开始组织起有序的规模较大的进攻。在漆黑的夜里,这些进攻是盲目的,但也给游击队造成了一些伤亡。曹松军传令,西面和北面的队员迅速后撤至曹甸集,参与郭英的第二道防线,丘陵上的队员继续阻击,尽可能拖住敌人,实在拖不住,则迅速后撤,待敌人全部通过后,再返回战场寻找战利品。

曹松军在曹甸集与郭英会合后,又等了半个小时,敌人才小心翼翼地出现在视线里。卡车没有了,马车也没有了,只有一百多名徒步的士兵。郭英采取的伏击方式与曹松军有所不同,因为曹甸集的地形与杨庙不一样,除了街道两侧的房屋,几乎无险可守。郭英不愿意把群众拖到枪战中,便在集北不到三百米的地方把道路截断,挖了一道一丈多宽两米多深的大沟,然后把队伍埋伏在道路两边的庄稼地里。待敌人行至大沟前,正在犹豫不决时,两侧的游击队员一起发起了攻击。仓皇失措的敌人情急之下,有一部分跳到了沟里,有一部分掉头往回跑,恰巧遇到打扫完战场匆匆赶到的二中队的一部分队员。游击队发起一波又一波猛烈的攻击,敌人很快便溃不成军。王怀道看着面前的一群残兵,胆战心惊,已经没有了一点信心。无奈之下,他下令集中力量向东边攻击边撤退,先返回杨庙,修整之后,再作打算。

曹松军和郭英没有乘势追击。一夜的行军和战斗,对于这些刚刚参加队伍的队员来说,是一次极大的考验,很多人都已经疲惫不堪。两人商量了一下,决定由郭英率领一中队留在曹甸集继续监视和阻击敌人,曹松军则率领二中队返回马埠。

曹松军心里隐隐地担心,南面和西面有可能成为明天的战场。

第四章

一

曹松军和郭英带领队伍离开后,曹莼贞一直坐在指挥部里,一边啜着白开水,一边思考下一步的行动。

目前的形势,必须在军事斗争的同时,抓政权建设,成立寿康县苏维埃人民政府。同时,要充分发动群众,建立起自己的根据地。没有根据地的军队,是无根之苗、无源之水,是无法持久作战的。但是,苏维埃人民政府能否建立,要看军事斗争的结果,没有军事上的胜利,一切都不成立。

昨天下午,他派出一些党员去联系本地的渔民,了解马埠湖的情况,同时,尝试用缴获的钱粮收购一些船只,以备不时之需。

曹松军的捷报还没有来到,从南面却传来了不利的消息。

据南面的侦察人员报告,汤小美的大刀会正在集结人马,目前已经聚齐了两千余人。这样大规模的集结,近几年几乎没有,这样看来,汤小美已经站到游击队的对面了。

曹莼贞想到了王怀道在县城里的等待。那样的等待,如果没有充分的理由,便是在贻误战机。而且,在夜晚行军并发动攻击,并不是王怀道所擅长的,他之所以敢于冒险,极有可能是在等待汤小美行动。他许了汤小美什么,能够打动那颗无利不起早的心?

曹莼贞把方运宏和徐一统夫妇找来,一起研判目前的形势。还没有得出结论,派往西边的侦察人员又来报告,在七十公里外,出现了陈调元四十六师的先头部队。

曹莼贞大吃一惊。陈调元一直在山东担任国民党省主席,什么时候到了这里?

原来,擅长溜须拍马的陈调元已经被蒋介石调任安徽省政府主席。曾经有一个经过证实的传说,蒋介石"清共"之后,本来隶属直系的军阀陈调元在南京晋见蒋介石,蒋介石谈及军费浩繁,亟须一笔款子,问陈调元能不能想个办法。陈当即慨然允诺,不久就给蒋介石送去现金一百万元。蒋因此拟派陈为安徽省主席,因其赴任之前肆无忌惮地收受贿赂,蒋无奈之下先将其派往山东,以息民怨。没想到,在这么短的时间内,陈调元便杀回了安徽。

那么,陈调元的四十六师是路过,还是专为平息暴动而来?无论是哪一种情况,对于游击大队来说,都是非常糟糕的消息。

几个人正在一筹莫展,曹松军回来了。

听到东路的捷报,大家的心情才好转了一些。最终研究的结果,是把曹松军的二中队调到南面的防线,和方运宏的三中队一起应对汤小美,郭英的一中队仍然在曹甸集和杨庙一带应对王怀道。如果四十六师有发动进攻的苗头,则立即收拢部队,作好下湖或者向东游击的准备。之所以要向东,是因为王怀道经此一役,队伍的元气已经大伤,向东游击,游击队更易生存和发展。

向东发展,还有一个战略性的意义:可以就此进入八公山区。

第二天早上,方运宏和曹松军带着两个中队向南行进二十五公里,到了白龙镇。他们一边派出侦察人员了解敌人的动向,一边修筑工事,调集粮草。如果汤小美北进,这里就是双方决战之地。

中午时分,从南面传来巨大的嗡嗡声,有如一群饥饿的蜜蜂一齐聒噪着。曹松军和方运宏对看了一眼,无奈地摇了摇头:看来,和汤小美的君子之约,确定已经成了水中月、镜中花。

无数身着大刀会会服的会徒举着大刀,端着长矛、花枪,昂首挺胸地向游击队的阵地走来,他们不慌不忙,就像在进行一场表演,或者去喝亲戚的喜酒。人群越来越近,可以看清他们亢奋的脸了,可以看到他们衣服上的流苏在风中飘舞了。走在最前面的,是五个分坛的坛主,他们的脸上带着无法抑制的笑容,手里都拿着扇子。据说这种谐音"散子"的道具可以把打来的子弹全部扇开,可以把一切袭来的危险全部扇开。在坛主的身边是几十名传道师,他们打着各种颜色的大伞,希望大伞聚拢的佛光可以普照众会徒,保佑他们逢凶化吉。所有的坛主和传道师嘴里都念念有词,他们在呼唤心中的神灵,希望平日里刀枪不入的训练在实战中一样有效。

曹松军举起手枪,向天空放了一枪。

会徒们继续向前,仿佛那一枪对于他们是一个鼓励。

曹松军无奈,只好喊了一声"打"。

子弹像雨点一样向前泼去,走在前面的会徒们纷纷倒地,但后面的并没有因此停下脚步,他们继续大步向前,嘴里的嗡嗡声更加响亮。

方运宏苦笑笑,说:"这分明是心理上的刀枪不入啊!"

又一批会徒倒地,后面的会徒仍然一步不停地向前行进,仿佛倒在他们面前的是成熟的麦子,他们正在享受丰收的喜悦。

两军的距离越来越近,已经可以听到子弹打在肉体上发出的扑扑声。

曹松军对方运宏说:"我们还是撤吧!这些可都是受蒙蔽的群众,让他们为王怀道和汤小美死掉,太让人心痛了。"

方运宏皱了皱眉。死亡是人类最讨厌见到的场景,但是,人类一直在乐此不疲地制造死亡。

"我同意。"方运宏叹了一口气。

向北撤退,只有撤到十公里外的铜村,那里地势比较险要,村子也较大,适合两个中队展开作战。但是,撤到铜村后又怎么办?

"撤到那里再说吧!"曹松军说。

曹松军一声令下,两个中队交替掩护着撤出了战斗。

大刀会的会徒们并没有加快速度追击,他们按原来的速度行进着,脸上的表情更加亢奋。

二

形势的发展,既在预料之中,又在预料之外。

王怀道据守着杨庙,与郭英的一中队相持。双方都知道进攻一方会承受更大的损失,因此像是达成了默契,都按兵不动,偶尔会有一点冷枪摩擦。而大刀会的进攻也在铜村南面两公里停下了,会徒们埋锅造饭,一会儿敲锣打鼓,一会儿高声念咒,好像全然忘记了他们到这里来的目的。而马埠镇附近乡镇的大户们显然已经感觉到了游击队的威胁,他们在两天的时间内便串联起了一支以炮手为主的百人队伍,到达了马埠镇西侧十五公里的严家村,一边派出小股人马袭扰留守在马埠的游击队,一边派人和四十六师取得了联系。

游击队面临着三面受敌的局面,一旦四十六师向东进攻,撤退便是不可避免的事情。

曹莼贞在地图前面坐了整整半天,终于下定了决心:以游击队目前的实力,还不足以在如此大的范围内作战,更无法和四十六师作战,必须保存实力,在四十六师进攻以前撤退,争取斗争主动权。

命令很快下达了。

留守马埠的人员迅速收拾好,马不停蹄地赶去和郭英会合。曹松军的二中队也向东运动,作为郭英西侧的屏障。而方运宏的三中队,作为整个游击大队的总掩护,暂时按兵不动,视形势发展再决定下一步如何动作。暴动第三天的中午,曹莼贞、曹松军和郭英在杨庙镇西侧的榆湾村会合,决定在下午两点对王怀道的队伍发动进攻,天黑前结束战斗,然后借着夜色急行军,进入八公山区,开展游击战。

令他们感到意外的是,就在进攻前半个小时,敌四十六师的一个营会同地主的炮手队攻占了马埠镇。曹莼贞在庆幸的同时，更加担心方运宏的三中队，赶紧派人给方运宏送信，让他迅速向杨庙撤退，如果遇到大刀会拦阻，则不惜代价摆脱。

进攻时间到了，两个中队的游击队员利用地形和房屋的掩护，向敌人冲杀过去。

战斗进行得很惨烈。王怀道近两百人的队伍经过杨庙和曹甸集战斗后，损失近半，剩下的人马虽然人困马乏，满心惊悸，但是凭借地形，仍然给游击队造成了一定的杀伤。两个小时后，战斗基本结束，王怀道带着五十多人狼狈逃窜，游击队也付出了三十余人伤亡的代价。

正在打扫战场时，方运宏赶到了。

方运宏没有遇到大刀会的拦阻和追击，却在铜村东侧五公里的地方遭到了一支地主武装的伏击，双方激战一场，好不容易才脱身出来。检点人数，也有二十余名队员牺牲。

天色黑下来了，游击队一路急行，向位于东北方向的八公山挺进。

八公山，原称北山，因其所属诸山位于寿康县城北面而得名。因淮南王刘安与八公学仙、炼丹于此，自西汉时起，又称北山为八公山。当地人喜欢八公这个名字，认为有文化内涵，因而已经很少有人称其为北山。八公山脉属大别山余脉，地处淮北平原与大别山区的过渡地带，横跨寿康、凤台、长丰和淮南，大小山峰有三百多座，绵延二十五公里，东西约有五公里。曹莼贞他们之所以放弃马埠湖，挺进八公山，主要是因为这里地势较为险要，周边皆是肥沃的平原，易于坚守，且补给方便，同时也便于与省临委和皖西苏区的联系。直接退守到马埠湖中，也不失为一条保存实力的计策，但是，敌人一旦封湖，想上岸就难了。

第二天上午九点左右，队伍终于开进了八公山的南口。以曹松军的意见，部队应该原地休息，了解情况后再决定是进山还是依托山口的村庄进行斗争。曹莼贞看着人困马乏的队伍，想着暴动当天上午兵强马壮的盛况，心里像刀割一般。他坚持到达八公山五大主峰之一的肥陵山以后再休整。肥陵山山势陡峭,林木茂密,居高临下,即使敌人尾随而进,一时半会也无法构成太大的威胁。指挥部开了一个会,最终还是采纳了曹莼贞的意见。

中午时分,终于登上了肥陵山。趁着队伍休息吃饭的时间,曹松军对队伍的情况进行了一次统计:本来三百多人的游击队,去掉阵亡的,受伤安置在群众家里的,在路上掉队的,现在还剩下一百二十多人,及一百余支枪、一千余发子弹。

在肥陵山半山腰的一处钟乳石岩洞里,曹莼贞主持召开了由小队长以上人员参加的暴动总结会。他作了深刻的检讨,并指出了暴动失败的几个主要原因:一是暴动时间过于仓促,准备并不充分。以各中队与指挥部的联络这个比较简单的问题作例子,就可以看出不少粗糙的地方,在联络的过程中浪费了很多宝贵的时间,造成了不必要的损失。二是发动群众不够充分。到了暴动当天,才发现原来群众的觉悟比大家想象得要高,低估了群众的力量,在一定程度上脱离了群众。比如已经发生的几场战斗,队员们都是孤立地和敌人战斗,群众想帮忙,却不知道如何帮。临战时,也缺乏利用群众热情的办法。三是信息不畅。比如陈调元从山东调任安徽,应该是一周以前已经决定的事情,直到四十六师快到跟前了,才发现这样一个几乎可以决定暴动成败的问题。第四点,也是最重要的一点,低估了反动派的力量,对各方的利益关系了解不清晰,盲目地确定了以马埠镇为中心建立根据地的战略,以致陷入多面受敌的境地。如果暴动的当天下午就直接挺进八公山,遭受的损失就会小而又小。

大家都同意曹莼贞的总结。对于今后如何生存,如何发展,大家都提出了自己的意见,最后归纳为四点,即:依托八公山区,开展游击战;先求生存,再谋发展,仍以地主恶霸为主要打击对象,扒粮找枪,壮大队伍;寻找适当时机,集中力量消灭地主武装和王怀道的有生力量;加强与皖西苏区的联系,待时机成熟,挺进大别山,与主力红军会合。在打击地主恶霸进而扒粮找枪这个最现实的问题上,确定了分散出击、一击必准的原则。

总结会开到晚上八点多才散,满身疲惫的曹莼贞顾不上休息,又去找负责山外敌情侦察的队员仔细询问了情况。据侦察队员说,王怀道和数支地主武装会合以后,尾随游击队追了十多公里,便返回了县城。地主武装没有立刻散去的意思,似乎正在追与退之间犹豫不决。而汤小美的大刀会也没有就地分散返回各分坛,而是集结在一起,缓慢地向县城行进。据说王怀道曾经答应汤小美,如果他出兵镇压游击队,就把马埠及周边五镇的税收让给汤小美,以三年为期。汤小美向县城运动,可能是想逼迫王怀道兑现他的承诺。至于陈调元四十六师占领马埠镇的那支部队,已经从马埠撤军,向西尾追大部队而去。

遍地武装!曹莼贞突然想到了这句话。

三

傅方圆一直和曹莼贞在一起。

她来到的第二天,便一直跟随在曹莼贞左右,用她自己的话说,担负了作战参谋和生活秘书双重角色。游击队在肥陵山上安顿下来以后,她在游击队获得了一个适合她的工作角色:宣传委员兼卫生所所长。从马埠撤退时,她舍弃了从上海带来的数身喜爱的衣服和生活用品,却把指挥部的一台油印机和十余刀纸张以及一些药品和绷带带了出来。曹莼贞给她配备了一个精明强干的队员,既是她的助手,也是她的警卫。上任不到三天,她就印出了第一批宣传单,分发到各个中队,留作他们出山作战时使用。她又在半山腰的一处隐蔽的石洞里建起了一个宽阔而整洁的卫生所。由于八公山区植被保护良好,乔木高大,树种繁多,山林茂密,这个石洞极难被发现。由于流水终年的剥蚀、溶蚀、风化,裸露的石灰岩体流纹深刻,造型生动,形成了风格独特绵延数平方公里的石林,即使进入了肥陵山,在石林的阻隔下,也极易迷路。傅方圆的卫生所前面,正好有一带石林,她用树木和山石把石林改造了一下,上山或下山的人便会自然而然地绕道而行,根本不会考虑到不远处会有一个规模不小的卫生所。一切布置停当,傅方圆便装扮成农妇,到寿康县城购置了一批中西药和卫生用品,顺带着,把一个诊所的倾向革命的进步青年医生也请上了山,一时传为美谈。为此,曹莼贞专门找她谈了一次话,命令她以后不得私自下山,如果实在需要,必须向他本人请示,得到同意后才可行动。

傅方圆佯装同意,但第二天上午再次违规私自下山,不仅带回了一些急需品,还给自己和何清扬、郭英带回来一些女人的小物件。

看着三个女人在卫生所里兴高采烈的样子,曹莼贞不忍心训斥,但是,他担心这样的事情再次发生,还是板起面孔把三个女人挨个说了一通。

何清扬首先承认了自己的错误,她表示,虽然不知道傅方圆是私自下山,但是,也不该在她回山后兴高采烈地迎接她。然后她话锋一转,说:"我知道有一个办法可以让傅小姐永远听你的话。"

曹莼贞饶有兴趣地看着她。

"那就是,你把她娶了,而且,近几天就成婚。"何清扬说。

曹莼贞有些发蒙,不知道这是女人们商量好的,还是何清扬灵机一动的想法。

偷眼看郭英时,那张俊俏的脸一下变成了阴天,一副想走却又不好意思走的样子。

曹莼贞扭头就走,边走边说:"总之就一句话,再私自下山,是要受处分的。"

不料刚走出百十步,傅方圆从后面追了上来,说:"莼贞,你什么意思?真的不想娶我?"

曹莼贞有些惊讶地看着傅方圆。以她以前的性格,是断不会这样主动地和他说起婚事的。

"有什么好惊讶的?一次暴动损失了一百多人,亲眼见到的生死,对于我们还不是最大的触动吗?我们今天不在其中,却无法保证明天是安全的。所以,我们有必要把自己的感情封闭吗?"傅方圆有些激动地说。

曹莼贞没有立刻答应。晚上,他把徐一统和曹松军喊到自己的山洞里,一人倒了一杯山泉水,向他们诉说了自己内心的苦闷。

"队伍刚刚遭受了这样大的损失,士气还没有完全恢复,我能结婚吗?同志们会怎么看我?"曹莼贞说。

"那为什么一定要结婚呢?"曹松军笑着说,"有谁强迫你吗?"

曹莼贞吃惊地看着曹松军。

徐一统也笑了,说:"我们就像一只蚕蛹,刚来到这个世界上,就被那些陈规以及传了数千年的思想给包裹住,哪怕外面吹来一缕风,也会让我们无所适从。这个时候为什么不能结婚呢?"

曹莼贞仍然有些迷惑。

曹松军说:"我明白了,你是想找一个心理上的过渡,说白了,你要修一座桥,让自己的思想从桥的这头慢慢地走到那一头。好,我明天就给你一座桥。"

曹莼贞笑道:"即使你是著名的桥梁工程师,我也无法相信你。"

第二天早上,曹松军带着二中队一小队的十五名队员来到曹莼贞居住的山洞外,向他辞行。

曹莼贞有些不解,问他去哪里,做什么。

曹松军说:"我去扒粮。"

游击队进山的第三天,附近的地主武装联合汤小美的大刀会,向游击队发动了一次进攻。曹松军的二中队仅仅使用了一个小队的兵力,就在距山口三公里的葫芦峪把他们打得丢盔卸甲,扔下十余具尸体和一些枪支弹药,狼狈地逃出山去。自此以后,山里一直处于平安无事的状况。近几天得到的消息,让大家稍稍松了一口气。因为辖区内发生了武装暴动,王怀道被上峰严厉斥责,险些丢了官,目前正在运作调走的事,对于进山剿杀游击队持消极态度。地主武装就像冬天树叶上残留的雪花,根本经不起时间的折腾,不到十天,便因为分摊费用的事闹得不亦乐乎,很快就解散回家了。在这样的形势下,开展小规模的扒粮运动便成为可能。

当天下午五点钟左右,曹松军兴冲冲地回来了。他没有把扒粮目标定在山口附近,他选择了离西山口二十公里的一个村子,这个村子里有四个地主,其中两个加入过镇压暴动的地主武装。曹松军选取了其中的一个,用了半个小时就结束了战斗,无一伤亡,还缴获了五支步枪和三万余斤粮食。他把两万余斤粮食分给了当地的群众,把剩下的粮食运回了山里。

虽然是小胜,对游击队的士气起到的鼓舞作用却是巨大的。

曹松军坐在曹莼贞的山洞里,从怀里掏出一副精美的金质耳环,把它放到曹莼贞手里,说:"现在,我已经把那座桥搭好了,你带着这副耳环,去向你的朱丽叶求婚吧!"

曹莼贞知道,曹松军用心良苦,他用胜利提振了大家的士气,也给这座荒凉的山峰带来了生气。那么,结婚,在这样的时候,在这样的环境里,似乎成了一件顺理成章的事情。

第五章

一

曹莼贞和傅方圆的婚礼,在曹松军等人的策划下,在游击队员的祝福声中,在他们进入八公山的第五十五天,隆重地举行了。

说是隆重,只能说是现有条件下的隆重。它真实的场景其实连最一般的农村婚礼都比不上,如果把这个场景搬到山外的任何一个村子,只能算是寒酸的。但是,以大山为背景,在葱茏茂密的山林里,在众多游击队员的簇拥下,它却具有一种特殊的诗意,让参加婚礼的所有人都感到清新和振奋。礼炮是三声枪响。方运宏他们坚持开二十一枪,曹莼贞坚决不同意。每一发子弹都是珍贵的,每一粒粮食都不应该被浪费。午餐和晚餐,增加了几种大家意想不到的食物:盐水野兔肉、柏枝烤斑鸠,以及八公山特有的老豆腐。动物是曹松军带着几个队员在山里跑了一天得到的收获,没有用枪,弹弓是他们十多岁便玩熟的武器,现在正好用得上。本来想捕一头野猪的,但是运气不好,几个陷阱都落空了。老豆腐是一个队员从山外一家著名的豆腐坊买的,为此,他获得了一个荣誉称号:豆腐三郎。这些食物是这场婚礼唯一的奢侈品,用曹松军的话说,在这样隆重的时刻,如果吃的过于寒酸,会影响士气。队员们自打进山以来就没有吃过这样的食物了,看到他们高兴的样子,曹莼贞因为结婚而有的内疚稍稍减轻了一些。

晚上，在曹莼贞的被布置成婚房的山洞里，借着一只雕成凤凰样式的松明的光亮，他捧着傅方圆美丽的脸，泪水情不自禁地流了下来。

如果不是身处乱世，如果不是这个世界已经被肮脏的不公平铺满，傅方圆应该过着自由而幸福的富足生活。她这样的女孩子，配得上那样的生活。

他把自己的想法和傅方圆说了。傅方圆吻了他一下，说："你说错了。如果不是因为信仰，不是因为爱情，我仍然可以过那样的生活。但是，你想过没有，没有了信仰和爱情，那样的生活还有意义吗？现在，我们是多么富足，你却说我们贫穷。我们有信仰，有爱情，还有一群志同道合的朋友，有这样一个团结的集体，有那么多不怕苦不怕牺牲的游击队员，难道我们不是富足的吗？不是幸福的吗？"

曹莼贞叹了一口气，说："我总是被爱情遮住眼睛，为什么你在爱情面前这么清醒呢？"

傅方圆笑着说："因为我的爱情是崇高的，而你的，灼热的气息更多了一些。"停了一下，她又说："抽个时间，你带我去见一下我的公公婆婆。我真想看看，一个斯文的旧式读书人，他是怎么在豆腐坊里劳作的。那个本以为嫁了一个读书人的美丽女子，她是怎样心甘情愿地在豆腐坊里被豆腐的气息浸染到中年的。"

曹莼贞也笑了，说："如果你见到了他们，他们也会在心里问：这个气质优雅的高贵女孩，她是受了什么样的蛊惑，才上了那个傻小子的当！当她发现上当的时候，她会有多伤心啊！"

傅方圆道："为爱而生，为爱而死，这样的人生，是没有缺憾的，也是什么都能忍受的。"

皖北游击大队经过一个较长时期的休整之后，无论是精神还是实力，都得到了一定的恢复。在这个基础之上，曹莼贞主持召开了一次会议，要求以中队为单位，开展持久的游击战。而且，为各个中队分了工，分了山头。八公山地域广阔，与外界连接的山口比较多，必须分兵严密把守，在掌握控制权的基础上,持续向外发展。三个中队都有自己的防守范围,都有自己的游击区,这样,即使没有及时通气,也不会出现重叠决战。像一中队,主力驻守在肥陵山,二中队主要在石硖山一带活动,三中队的营地在涌泉山。三个中队既相对独立,又建立了互相联系的通道和办法,如果需要,白天十分钟之内就可以了解彼此的动向,晚上更加方便,五分钟就行,因为可以用火把和灯光说话。每个中队都配备了几名懂得灯语的队员,这些灯语是不断调整的,就像是密码,外人根本看不懂。游击大队建立了例会制度,在没有决战任务的情况下,每周开一次例会。在这样的机制保障之下,三个中队以扒粮为主,隔三岔五地出去游击一次,既有补给方面的收获,又达到了宣传群众的目的,还吸纳了一些年轻人加入队伍。到了当年的冬末,已经形成了一种非常喜人的局面,游击队已经把八公山建成了一个坚固的根据地,在山区的外围,也建立了二十多个堡垒村。堡垒村其实就是根据地的延伸,有半明半暗的村政权,有民兵,还有一大批拥护游击队的群众,随时可以支援游击队,游击队也完全有能力在很短的时间内给堡垒村提供经济和军事上的支援。

曹莼贞在自己的山洞里制作了一个沙盘,把寿康县的所有乡镇都摆了上去,每天他都要加入一些新东西,或者减少一些旧东西。终于,有一天上午,他下定了一个决心:铲除大刀会,并以此为契机,作一个大胆的尝试,把沙盘上所有的乡镇都插上红旗。

二

曹莼贞之所以下定决心铲除大刀会,是因为大刀会已经完全成了被反动政府利用的工具。游击队进入八公山区以后,分散在全县各地的地下党组织遭到了较大的损失,主要原因是汤小美的破坏。在陆续杀害二十几名党员和进步群众以后,汤小美扬言要进攻八公山,杀尽游击队,把曹莼贞和曹松军等人的头颅挂到马尾松上。另外,大刀会已经成为民间的祸害,他们欺压良善,欺男霸女,甚至随意枪杀无辜的路人。提起汤小美,老百姓都噤若寒蝉。铲除大刀会,既可以为民除害,也可以壮大游击队,更主要的,这是一次威力巨大的宣传,是一次信仰的实践。

汤小美费尽心机,在马埠暴动时不惜以近百名会徒的死亡为代价,把王怀道的承诺变成了现实:在马埠等六个乡镇,他拥有所有的税收权,他甚至可以自立名目收取税收,如果有抗税不交的,轻则送进县大牢,重则遭到杀戮。他目前正在谋划成立北部六镇自治片,意图很明显:把六镇的行政大权也牢牢地握在手里。

除掉大刀会,已经势在必行。

曹莼贞派人进行了二十余次侦察,把汤小美的情况摸了个底儿透:汤小美目前已经建立了二十三个分坛,拥有会徒一万两千多人,其中,有三千五百余名武装会徒。这二十三个分坛中,有十个大坛,各拥有武装会徒两百余名。各分坛管理会徒的方式,还是传统的入则为民,出则为武,一旦有事,三声火铳为号,半天便可集结起一支队伍。

汤小美虽然势众,但是,也有不少致命的弱点,比如,他的三千多人的武装,枪支并不多,总共不到三百支,且比较破旧。一方面,他相信在各位菩萨保佑之下的刀枪不入;另一方面,当地政府在枪支方面也对他进行了一些限制。这近三百支枪分散在各坛,很难在短时间内形成强劲的战斗力;还有,他虽然号令畅通,一呼百应,但是各坛之间却存在争夺会徒、地盘、地位等矛盾,而且,在联络协调方面还是使用比较老旧的方式。

曹莼贞他们研究的策略简单而实用:各个击破,围点打援!

第一个目标,定在马店集。

马店集在八公山东南,距八公山的南山二十余公里。这里是汤小美的十大分坛之一,也是汤小美发起大刀会的地方,所以,历来为他倚重,把自己的堂兄汤小严派到这里做坛主。汤小严为人凶残,在当地有"汤小阎"之称。选中马店集的主要原因是汤小严民愤大,智谋不足,刚愎自用,离根据地又近,便于用兵。汤小严拥有会众一千人左右,武装力量有近三百人,枪支近五十支。

伤其十指,不如断其一指!郭英的一中队领受的任务,是把汤小严的武装彻底打掉。

郭英派出五个小组,潜入马店集的五个村子,秘密地把汤小严的得力干将做掉六人,缴获十支长枪。汤小严吃了哑巴亏,暴跳如雷,立即把近三百人的武装集结起来,每天派出几十人去大张旗鼓地查真相。不料,不到三天,派出去的几十人又被干掉大半。汤小严似乎明白过来,于是严令禁止会徒私自行动,只暗中派出一些机灵会徒采取暗访的方式去了解实情。一天上午,一个派出去的会徒回来报告,说在镇北十公里的姚家湾发现了游击大队二十余人,这些人正挨门挨户地动员群众揭发大刀会在当地犯下的血债。汤小严当即命令一个叫蒋临的得力干将带领两百人前往姚家湾,并嘱咐一定要尽可能地活捉那些人,他要在马店集把那些人生吞活剥。

郭英得知蒋临带领队伍出镇的消息后,立即命令第一第二小队近七十名暗藏在马店集附近的唐庄和刘庄的游击队员分散出村,在马店集的松茸旅社前集合,然后迅速包围了汤小严的分坛,发起了猛烈的进攻。战斗持续了半个小时,歼灭了留守分坛的五十余名武装会徒,活捉了汤小严。

前往姚家湾的蒋临在临近姚家湾的时候突然接到分坛被围的消息,一时犹豫不决,不知道是继续前进还是立即撤回。正在这时,突然从村东的树林里射出一排子弹,前面的会徒立即倒了十几个。蒋临立即命令五个传道师作法,并带着会徒向树林里冲锋,不一刻又被干掉十几人,法师也倒了一半。待到冲进树林,却发现里面已经空无一人。蒋临只好带着残兵败将原路返回,一路祷告汤小严能够守住分坛,大家合兵一处,共同渡过难关。不料前进到马店集北五公里的丘陵地带时,迎面又射来一排子弹,比在姚家湾遇到的火力猛烈了很多,大有赶尽杀绝之势。蒋临带队冲击了近半个小时,会徒倒了一大片,却没能前进一步。正处在人困马乏、心内沮丧之时,后面又有一支队伍杀到。遭到前后夹攻的会徒像快镰之下的麦子一样,刷刷地倒了一片。蒋临好不容易重整了人马,发现能够站起来的已不足四十人,而且手里持的都是钝刀花枪。看看倒毙在地的同伴身上汩汩流出的鲜血,蒋临心胆俱寒,跪地举手投降。

下午三点,战斗全部结束,汤小严的大刀会分坛被郭英的一中队连根拔起。游击队召开了公判大会,郭英站在松茸旅社前临时搭起的主席台上,历数汤小严以及大刀会的种种恶行,当场宣布判处汤小严等人死刑。站在台沿儿上被五花大绑的汤小严嘴里塞了两块臭抹布,他两目圆瞪着怒视郭英,嘴里呜噜着。郭英走过去,一脚把汤小严踢倒,拔出手枪,啪啪两枪,汤小严立即脑骨粉碎,一命呜呼。

一个月以后,方运宏带领的三中队在凤岗镇以同样的方式打了一场同样漂亮的胜仗。

汤小美损失了两大分坛,五百名武装会徒被歼灭,近两千名会徒作鸟兽散。

汤小美的震惊与他的愤怒一样强烈。对于他来说,损失的不仅是两个分坛,还有比金子珍贵的面子。如果时间久了,面子就找不回来了,即使能找回来,也是破损了的面子。因而,他决定在两个月之内,完全依靠自己的力量,把游击大队全部剿灭在八公山里。而且,他发誓要活捉那个在主席台上开枪的女人!

他没有认真地思考,为什么曹莼贞的游击队在人数处于劣势的情况下,敢于向他发起挑战。

三

游击队两战两捷,被震惊的除了汤小美,还有寿康县以及周边数县的群众,还有寿康县的新任县长张新生。

王怀道终于走了,当然,他没有如愿以偿,他被派到一个偏远的县继续做县长。接替他的,是省民政厅的一位叫张新生的科长。

张新生在省民政厅因为敢想敢干、思路新颖,受到上司的欣赏,为他争取了寿康县县长这样一个看似很肥的职位。张新生到任以后,一个月没有发布一纸新令,却接连到乡下调研十余次。新官上任三把火,张新生的火烧到哪里去了?没有人看得到,但是,他自己心里明白得很。

王怀道送给汤小美的六个肥肥的乡镇令张新生如鲠在喉,想立即收回,却又惮于汤小美的势力;不收回,总感觉身上被人扎了一把刺刀,每时每刻都在疼。而汤小美大刀会的所作所为,张新生更是看在眼里,恨在心里。这种恨,不是父母官爱民如子因疼而有的恨,而是一只饿狼看着另一只嘴里叼着羊腿的狼而产生的恨。上任半个月,张新生就动了杀心。汤小美已经成了人人欲啖其肉的恶棍,杀了他,倒可以赢得一个为民除害的美名。而且,在上司那里,也能显示出自己的才干。虽然所有的县、市对于像汤小美这样的帮会组织都采取任其发展,甚至狼狈为奸的态度,但是,很少有地方官从心里乐意这些帮会像树林一样存在,树林长大了,早晚要把日头遮住。剿没法剿,与他们比起来,政府的武装力量很薄弱;用又不好用,因为大多数帮会组织都有各种各样的背景,有的是土匪出身,有的与地方军阀有着千丝万缕的联系,他们经历丰富,下手凶狠,即使可以利用,也只能用一时,或者在某件事情上使用。张新生在充分调研之后,看似没有一举一动,其实已经把行动藏在了日常之中。比如,他从省政府争取到一笔钱,让警察局扩充编制,招兵买马,一个月之内便扩编了近一百人;他暗中许利,让县商会筹集了一笔款子,以保护经商环境为由,成立了商会安保所,招募了七十多人,全部发放了枪支。这些扩充的人马,经常被以提高综合素养为名集中在一起,由军事教官进行军事培训,战斗力上升得很快。张新生偶尔会到培训现场远远地看一眼,偶尔也会从中喊上几个人到县政府谈话,查验实际效果。张新生越来越自信,待时机成熟,他会在那六个被汤小美吃掉的乡镇设计一次或者数次冲突,文武兼施,收回地盘。然后,把不该有的都清除掉,把该有的全都放进去,把该拿走的全部拿走。

曹莼贞正是了解了这些,才会不担心张新生势力的介入,从而专心致志地对付汤小美。

如果等待张新生解决汤小美,张新生的势力会急剧加强,不久,他便会成为第二个汤小美,而且是加强版的汤小美。

张新生坐山观虎斗,却又盼望汤小美一脸恭谨地请求他出兵。他当然不会立即出兵,不过,那会是一次很好的虚荣的享受。但是,汤小美根本没有这样的意思。张新生明白了,汤小美根本没有把他放在眼里,或者说,汤小美还没有意识到自身处境的凶险。

为了让自己彻底置身事外,又避免被人诟病,张新生离开了寿康县,去了省城,理由是为本地饥民争取一笔救济金。但是,关于寿康的消息,他一天可以获得两次。

汤小美在寿康县境内的罗镜分坛集结了近一千名武装会徒,把他们分作天、地、人三支,每支三百余人,队形紧密地一路熙熙攘攘向八公山开来。汤小美坚信这一仗会轻而易举地获胜,兵力上的优势加上各路菩萨的保佑,让白手起家的他对于战斗的结局胸有成竹。队伍到达八公山附近,他把三支队伍分离,分据南、东、西三面。北面是不能用兵的,莽莽大山,悬崖壁立,没有办法从北面攻打,也没有必要攻打,游击队根本不可能从那里逃走。

下午五点多,汤小美把十余个分坛的坛主聚到他所在的南山口外的一个村子,烹牛宰羊,准备晚上痛痛快快地喝一场,提前庆祝即将取得的胜利。他已经把总攻时间定在第二天上午十点整。次日上午九点的时候,大刀会的六十名传道师将在三个山口同时作法,为会徒分发黄表纸符。

丰盛的酒菜端上来,汤小美先斟了一碗,哈哈笑了一声,正待一饮而尽,突然,一个贴身会徒匆匆忙忙地走进来,俯在他耳朵边说了几句话。汤小美脸色突变,忽地站起来,把会徒拉到一边,急风急火地问了几句什么,又一脸怒气地回到桌边,端起酒碗一口喝尽,说:"游击大队的方运宏绑了小红袄,我要带兵去救。"众坛主目瞪口呆,一时不知如何回答。

小红袄本名叫袁微依,是安庆地区一个盐商的小女儿,今年刚刚十七岁,长得貌比天仙。去年她从安庆女子师范学校毕业以后,曾经随父亲到凤台探过一次亲,不料被汤小美看到,惊为天仙。然后便是长达三个月的追求。汤小美没有妻子,却在寿康和凤台有十几位情人。他与这些女子只是露水鸳鸯,逢场作戏,喜欢了,厌烦了,都依从感觉,从来没有为此劳过神,只用票子解决问题。但是,袁微依却令他痴迷到茶饭不思的地步。在追求的过程中,他了解到袁微依更多的令人着迷的优点,比如她会唱黄梅戏,一开腔,音质清亮,回味悠远,还性感得一塌糊涂,汤小美几乎要晕过去;她会弹箜篌,手指一动,天籁之音若泉水般淙淙流出,一地清凉,汤小美又差点晕过去。汤小美费尽心思,花了无数钱财,恩威兼施,终于把袁微依娶到家,给了她一个正儿八经的夫人名分,并在凤台县城最繁华的地方为她买了一处豪华的宅院,派了八个会徒负责安全,又雇了十个丫头日夜伺候着。汤小美自打娶了袁微依,和原来的十几位情人都断了关系,专心一意地讨袁微依的喜欢。袁微依喜欢穿红色衣服,特别喜欢穿一款掐腰高领滚银边的小红袄,每年从秋天就开始穿,一直穿到第二年的春末。汤小美特别喜欢她穿小红袄的样子,一口气给她买了二十几件各种样式的小红袄,仅那种掐腰高领滚银边的小红袄就有十件。时间长了,汤小美便给袁微依取了个外号:小红袄。

小红袄被绑架,无疑扎疼了汤小美。他设想着小红袄被绑架以后的种种可能性,汗水滴滴答答地从脸上流了下来。

缓了片刻,众人清醒过来,便纷纷劝阻汤小美,说这是游击队使的围魏救赵之计,万万不可上当。也有的坛主劝汤小美,等明天攻下八公山以后,再回师凤台。

汤小美的声音潮乎乎的:"他妈的,等到明天,什么菜不凉透了?"

再没人敢劝,如果菜真凉透了,谁劝的,都脱不了干系。汤小美现在可是翻脸不认人,一句话就能要人的命。

半个小时后,汤小美带着精心挑选的一百五十人,匆匆忙忙地离开了八公山南口,向凤台进发。

第六章

一

方运宏带着二十人潜入凤台县城的时候,汤小美带着大队人马刚刚从罗境镇出发,浩浩荡荡地杀向八公山。

方运宏的目标只有一个,绑架小红袄。

小红袄的豪宅位于凤台县城最繁华的凤舞街与台府街的交口,本是光绪年间一个凤台籍总兵的私人宅院,占地十余亩,有四进院子,一百余间房子,还有一个江南风格的极其雅致的后花园。小红袄自打嫁了汤小美,便过上了无忧无虑的日子,时间久了,便觉得无聊透顶,于是她发明了一种叫"响尾蛇"的游戏。小红袄把十个丫头和几个负责安全保卫的会徒集合在一起,让他们相隔半米围成一个圆圈,然后小红袄挑选出一个丫头,让她听见口令便猛回头,在她回头的时候,站在她身后的人必须抓住机会朝她脸上甩一巴掌,如果打中了,胜利者便要急回头,让身后的人打巴掌;如果打不中,小红袄便要让前面的丫头照自己脸上甩一巴掌,不许躲,要听到脆响。这样依次打下去,一般要打完三圈,小红袄才觉得过瘾,然后一人赏一块大洋,游戏结束。每一次游戏之后,丫头们和那几个会徒的两片脸颊都会肿得像发面馒头一样。如果第二天再做同样的游戏,有的发面馒头便会开花,流出红色的血液。小红袄因此在府内落了个"小阎王"的绰号。

所以，当方运宏等人穿着便衣敲开小红袄家的大门，向负责安全的会徒们亮出手枪并亮明身份后，并没有遇到抵抗。八个会徒乖乖地把短枪交到了游击队员手里，而且脸上有一种如释重负的表情。府里的丫头们没有惊慌，因为再大的伤害也无法与"响尾蛇"带来的伤害相比，经历了"响尾蛇"的多次折磨，她们对其他的事情都麻木了。丫头们把方运宏他们带到小红袄的客厅时，她正躺在一张红木卧榻上抽大烟。丫头们全身起了一阵冷战。每次小红袄抽过大烟，便会做一次游戏。昨天巴掌甩在脸上的啪啪声还响在耳边，今天又要开始了。小红袄看到方运宏等人，脸上并没太多惊恐，似乎还沉浸在美妙的幻觉中。方运宏并不多言，示意四个队员看住小红袄，自己带着其他队员把府邸搜了个遍，搜出了大量的首饰和钞票，还有五支长短枪。方运宏从会徒中挑选出两个看似机灵的，给了他们一些钞票，让他们火速去给汤小美报信，实事求是地汇报，然后给剩下的人发了些钱财，让他们各回各家。

汤小美带着一众人马急行军来到罗镜镇的时候，已经是晚上九点多。天上下起了面条雨，人困马乏，不时有人滑倒，然后在一片叫骂声中重新站起，迷迷糊糊地继续前进。有人建议汤小美歇一下脚，让大家吃点东西，因为过了罗镜镇，便是近二十里的荒路，没有像样的可供休息吃饭的地方。汤小美一马鞭甩到那人脸上，立时绽放出一朵硕大的红花。

队伍行进到罗镜镇南面十余里的地方，地势突然险峻起来。东边是一带斜坡，坡上长着浓密的杂树；西边则是一片稻田，堤水相接，绵延到远方。正在这时，迎面驶过来一辆双轮双驾马车，车夫是一个高高大大的男人，四方脸，手里挥着一根短柄长鞭。马车与队伍交会的时候，会徒们闻到浓郁的饭香，于是截住马车搜查，竟找出一大桶牛肉汤和一大箩筐馒头。车夫看到众人抢夺食物，并没有害怕，而是跳下大车和众人大吵，吵不清，竟然主动动起了拳脚。队伍的前端一时混乱异常，有抢夺食物的，有与男人争斗的，有抢到食物后坐在路边狼吞虎咽的，还有借机躺到马车上休息的。有的会徒把两匹马从车子上卸下来，准备充作自己的坐骑。正在混乱，却见那男人挥手打倒了两个会徒,抢了一匹马,向来路疾驰而去。众人正错愕不已,忽听到从路两侧传来一阵刺耳的枪声,枪弹的曳光像一道道劈开黑暗的闪电,闪得人心惊肉跳,还没来得及反应,已经倒下了一片。

汤小美此时正在队伍的中间。两个贴身护卫刚刚抢了一些馒头和牛肉汤,正准备伺候汤小美吃一些。听到炸耳的枪声,汤小美心里一震,暗暗呼了一声"上当了",急忙摸出手枪,高声喊叫着指挥众人就地卧倒,却忘了大部分会徒手里是长矛大刀,卧倒后只有被动挨打。此时,众人就像一群被掐掉了一只翅膀的苍蝇,歪着身子到处乱窜。待到按照汤小美的命令就地卧倒时,已经被消灭了三分之一。

方运宏和郭英带领的两个中队,分据在道路的两侧,从容地射击着,偶尔甩下几颗手榴弹,把一些会徒炸起,又用枪点射。汤小美很快便意识到,这种局面如果不尽快改变,会有全军覆没的危险,便传令各自突围,向前向后,只要能冲出去就行。突然,两边的枪声像是商量好了一样,全部停下了。方运宏在东侧的一棵树后面高喊:"汤小美,你残害百姓,不仁不义,我们今天就是来取你的狗命的,与其他人无关。如果你有总坛主的样子,如果你真像自诩的那样爱徒如子,就像个男人一样站出来,我们保证不再伤害你的会徒。还有,你的小红袄,我们也给你带来了,我们没有伤她一根毫毛,现在就交给你验货。"话音甫落,便见东边的斜坡上站起两个人,一前一后地向荒路上走来。

荒路上一片死寂,没有人应声,也没有人站起来观望。

走在前面的人忽然带着哭音喊了一声:"老汤,你还活着吗?我要你带我回家。"

仍然没有人应答,仿佛地面上伏着的不是一群有生命的人,而是一堆刚刚被割倒的杂草。

小红袄发出一声响亮的抽泣。

这时,一个男人洪亮的声音从荒路上传出:"总坛主,这个时候了,还当缩头乌龟吗?"

一个身材瘦削的男人从地上跃起,飞快地向罗镜集奔去。

"叭!"一支毛瑟步枪在西边的稻田地里喷出一团火光。

那男人一头栽倒在地上,挣扎了几下,便一动不动了。

片刻之后,卧在荒路上的会徒们发出一片求降的声音,然后便有一些大刀长矛扔出来,发出呼呼啪啪的声音。

道路的两侧蓦地亮起几支火把,郭英和方运宏从隐身处走出,一边大声指挥队员们受降,一边走到刚刚被击毙的男人身边。

在火把的照耀下,汤小美脸向下趴在地上,后背上有一个还在流血的枪眼,两条腿分得很开,像刚刚爬行过。一个游击队员把他翻过来,看到他的眼睛是半睁的,像是还没有从突然的变故中完全清醒过来。

"结束了吗?"郭英看了看方运宏。

方运宏点点头,说:"莼贞运筹帷幄,这招引蛇出洞,可以写入游击教科书了。"

郭英摇摇头,说:"引蛇出洞,围魏救赵,黑虎掏心,毕竟都是险中求胜的招数,虽然是形势所迫,却也只能偶尔使用一次。如果汤小美这次没有冲冠一怒为红颜,又怎么办呢?"

方运宏疑惑地看着她,说:"这有什么怎么办的?他汤小美不中计,咱们那大山里还有一个中队,牵着牛鼻子满山跑呗!"

"那我们这两个中队就要在外面打游击了,置身于险地,随时都可能发生意外。"郭英说,"这么冒险打汤小美,我是有意见的。我们八公山根据地目前还是比较脆弱的,一招不慎,就有可能导致严重的后果。虽然这次冒险的结果还是不错的,但是,还是有盲动之嫌。"

方运宏并不赞同,说:"如果我们一味地保存实力,根据地的稳固又有什么意义呢?何况,一支不敢打仗的游击队,它的根据地能稳固吗?"

郭英叹了一口气,说:"我不想和你争辩。我们都看到了,这一仗打得很漂亮,虽然作战对象是一些乌合之众,完胜还是很难得的。我担心的是,以后怎么办?过早地暴露实力,我们很快就会成为张新生的目标。这个张新生,比王怀道更难对付!"

方运宏说:"以后?八公山的围解了再说吧!"

郭英冷笑了一声,说:"我一点都不怀疑,八公山的围,其实已经解了。"

二

八公山的围,果然很快就解了。

当天夜里,汤小美遭遇游击队伏击,死在罗镜镇南面的消息便传到了八公山。他手下的坛主们聚集在一起,开会到天亮,终于下定了决心:撤离八公山,先解决坛内大事,再为总坛主报仇。

所谓大事,就是选出新的总坛主。

第二天早上,曹莼贞天还没亮就起了床,说要到肥陵山顶去看大刀会撤军。傅方圆不信,也起了床,随在他身后登上了肥陵山顶。山顶有一层云雾,慢慢地飘着,像是有形的风。空气很清新,湿度也很大,抹一把脸,手上便潮乎乎的。寒意从傅方圆的袖口钻进衣服,抚遍肌肤,她忍不住打了一个寒战。曹莼贞让她回去加件衣服,她摇了摇头,依偎在他的身边,像一只倦飞的小鸟。极目四望,八公山像海水一样漫向四方,无尽的葱绿、无尽的起伏,虽然是笼在薄雾里,却给人以浩荡的感觉。

"莼贞,汤小美会退兵吗?"傅方圆问。

曹莼贞点点头,说:"不是汤小美会退兵,是他的部下。方运宏夜里就派人传来消息,汤小美在罗境被击毙,他带去的一百多人已经被全歼了。剩下的这些乌合之众,已经是无根之木、无源之水,待下去,只能枯竭。趁着现在兵势还没有乱,退走是他们最好的选择。而且,他们都想争总坛主的宝座,哪里还有心思和我们打仗?你等着看吧,这场争宝座的战斗,虽然没有硝烟,却会把大刀会的家底都耗光的。"

"那我们可以安泰一阵了。你可不可以带我回一次曹甸集?一个过了门的媳妇这么长时间过去了,还没有见过自己的公婆,这是不是有些说不过去?"傅方圆说。

曹莼贞笑了,抚了抚她的头发,说:"你是头上一出汗,就觉得感冒好了。你还不知道,那个张新生,还有那个死掉的汤小美,他们都出了一千大洋的赏格,要买我的人头。我死不足惜,但是,会影响这刚刚有些起色的局面啊!再忍一下吧,丑媳妇早晚要见公婆的,何况,你是个俊媳妇呢!"

曹松军这时也攀上了山顶,看到他们,笑道:"新婚夫妇,真是好雅兴。"

傅方圆说:"我们都老夫老妻了,哪还有一点新的意思?我倒要问你一下,你和郭英的事情怎么样了?这喜酒早晚都要喝,为什么不早些喝呢?"

曹松军挠了挠头,说:"如果说我们之间没有事,那是不准确的。可是,你要我说出我们之间的具体的事情,我还真说不出来。算了,你们别替我操心了,缘分自有天定。"

傅方圆撇了撇嘴,说:"什么天定?照你这么说,我们都不要革命了,我们天天坐在家里等,也能等来胜利的。郭英的心结在哪里,你又不是不知道,你为什么不去找那个系铃的人,让他帮帮你?"说着话,目光便往曹莼贞脸上扫。

曹莼贞走开几步,说:"傅方圆,你不要瞎扯,铃是她自己系上的,找谁都没有用的。松军你要靠自己的本事,给她系一个响脆脆的铃。"

曹松军叹了一口气,说:"现在不说这个了。刚才山下的侦察人员送来消息,汤小美留在山口的那些人马都撤了。下一步,我们应该怎么办?"

曹莼贞沉思良久,才说:"大刀会伤了大元气,在今后一个较长的时期都不会成为我们的威胁了。主要矛盾转换了,现在,张新生是我们主要的敌人了。他在县城招兵买马,很快就会兵强马壮。我们下一步要做的,只能是依托八公山,一步步扩大根据地。这次汤小美来袭,看似我们的决策对头,战士勇敢,才取得了胜利。其实,山脚下那些基本群众的支持才是我们胜利的保障。没有他们的信息,没有他们对汤小美的仇恨和不配合,没有他们源源不断的物质支持,我们很难打出这样的胜仗。这样的根据地,需要巩固和扩大,不然,再宽广的湖也会干涸的。"

曹松军表示赞同,说:"现在总的形势于我们不利,远的,朱毛红军那边正在进行苦战;近的,像鄂豫皖苏区,形势也不容乐观。所以,我们目前很难借助外部形势壮大力量,只能靠自己了。"

曹莼贞说:"革命就是火种,我们的任务是向这火种扇风,让它燃起火,让这火越来越旺。胜利是每个人都渴望的,但是,即使我们看不到那一天,只要我们把火种扇旺,也是一种成功。"

突然,从南山口方向传来几声枪响。曹莼贞和曹松军相互看了一眼,撇下傅方圆,快步下了山,来到一处叫"凤回头"的关隘。这里有一处信息转送点,用曹松军的话说,是游击队的机要室。

几个游击队员正在给一个农民打扮的男人处理小腿上的伤口,看到曹莼贞,便过来汇报了一下情况:这个男人自称是省委派来的,在山下遇到了张新生保安团的盘查,不小心露出了腰里的短枪,被追杀到第一道关口鱼纹岗,才被游击队员救下来,然后转送到这里。

自打进了八公山,游击队便和省委失去了联络。曹莼贞曾经派出三组人去安庆和省委联系,都没有成功。

受伤的男人三十出头,长得眉清目秀,皮肤也白得发亮,一看就是优越家庭长大的。这样的模样装扮成农民,难怪会被盘查。男人听到队员喊曹莼贞总指挥,连忙挣扎着站起来,向曹莼贞敬了个军礼。

曹莼贞扶男人重新坐下,看了看他腿上的伤口,确信没有大妨碍,才略微放了心。男人脱了鞋子,向队员要了一把匕首,把鞋底拆开,取出一张纸,递到曹莼贞手里,说:"我是省委的联络员,叫唐之。"

曹松军笑着说:"是不是要调动我们的游击队攻打安庆?"

曹莼贞笑着白了他一眼,说:"你还真敢说,你以为手里有一个师啊?"

曹莼贞把那张纸展开,仔细地看着,眉头慢慢地皱了起来。他向曹松军使了个眼色,两人一起来到十来米外的一块山石旁。

"你能确认唐之真是省委的联络员吗?"曹松军一脸担忧地看着曹莼贞。

"可以确认。"曹莼贞说。

方运宏以前到安庆向省委汇报工作时,曾经和有关领导订过一个私约:以后的书信来往,要用钢笔在第一张信纸的右下角做一个不显眼的五瓣梅花记号,梅花的中间要点上两个黑点。唐之带来的纸条有这样的记号。

曹莼贞把纸条递给曹松军,说:"如果按照这个要求办,我们这里就要群龙无首了。"

曹松军仔细地看着纸条,脸上露出难以置信的表情,说:"要求寿康县委的所有委员在这么短的时间内赶到河南的白雀园镇开会,这不是开玩笑吧?"

曹莼贞摇摇头,说:"当然不是开玩笑。你最近一直忙于军事工作,我没有和你交流一些信息。这个白雀园,在河南光山县,是鄂东北、豫东南、皖西北三块红色区域的交通要衢。据我从敌人报纸上获得的信息,现在,这个白雀园在鄂豫皖苏区的地位非常重要,不仅是光山苏维埃机关的驻地,还是光山赤卫独立师师部、红七十三师师部、鄂豫皖红军招待所所在地。最重要的,它是鄂豫皖中央分局军委所在地。所以,它现在是鄂豫皖苏区的首府,是心脏。"

曹松军有些迷茫地看着曹莼贞,问:"对于中央分局军委来说,我们这里只是很小的一块根据地吧?如果被遗忘,我倒是能接受。现在突然要求我们几个全部去参加会议,我的感觉不是受宠若惊,而是胆战心惊。你看,还要求我们十月十日之前赶到,这得多赶啊!如果我们都去了,家里怎么办?张新生可是时刻盯着我们的。你刚刚也看到了,他已经把县保安团的部分力量派到山口了,这是一个非常危险的信号。我们严防死守,都可能出现一些问题;如果都去开会,出了大事怎么办?"

曹莼贞摇了摇手,和曹松军一起回到唐之身边。

唐之正在吃游击队员拿给他的一块红薯面饼子,看到曹莼贞,想挣扎着站起来,被曹莼贞按住了肩膀。曹莼贞坐到他对面的一只小凳上,问:"唐联络员,我想问一下,咱们省委的负责同志,他们也去这个白雀园镇吗?去多少人?其他地区的党组织也参会吗?"

唐之摇摇头,说:"我只知道个大概,有几个县委是就地集中的,上面派人去开会,传达鄂豫皖苏区领导的指示。你们这里,可能是离河南比较近,赶过去比较方便吧!至于省委的同志去不去,我还真不知道。"

曹莼贞的表情很凝重。按理说,唐之只是省委的一个普通联络员,不应该知道这么多信息。既然他知道了,说明这次行动的保密工作并没有做好。如此看来,一定要慎之又慎。

曹莼贞估摸方运宏和郭英也快回来了,便派了两个队员去下通知,一个小时后,中队长以上人员全部集中到指挥部开会。

三

曹莼贞看到大家都传阅了省委来信,这才咳嗽了一声,让大家发表意见。

方运宏和徐一统、何清扬的意见很一致,既然是上级要求,那就要坚决执行。曹松军说了自己的担心,提议留一至两位同志主持工作,以防不测。郭英的意见出乎所有人的意料:不去,一个都不去。理由很简单,这样的会议通知,根本就是不合情理的,也是不好执行的。别的不说,离白雀园镇那么远,路途中会有很多艰险,甚至会有牺牲,在目前的斗争形势下,这是对革命不负责任的表现。

曹莼贞把大家的意见综合了一下,提出让郭英留守八公山,其余的负责同志分两组出发,每天晚上七点,在提前约定的地点会合。

去苏区领导机关参加这样重要的会议,一次可以见到那么多自己的同志,可以敞开心扉交流经验,本来应该是高兴的。但是,大家的情绪都有些莫名的低落。曹莼贞开玩笑,说这是因为大家还没来得及庆祝刚刚取到的大胜,或者,都患上了战后疲惫症。

第二天早上,郭英带领十几个队员往南山口探路,果然遇到了张新生保安团的一个班。一个回合下来,把敌人消灭了一半,剩下的敌人并不撤退,而是据守几间草房顽强地对抗。又打了二十来分钟,南山口的东西两侧也传来了枪声。郭英知道,东、西两个山口的敌人已经被吸引了过来,便让队员们扔出几颗手榴弹,把队伍撤回了山里。

曹莼贞他们趁势从西山口潜出,然后分散前行,用了整整三天时间,总算有惊无险地在规定时间之前赶到了白雀镇。晚上七点多,他们到指定的军委招待所报了到,匆匆忙忙地吃了一点晚饭。

曹莼贞在路上受了凉,有些感冒。和他住同一个房间的曹松军为他找来了姜片,用开水泡了泡,逼他喝了下去。

"莼贞,我觉得这次有些不对头。"曹松军说。

曹莼贞疑惑地看着他,咳嗽了一声,笑着问:"怎么了?这可是到了咱们自己的根据地,对我们来说,这可是全中国最安全的地方了。"

曹松军警惕地看了看窗外,说:"我当然知道。但是,我感觉这里现在是最不安全的地方。"

曹莼贞愣了,问:"你发现了什么?"

曹松军说:"我在黄埔军校有个同学,叫张炳南。我们马埠暴动后不久,我就得到消息,说他在鄂豫皖苏区工作,而且是光山军区的参谋主任。光山军区、光山独立师机关驻地都在白雀园镇,所以,我在晚饭后跑到军委去打听张炳南住在哪里。没有想到,他们告诉我,说张炳南是国民党派来的特务,上周已经被枪毙了。"

曹莼贞诧异地看着曹松军,说:"我也听说过这个人,据说打仗很厉害,怎么就成了特务了?"

曹松军又给曹莼贞倒了一杯白开水,说:"说他是特务,打死我都不相信。如果单单是这件事,我还不会起疑心。我又和他们聊了一会儿,打听到一些你做梦都想不到的消息:现在,鄂豫皖中央分局正在搞大'肃反',很多人都被当作国民党特务或者反革命被处决了。你说,这样的情况正常吗?这些人都是为革命流过血的,怎么突然全变成'肃反'对象了?这是多么大的损失?"

曹莼贞睁大了眼睛,呆呆地说不出话来。

房门被敲了两下。曹松军走到门边,轻声问:"谁?"

"是我,方运宏。"

在昏暗的油灯的光亮里,方运宏的脸色有些憔悴,眼睛里布满了焦虑。

"你们听说了吗?大'肃反'?"方运宏轻声问。

曹松军点点头,说:"我们正在说这事。"

方运宏叹了一口气,说:"我本来以为,这次来可以和一些老朋友叙叙旧,交流一些信息和经验,没想到,我认识的那些人,几乎全被打成了'反革命'。我、我有一个担心——"

曹松军和曹莼贞交换了一下眼神,他们都明白,方运宏的担心也正是他们所担心的。

曹莼贞用手势制止了方运宏,对曹松军说:"你去把徐一统和何清扬找来,我们一起议一下。"

曹松军转身要走,方运宏说:"悄悄的,别搞出动静来。"

不一会儿,徐一统和何清扬随在曹松军身后走了进来,从他们脸上的表情可以看出,他们也都听到了一些不好的消息。

曹莼贞压低了声音,说:"大家都听到了一些情况,心里肯定也都充满了疑惑。我想,目前局面的形成也许有它的道理。但是,我们还是要议一下,心里要有个准备。"

何清扬说:"这个时候让我们都过来开会,不会是要对我们下手吧?"

徐一统不满地看了她一眼,说:"你是反革命吗?"

何清扬反问:"那你说,被杀掉的那些人都是反革命吗?"

方运宏说:"这个时候,我们可以有幻想,但是,也要看到现实。说实话,我的感觉很不好,非常不好。"

何清扬说:"我的感觉和你一样。要我说,不如我们立即起程回八公山。我四处看过了,夜里走,完全能走得掉。"

曹莼贞轻轻地摇了摇头,说:"我们走了,这算什么?是不相信分局领导,还是我们的信仰动摇了?我们仅仅听到了一些消息,就要走吗?"

何清扬说:"我说一句话,不好听,但是,是我内心的真实感觉。我们明天或者后天返回时,不会有五个人了。"

这句话像是一枚手榴弹,把大家都炸蒙了。但是,大家都明白,她说的可能是实话。

"我们举手表决吧!"曹松军说。

徐一统说:"表决什么?三比二就要走吗?四比一就要走吗?"

方运宏说:"我们都是战友,都是同志,这么长时间在一起战斗和生活,彼此都是了解的。这个表决,还是不要搞了。我是不会走的,即便我知道明天早上就要枪毙我,我也不会走的。"

曹松军说:"你不要误会我的意思,我也不会走的。我之所以要表决,是想看一下我们的想法是不是一样,而不是以票数确定要不要走。"

徐一统说:"我和运宏的想法一样,我也不会走的。"

何清扬说:"当现实成为历史时,我们才能发现自己当初的幼稚。你们有没有想过,当我们的力量还很薄弱时,这种'肃反'是致命的。我问你们,当你们听说这么多战友被枪毙时,你们难道不觉得最高兴的人是国民党吗?"

曹莼贞做了一个手势,制止了何清扬。

"大家的意思我都清楚了,关于这个问题的议论可以结束了。"曹莼贞说,"大家回去休息吧!明天,我们也许面临着生死的考验,就像清扬说的那样,但也许只是一个普通的会议。无论是什么情况,我们都安心接受吧!"

徐一统等人陆续走出去。曹莼贞在灯下又坐了片刻,才站起身来,伸了个懒腰,看了看躺在床上已经合上眼睛的曹松军,正要走过去关门时,却发现方运宏正站在门外不远处向他招手。

曹莼贞走出去,搂了搂方运宏的肩膀,问:"怎么还不走?有什么话要私下和我说吗?"

方运宏点点头,说:"莼贞,我们在芜湖二甲农业学校就是同学,就是好朋友,所以,我有件事情要托付你。"

曹莼贞说:"托付? 怎么这么说话?"

方运宏说:"如果明天真要对我们进行审查,我肯定是无法过关的。我的家庭出身是地主,而且,我是知识分子,这几乎是小资产阶级的代名词。还有,有一些和我情况相似的朋友已经被'肃反'了,所以,我一点幻想都没有。"

曹莼贞身上一凛,搂着方运宏肩膀的右手加了些力气。

"如果真如我所言,莼贞,你回到八公山以后,请抽时间去看一下我的父亲,你告诉他,我到苏联学习去了。你知道,我带人扒过自家的粮,还声明要和地主家庭划清界限。这些事是革命之必须,我永不后悔。如果我能活着回到八公山,仍然不会和父亲有任何往来。但是,我知道,他心里其实是牵挂我的,毕竟,我们是父子。"方运宏说。

"我答应你,但是,你不会有事的。"曹莼贞说,声音里突然有了一些凄清。

"你答应我就好。"方运宏拍了拍曹莼贞的手。

第七章

一

第二天早上,五个人刚刚起床,就接到通知,早饭后立即到招待所会议室开会。

说是会议室,其实只是一幢草房中打通的两间。门前站了四个荷枪的战士,屋内摆了一张破旧的长条桌,桌边散乱地摆放着几只长条凳。没有其他与会者,空空的房间里,只有他们五个人。

方运宏笑着说:"费了这么大的劲,不至于专为我们五个人开会吧?"

何清扬点点头:"这说明领导对我们的工作非常重视,说不定,我们走的时候,还会送我们一些武器呢!"

正在说笑,突然从外面走进来一个穿着红军军装的矮胖的三十出头的男人,黑黑的脸膛,粗黑的眉毛,右边的嘴角有一道细窄的刀疤。他威严地扫视着众人,有力地咳嗽了一声。一个瘦高的全副武装的年轻人走进来,把一只黑色的水碗放到他面前的桌子上,然后向众人介绍:"这是分局'肃反'委员会的刘委员。"

刘委员又咳嗽了一声,重重地坐了下去。

曹莼贞扫了一眼,发现大家的脸色非常凝重。

刘委员喝了一口水,说:"今天,把大家召集到这里来,只有一件事,简明扼要,那就是对你们进行政治审查。你们县委有六个委员,这次只来了五个,那个叫郭英的,据你们说是得了病,无法启程。这个问题,我们还要进一步查清。那么,什么叫政治审查呢?就是查清你参加革命前后的所有底细,包括你的家庭出身,你加入组织的动机,你有没有做过对不起组织的事情,你有没有动摇过,你今后会不会动摇,等等。查清以后,该用的用,该贬的贬,该杀的杀!只有查清了,'肃清'了,整明白了,才能更好地促进以后的革命,才能充分保证根据地的红色,才能让苏维埃更加苏维埃!"

曹莼贞的后背冒出一层冷汗。

这样的开场白,比铁锹摩擦水泥地的声音还瘆人。

"所以,我要给你们提一个要求,你们一定要老老实实地把自己的问题说清楚。无论这份答卷是干净的,还是脏污的,还是半干净半脏污的,都要真实地写下来。如果以虚假应对审查,无论是什么原因,都将受到严惩。"刘委员又说。

"刘委员,我可不可以这样理解,你是不是已经提前给我们做了一个有罪认定?我们要在这个前提下回答问题吗?"何清扬突然说。

曹莼贞看看她,发现她的脸色异常严峻,完全不是一时冲动的样子。

刘委员惊讶地看了看她,点了点头,说:"一个真正的革命者,一定能经受住千锤百炼。提前做有罪认定又怎么样?你如果信仰坚定、一身清白,这个罪最终是落不到你身上的。"

曹莼贞咳嗽了一声,说:"刘委员说得对,清扬,这只是组织上调查问题的一种方式,我们应该理解。"

何清扬撇了撇嘴,没有再说话。

刘委员又讲了一番道理,然后打了个响指,从门外走进来五个战士,在他身后一字排开。这样的阵势,让曹莼贞想到小时候父亲经常和他说的一字长雁阵。父亲说一字长雁阵和一字长蛇阵的区别,在于长雁阵是横着的,长蛇阵是竖着的。长雁阵无论如何摆,都是要被吃掉的;而长蛇阵,无论如何摆,都是要把对方吃掉的。

在刘委员的指挥下,五个战士分别把五人带到邻近的五个房间。每个房间里都坐着两个人:审查员和记录员。

曹莼贞按照要求,把自己参加革命前后的经过认真地讲述了一遍,并把每个阶段可以为自己做证的同志都作了说明。然后,他按照要求谈了自己的家庭,谈了对于革命的认识,谈了自己的人生观和社会观,也谈了对于未来社会的憧憬。他不知道自己这样说是不是合适,是不是可以把一个真实的自己展示出来,这个真实的自己是不是符合标准,反正是透视内心,有一说一。一个小时以后,当他觉得实在没有什么东西可说的时候,才发现身上的衣服已经汗透了。

"你的衣服已经汗透了。"坐在他对面的审查员提醒他,"而且,你的脸上也有很多汗珠,这是不是说明你在搜肠刮肚?是不是说明你有些心虚?是不是说明你在撒谎?"

曹莼贞惊愕地看着审查员。他无法回答,当对方居高临下时,任何回答都可能为自己减分。

他突然有些绝望,这是一种令他惊恐的感觉。他在斗争最困难的时候没有过这样的感觉,在寿康县大狱的时候没有过这样的感觉,在暴动失败的时候也没有过这样的感觉。但是,现在他真真切切地感觉到了绝望。

他想到了方运宏,想到了曹松军,想到了徐一统和何清扬。他们会不会有同样的感觉呢?他庆幸郭英没有来,如果她来了,以她的脾气,肯定会发生一些不愉快的事情,后果将是严重的。

审查员与他对视了将近两分钟,才和记录员一起昂首挺胸地走出去了。曹莼贞坐在那里,良久没有回过神来。天色有些晦暗,似乎有太阳,又似乎没有。这样的天气,发生任何事情都是可以理解的。到了中午,没有人喊他,没有人告诉他审查结果,也没有人给他送饭。直到下午三点多,才从门外走进来一个瘦长身材的中年男人,他穿着一身农民的服装,眼里的神情与衣服完全不相符。

中年男人坐在曹莼贞的对面,咳嗽了一声,不说一句话,也不看他。

门外传来杂沓的脚步声,曹莼贞抬头看时,见方运宏、曹松军以及徐一统、何清扬夫妇被押解进来。说是押解,是因为他们进来时脸上的神情很沮丧,且每个人身后都跟着一名荷枪实弹的士兵。

中年男人看了曹莼贞一眼,曹莼贞没有理会,目光一直停留在曹松军他们身上。

中年男人咳嗽了一声,说:"站起来。"

曹莼贞愣了一下,慢慢地站起来。

中年男人又咳嗽了一声,看了看众人,说:"现在,我宣布对你们各位的审查结论。"

审查结论令曹莼贞几乎休克,令方运宏和徐一统夫妇彻底绝望,令曹松军愤愤不平。

曹莼贞和徐一统是在上海加入的组织,在安徽党组织的建立、群众运动的开展、与恶势力的斗争等方面都做出了贡献,但是,在马埠武装暴动时行为非常消极,有严重的右倾思想,在八公山武装斗争开展过程中畏缩不前,浪费了发展机遇,被撤销党内外一切职务。曹松军出身工人,在黄埔军校上学及之后的军事斗争中思想端正,指挥得当,且始终严格要求自己,自即日起被任命为皖北游击大队总指挥兼寿康县委书记,全权指挥八公山根据地的军事和政治斗争,并在适当的时机带领游击队攻打寿康县城,迅速扩大根据地,为鄂豫皖苏区的发展壮大做出贡献。方运宏出身于地主阶级,在省临委和寿康工作时,一贯表现消极,生活腐化,言论不负责任,有浓重的资产阶级思想,对革命斗争造成了严重的损害。经严格调查,确认其为打入我党内部的国民党特务。何清扬系资产阶级出身,混入革命队伍后,仍然保持资产阶级习气,且时常发表不利于革命的言论,革命立场不坚定,有蜕化变质的可能。

曹莼贞用双手抹了抹脸,以控制自己的情绪。蒙受不白,被撤职,这都没有什么,只要让他革命,他就满足了。但是,对方运宏和何清扬的审查结果意味着什么,他非常清楚。这样的结果,他是无论如何也无法接受的。

曹莼贞知道，自己必须说话，现在不说话，他会后悔一生。他的声音有些尖利，也有些颤抖："我想请问，方运宏是特务，你们有实在的证据吗？何清扬有蜕化变质的可能，这个可能是怎么推算出来的？你们这样草率下结论，这样对待在艰苦斗争中九死一生的战友和同志，是不正确的，是对革命的不负责任！"

中年男人瞥了他一眼，说："曹松军和曹莼贞、徐一统三人，即刻返回八公山。扣押方运宏和何清扬，继续交代问题，等待判决。"

曹松军面红耳赤地说道："我们要见这里的最高首长，我们要求重新调查，我们要求组织上派人到八公山了解真实情况，听听队员们是如何评价我们的。"

中年男人一挥手，站在方运宏和何清扬身后的两名战士走上前，扭住二人的胳膊，把他们往屋外带。方运宏挣扎着，回头看着曹莼贞他们，说："永别了，我的好兄弟们！"

何清扬看着徐一统，说："一统，我不能再陪你了，以后的日子，你要照顾好自己。"

徐一统一边叫喊，一边怒不可遏地冲过去，却被一个战士一拳打倒在地。

中年男人声色俱厉地喊道："如果你们不自律，我将重新考虑这个结论。"说完，他头也不回地走了。

曹莼贞和曹松军扶起徐一统，抬头再看时，方运宏和何清扬已经被带走，空阔的院子里回荡着何清扬的声音："一统，你要照顾好自己！"

二

回到八公山，曹莼贞生了一场病，头疼欲裂，发高烧，倒头睡了三天。

第四天上午，他挣扎着爬起来，在傅方圆的搀扶下去看徐一统。徐一统正坐在山洞里发呆，嘴上起了很多泡，脸色像石头一样灰暗。看到曹莼贞，徐一统的泪水流了出来。良久，曹莼贞摇摇头，说了一声保重，便走了出来。

这个时候,说什么都是无用的,能治疗徐一统创伤的,只有时间。

曹莼贞让傅方圆去卫生室取一些祛火的药品送给徐一统,然后独自一人慢慢地走了回去。

曹松军正等着他。

"郭英走了。"曹松军说。

曹莼贞没有反应过来,问:"去哪里了?又去扒粮了?"

曹松军摇摇头,说:"她带走了整个一中队,给你留了一句话。"

曹松军从衣袋里掏出一张纸条,递给曹莼贞。

纸条上是郭英龙飞凤舞的字体:"老贞,我要去走真正的革命道路。"

曹莼贞长叹了一口气,问:"朝哪个方向走的?派人追了吗?"

曹松军点点头,说:"从老鸹峰下的山,应该是从西山口出去的,我已经派人去追了。"

曹莼贞忽然想起了什么,说:"我竟然把他们的命令给忘了。现在,你是这支队伍的总指挥。总指挥,我请求下到中队去,做一名战士。"

曹松军苦笑笑,说:"你这是做什么?他们的命令是不是错误的,大家心里都明白。我已经和队里的干部通了气,在大家的心里,你永远是这支队伍的总指挥。你如果撂挑子,我就和郭英一起走。"

曹莼贞摇摇头,说:"革命不是请客吃饭,我们带领这几百人,没有严格的纪律不行,命令必须服从。如果你不让我下中队,那就折中一下,我和徐一统留下来给你做参谋。"

曹松军犹豫了一下,说:"对外,可以这么说。但是,对内,我们还是依照过去的方式,你是主官,一切决策由你最后拍板。"

曹莼贞坚决地摆了摆手,疲惫地坐到一只凳子上,说:"对内对外,都要保持一致,这个问题不要再争论了。还有,我觉得,郭英既然下决心要走,肯定是追不回来的。我很担心一中队。外面的形势很危险,张新生的势力越来越大,稍有不慎,就会造成重大损失。"

曹松军掏出一封信,说:"还有更大的祸呢!昨天夜里,鄂豫皖分局军委的特派员到了,我担心你的身体,就没有及时告知你。这是他带来的命令。"

命令很简单,就是督促皖北游击大队攻打寿康县城,措辞严厉,还规定了一个月的行动期限。

"你见一下那个特派员吧!"曹松军说,"很粗暴,和审查我们的人一样的性格,根本不容人辩解,听不得一点不同意见。"

"你有没有问他,方运宏和何清扬怎么样了?"曹莼贞问。

"问了,"曹松军的泪水忽然涌出了眼眶,"就在我们出发返回的当天晚上,他们就被枪决了。"

曹莼贞的泪水也涌了出来,他愤怒地拍打着桌面,却说不出一句话。

良久,二人拭干泪水。曹松军问:"你要见那个特派员吗?"

曹莼贞摇摇头,说:"我现在就是一个普通的战士,有什么资格见他?再说,他连你的意见都听不进去,我见他有什么意义呢?现在,我们还是思考一下攻打寿康县城的事吧!既然无法抗命,那就尽可能做得好一些,减少一些损失。"

对于寿康县城的坚固,它的难以攻破的防守,曹莼贞非常清楚。

寿康县城的城墙始建于宋朝,呈棋盘式布局。明清以来,按照防御战和防洪的需要,又不断进行整修,可谓基坚墙固,气势雄伟。城墙周长有七公里多,高度近九米,仅底宽就有二十米左右,顶宽也达到了十米。墙体以土夯筑,外侧贴砖,外壁下部有两米高条石砌基,通体向内欹斜,层层收分。城外四面有护城河,平均宽度达二十米,且水深难渡。县城有四门,东为宾阳,南曰通汜,西称定湖,北名靖淮。四门皆有护门瓮城,具有军事防御和防汛抗洪双重功能。

张新生当县长以后,四门都增加了防守兵力。每天上午十点开城门,下午四点就关闭了城门。在开城门的六个小时里,对于出入均严格盘查,稍有怀疑,便被扭送到保安团设在城中的鉴别处进一步审核。鉴别处目前已经成了寿康县城最吃香的一个部门,如果在那里无法通过审核,就有可能被投入大狱。因而,每天到鉴别处请客送礼的,比天上飞的鸟还多。

攻城,以游击队目前的状况,即使有双倍的兵力,也是难上加难。

必须打,又打不赢,这样的战斗无疑是自掘坟墓。

曹莼贞提出了两个意见,一是硬攻,以坚决拿下的决心去战斗。当然,这个硬攻,不代表用人海战术死拼,不代表不计伤亡,可以采取多种方式。二是佯攻。发起攻势后,稍有挫折便立即撤退,既执行了命令,又保存了实力。

两害相权取其轻,第二个意见无疑是正确的。

曹松军无奈地说:"如果他们没有派人过来督战,战斗由我们全权负责,第二个意见自然是可以的。将在外,军令可以变更着执行。但是,那个特派员虽然傲慢,在武装斗争方面却是半个专家,他一眼就能看出我们的意图。他既然受命督战,肯定会坚持一条道走到黑。"

那么,只有认真准备一场殊死的战斗了。

曹松军连着派出三组侦察员到县城执行侦察任务,得到的信息都令人悲观。张新生目前掌握的武装力量已经超过了五百人,而且装备精良。每天都有两百人把守城门和城墙,一百人负责城内治安,另外两百人时刻处在临战状态,一旦发生战斗,十分钟之内就可以增援到位。张新生甚至在每面城墙上都安装了两门土炮,还储备了大量的汽油,制作了一批燃烧瓶。

曹松军和曹莼贞反复推演了各种攻城的方法,包括派队员分批潜入城内,内外同时开花;派遣精兵暗杀张新生,让群恶无首,趁乱行事;伪装成一百公里外的四十六师的部队进城,出其不意占领四门;等等。这些方法的实施需要相应的机遇,眼下对寿康县城来说便没有成功的可能。比如第一个方法,由于敌我兵力对比悬殊,即使派遣一个中队潜入县城,也无法达到内外同时开花的目的,反而会被敌人包了饺子。

距离规定的攻城期限越来越近,特派员每个白天都待在曹松军的房间里,有时语言激烈地催促,有时近乎恳求。曹松军知道,如果游击大队不能如期进攻县城,受到影响的不只是他曹松军,特派员回去也无法交差。他趁机提出,让曹莼贞和徐一统重新回到领导岗位。特派员思考了半天,终于答应,曹莼贞和徐一统可以参与决策,可以暂时兼职,但最终决定权只能在曹松军一个人手里。

曹松军征得特派员同意后,把皖北游击大队改编成皖北独立团,下辖两个营和四个连。这样做,既可以震慑敌人,让敌人摸不清实情,又可以在群众中扩大影响,有利于吸纳青年人加入。他委派曹莼贞和徐一统暂时指挥这两个营,同时又提拔了一批战斗经验丰富的游击队员。

决战方案终于确定下来了。再过两天,独立团就要出山投入一场严酷的战斗。下午,曹莼贞和傅方圆在一条溪水里捉了一些小鱼,用盐渍了一下,拌了一点咸笋,做了半盆凉菜。晚上,曹莼贞把曹松军和徐一统邀来,取出仅有的两斤瓜干酒,三人围坐在山林里的一块青石前,点燃起两支松明子,进行了一番长谈。

曹莼贞先倒了小半碗酒,洒在脚前细碎的山石上,说:"运宏、清扬,原谅我和松军、一统,我们无力搭救你们,也没有好办法保住大家辛辛苦苦带出来的这支队伍。"

徐一统眼泪汪汪地说:"我昨天又梦见他们了。他们倒是从容的,而且,清扬一再重复我们离别时的那句话,让我照顾好自己。"

曹松军说:"我们都是革命军中马前卒,牺牲是我们的责任。无论以哪种方式牺牲,都是在履行自己的责任,都是为革命做出了贡献。"

一阵山风吹过,松涛阵阵,一些松针落下,飘到山石上、酒碗里。

傅方圆走过来,把几块红薯面饼子放到山石上,又返身回屋,取来一件衣服披在曹莼贞身上,说:"我建议,近来徐一统的身体很差,应该留在山上休养一段时间。不是要留一些人守山吗,这个任务交给他就行了。"

曹莼贞点头,表示同意。

徐一统一口喝掉半碗酒,抹了一下嘴,说:"我知道方圆的意思,他是怕我经不起这么激烈的战斗,怕我死在寿康城下。你看我这喝酒的劲头,像是弱不禁风的样子吗?要我说,方圆你倒应该留下,这样的攻坚战,我们都没有经验,女同志去了,反而会增加一些麻烦。"

曹松军说:"你们两个都留下吧!守山的任务也很艰巨,我担心,我们出山以后,死灰复燃的大刀会很有可能卷土重来。进攻县城,无论是胜是负,这个根据地坚决不能丢。"

徐一统激动地说:"这算什么?这样关键的时候,你们为了照顾我,就让我当逃兵?你们是不是觉得何清扬牺牲了,我就牺牲不起了?自打参加革命,我就没有在乎过个人的生死。每个人都渴望活着,这个世界是这么黑暗,我们都希望自己的灯能亮得久一些,为刺破和驱离这黑暗多做一些贡献。但是,这不是我们苟活的理由。如果我们苟活,我们的灯还能发出亮光吗?如果临阵换人,战士们会怎么想?我谢谢你们对我的照顾,但是,这个情我不领!"

傅方圆端过曹莼贞的酒碗,轻轻地抿了一点,连着咳嗽了几声,说:"我喝酒不如你们,在战场上的贡献可不比你们差。卫生队是一定要上的,而且必须由我带着上,在这个问题上,我和徐一统的意见是一致的。"

曹莼贞的情绪有些激动,他把大家的酒碗都斟满,然后举起自己的酒碗,说:"松军说得好,我们都是革命军中马前卒,牺牲是我们的责任。来吧,让我们满饮此碗,预祝胜利。"

三只酒碗碰在一起,发出清脆的声音。一只松鼠在近旁的一棵松树上轻盈地跳跃,傅方圆仰头看着它,向往地说:"我如果能变作一只松鼠,就可以潜入寿康县城了。我不去打开城门,我会直接取张新生的人头,把它挂在旗杆上。"

曹莼贞摇摇头,说:"军旅生活就是一个大熔炉!你们看,傅小姐现在已经被熔成一条汉子了。你们记不记得,刚到马埠镇时,她可是见着老鼠都要尖叫的小布尔乔亚。"

曹松军说:"如果方圆刚才说的话是郭英说出来的,我一点都不惊讶。"

几个人一下沉默下来。郭英带着一中队出山后,一直没有确切的消息。有人说她把队伍拉到了蒙城附近,正在发动群众开展扒粮运动;有人说她带着队伍下了马埠湖,已经成立了湖上游击队;还有人说,她把队伍拉出八公山的第三天,和张新生的保安团打了一场遭遇战,已经壮烈牺牲了。这些消息是真是假,现在谁都说不清。不过,大家都在心里默默地祝福郭英。

"如果还能见到她,我就当面劝她嫁给曹松军。"徐一统说。

傅方圆说:"以前那么多机会,你也不劝。"

徐一统说:"总以为来日方长,谁能想到她说走就走呢?"

曹莼贞站起来,看着山中正在升起的明月,高声吟诵道:"青天有月来几时,我今停杯一问之。人攀明月不可得,月行却与人相随。今人不见古时月,今月曾经照古人。古人今人若流水,共看明月皆如此。唯愿当歌对酒时,月光长照金樽里。"

徐一统带头鼓起掌来,说:"明月升起来了,松涛响起来了,酒杯举起来了,我建议,我们要把歌曲唱起来。"

傅方圆返身回屋,取出一管口琴,站在曹莼贞的身边,吹起一曲《工农革命歌》,大家随着曲调高声唱了起来:

冲冲冲
我们是革命的工农
冲冲冲
我们是革命的工农
手挽手勇敢向前冲
肩并肩共同去斗争
地主买办剥削
造成了我们的贫穷
帝国主义侵略
造成了民族灾难深重
流尽血和汗
落得两手空

我们创造了人类财富

他们享受

我们受尽了剥削压迫

养活寄生虫

阶级兄弟快起来

团结斗争,斗争

我们,我们要

要结成牢固的工农联盟

联合大众

中国共产党

是革命先锋

领导我们武装斗争

夺取政权

打倒反动派

消灭害人虫

我们,我们要创造新世界

我们,我们是革命的工农

冲冲冲

冲啊

……

三

曹松军把独立团的主攻方向定在寿康县城的东门。

寿康县城的北、西、南三面,在护城河外面,都有近五百米的开阔地,没有任何可以作为掩护的地方。只有东门外有一带低矮的丘陵,虽然离城门有两百多米,毕竟可以作为掩护,队伍冲锋时能得到较稳定的火力支援。经侦察获知,防守东门的是张新生的税警大队,由于新兵较多,战斗经验较少,相对来说容易打一些。但是,这个税警大队是人数最多的,较多的人数加上较差的战斗力,这样的算式怎么计算呢?曹松军计算来计算去,还是把东门定为主攻方向。

总攻发起时间定在夜里两点钟。曹松军在战前的军事会议上下了死命令,进攻时间限定在四个小时之内,冲锋一定要快速而高效,一次不行两次,直到打满四个小时。六点钟天亮,如果攻不下来,就坚决撤退。天亮之后,城墙外面的所有人员都会成为活靶子,如果继续进攻,便是完全不顾战士的死活了。

好在天阴得厉害,便于隐藏。夜里一点钟,作为主攻的一营就悄悄地埋伏在了丘陵上。二营的一连在徐一统的指挥下协助一营,二连则兵分三路,到其余三座城门做疑兵,待东门枪声响起,便时不时放冷枪吸引敌人,使其不敢大胆增援。

两点整,一营的一连带着攻城器械悄悄地从藏身处潜出,慢慢地向东门靠近。如果能行进到护城河边,攻下城池的希望就会大增。但是,离护城河还有一百米的时候,从城墙上忽然射下一排子弹,走在前面的几位战士应声而倒。偷袭变作了强攻,一连加速向护城河推进,而埋伏在丘陵里的战士则集中所有火力进行掩护,一时枪炮连天,战火纷飞,枪弹的曳光划破了黑暗,像一条条走投无路的长龙。不断有战士倒下去,又不断有战士冲向前。城墙上也不断有人倒下去,不断有人从城墙上摔到城下,一声声惨叫混杂在枪炮声里,在这样漆黑的夜晚显得格外瘆人。从其他三座城门的方向也传来了枪声,时紧时松,令人无法揣测具体的情形。

曹莼贞、曹松军和徐一统的指挥所设在几棵杨树后的一处洼地里,从那里可以观察到战场上的所有情形。曹莼贞用望远镜瞭望着战场,皱着眉头,脸上的表情急剧变化着。第三次冲锋失败以后,他把望远镜放到一边,说:"松军,这样打下去,除了消耗,一点意义都没有。"

徐一统说:"另外三个城门的敌人,要不了多久就能识破我们的牵制之计,他们会支援过来。还有张新生的预备队,估计已经到了。如果我们不能发起更猛烈的进攻,后面的仗就没法打了。"

曹松军点点头,说:"一连消耗得差不多了,让他们先下来,让其余部队发起梯次冲锋,不给敌人喘息的机会。"

徐一统抽出手枪,说:"我带队伍上。"

曹莼贞摁住他的胳膊,说:"还是我上吧!你的身体还没有完全恢复。"

徐一统摇头道:"这几百米的距离,还累不倒我。"说完,他一纵身飞了出去,向身后的战士挥手喊道,"一营二连、二营一连,全部跟我上。"

从地面上忽地跃起一百多条黑影,像一百多支利箭一样向前突去。曹莼贞和曹松军握紧了望远镜,他们看到徐一统的身姿突然间变得那么轻盈,那么矫健,像一阵风一样向前刮去。在他的身边,不断有战士倒下去,但是,他依然在腾挪,在前进。战士们追随在他的身边,他们呐喊着,在喷射出一条条火龙的同时,快速地向前移动着。一百米,七十米,已经接近护城河了,有十来个战士已经抬着云梯冲在前面了。突然,从城门两侧的城墙上喷出两条粗壮的火龙,同时,传出震耳欲聋的土炮声。

冲在前面的战士倒下一片。曹莼贞看到,徐一统的身子突然停滞了一下,然后,慢慢地摔倒在地上。

"徐一统!"曹莼贞大叫了一声。

城墙上突然涌出许多人影,他们跳跃着、号叫着,手中的武器声嘶力竭地狂吼着……

曹松军看了看手表,凌晨四点,战斗已经进行了两个小时,离他限定的四个小时还早着呢!

"没法再打了。"曹莼贞说,"这样下去,会把人打光的。"

曹松军红了眼睛,他凝望着眼前的惨烈,泪水奔涌而下。

"撤,撤吧!"曹莼贞说。

曹松军点了点头,下达了撤退的命令。

冲在后面的战士就地卧倒,掩护冲在前面的战士后撤。冲在前面的战士后撤时,背着、抬着倒下的战友。一个战士背着徐一统过来了,曹松军把徐一统接过来,轻轻地放在地上。他跪在地上,轻轻地抚摸着徐一统的脸,高声喊着徐一统的名字。

战士说:"团长,徐营长已经牺牲了。"

曹松军抹了一把泪水,说:"把徐营长放我背上。"

战士有些犹豫。曹莼贞走过来,抱起徐一统,把他轻轻地放到曹松军的背上,说:"一统,我们一起走,回八公山,回我们的家。"

这时,一个战士经过他们身侧,看到曹莼贞,立正敬了个礼,说:"首长好,你爱人也受伤了,已经被抬到前面去了。"

曹莼贞愣了一下,连忙问:"伤到哪里了?重不重?"

战士摇摇头,说:"详情不知道,好像是子弹打在腰上了。"

傅方圆在第一次冲锋受阻后,就带着卫生队冲上去了。不断有受伤的战士得到救护,然后被抬到后面去,傅方圆却一直待在最危险的地方。

曹松军对曹莼贞说:"我在五公里外的李家甸子放了十个战士,就是为了撤下去以后有个短暂休整的地方。我们现在赶过去吧!方圆他们也知道那个地方,我们在那里会合以后,休息半个小时,再撤回八公山。"

李家甸子是一个小村庄,是退回八公山的必经之地。

曹莼贞带领十几名战士断后,掩护大家向李家甸子撤退。城墙上的枪声渐渐稀疏下来,星星点点的火把像一只只幸灾乐祸的眼睛,嘲笑地看着撤围而去的战士们。接近李家甸子的时候,曹莼贞叹了一口气,说:"也不知道方圆的伤情到底怎么样。"

曹松军说:"放心吧,方圆是福将。"

突然,从村子里传出一阵密集的枪声。

曹松军心里一紧,说:"坏了,有机关枪,还有冲锋枪,这不是我们的武器。"他把徐一统放到一个战士背上,扭头对曹莼贞说,"这后面就交给你了,我要带人上去支援。"他一挥手,带着十多个战士疾风一样向前刮去。

冲到村后的宅子河边,正遇到涉河过来的十来个战士,说很多敌人从南面村口冲进了村子,先期进村的战士吃亏不小,正在边打边撤。曹松军收拢了队伍,指挥众人各自占据有利地形,掩护还在撤出的战士。

从枪声可以判断出,应该有七八十个敌人,而且作战经验很丰富。曹松军想,这极有可能是四十六师的正规军,在这里不期而遇,真是屋漏偏逢连阴雨。

敌人以房屋为掩护,与独立团展开了持续的枪战。他们并不急于冲过河来,似乎这样的枪战正是他们需要的。曹松军知道形势的危急,一旦县城的敌人了解了战情,派人追击过来,独立团将陷入腹背受敌的不利境地。他迅速挑选了二十多个战士组成突击队,发一声喊,像猛虎一样扑过河去。敌人显然没有意料到会受到这样的冲击,愣了片刻,掉头便向村中间撤去。曹松军冲在突击队的前面,借助树木和房屋的掩护,一气干掉了四五个敌人。冲到一棵粗壮的杨树下的时候,他突然看到了靠着树干坐在地上的傅方圆。

傅方圆紧闭着眼睛,大口喘着粗气。曹松军为她检查了一下,发现她的右肺被一颗子弹击穿了,右腿的膝盖处也有鲜血不断向外涌流。曹松军从傅方圆随身带的卫生包里找出几条绷带,为她裹扎伤口。傅方圆慢慢地睁开眼,艰难地抬起右手,推了曹松军一下,说:"都什么时候了,你不去指挥,顾我做什么?"

曹松军说:"马上就处理好了。莼贞就在后面,我让人把他喊过来。"

傅方圆声音微弱地说:"别喊了,我不行了。你赶紧去指挥,队伍离不开你。你告诉莼贞,就说我不能陪他了,如果有来生,我还做他的女人。"

曹松军含着泪水点了点头,喊了一个战士过来照顾傅方圆,又带领大家向前冲去。眼看就要把敌人赶出村子了,突然,从一排房屋后面冲出十几个敌人,手里的火器一齐喷射,冲在前面的四五个战士瞬间倒下了。曹松军听到自己的身体发出奇怪的扑扑声,感觉胸部的衣服绽开了,有数股腥热的东西从那里激射而出。他坚持站立着,继续射击着,看到又有两个敌人在他面前倒下,他发出了哈哈大笑,然后,慢慢地向后倒去。

当曹莼贞带着后面的战士冲过来时,对面的敌人越聚越多,形势又危急起来。他看到了靠在树上的傅方圆,也看到了倒在地上的曹松军,虽然心急如焚,但是,他无法向他们靠近。

从寿康县城方向传来了枪声,看来县城的敌人已经清醒过来,夹击之势很快就会形成,突围已经是非常困难的事情了。曹莼贞知道,这支历经磨难、战功无数的光荣队伍,已经到了最危急的时刻。

突然,从村子里敌人的身后传来密集的枪声,还有充满仇恨的喊杀声。敌人突然腹背受敌,一时乱了阵脚,不知是返身向南,还是继续向北,犹豫之间,已经被扫倒了一大片。剩下的见大事不妙,只好举手投降。

曹莼贞拎着枪口还在冒烟的手枪从砖垛后面冲出来,迎面看到郭英带着一中队的队员们冲过来。郭英比出走以前瘦了不少,脸也黑了,但是,她眼里的神情更坚定了。

郭英也看到了曹莼贞,她停下脚步,热烈地看着曹莼贞。

曹莼贞转身奔向傅方圆。傅方圆靠在那棵杨树上,已经牺牲了。她的神情很安详,就像睡着了一样。曹莼贞把她紧紧地抱在怀里,泪水奔涌而下。一中队的两个队员抬过来一副担架,曹莼贞把傅方圆轻轻地放上去,又把上衣脱掉,盖在她的身上。

郭英走过来,掏出一方手帕,为傅方圆擦拭着脸上的灰尘。

"还有松军,我们一起去看他。"曹莼贞说。

曹松军也被队员放到了担架上,他的右手还紧紧地握着手枪,眼睛半睁着,嘴巴保持着呼喊的口型。也许,在他咽气之前,听到了一中队的枪声,听到了郭英冲杀过来的脚步声,他在呼唤郭英。

曹莼贞为他合上眼睛,把手枪从他手里取出来,放到他的身侧,流着泪水说:"松军,我的好兄弟,你就安心走吧!郭英回来了,咱们的独立团保住了。"

郭英要从队员手里接过担架,队员迟疑了一下,说:"中队长,还是我来吧!"

郭英凶狠地说:"我来!"

此时,天色已经亮了起来。硝烟正在消散,一些被枪弹损毁的房屋顶上,还不停地有青烟冒出。天空中飘着大片的乌云,有几只鸽子从村西面飞来,到了村子上空,又调头往回飞去。

第八章

一

在青松崖下,曹莼贞为牺牲的战友选择了一片林间空地作为安息之地。大片的杉木林笔直地挺立着,似乎可以刺破青天。

傅方圆和曹松军、徐一统的墓茔紧挨着,曹莼贞还为方运宏和何清扬建了衣冠冢。他选了两棵相邻的粗壮的杉树,用匕首在上面刻了一副挽联:数年转战,为国为民,不畏艰危常杀敌;可歌可泣,壮心未酬,完成遗志在吾人。

在傅方圆和曹松军的墓茔旁边,曹莼贞和郭英席地而坐。一支香烟在曹莼贞的手指间静静地燃着,他双目红肿,有些迷茫地仰面看着在微风里抖动的林梢。郭英的手里,拿着刚上山时曹松军为她雕的一对松节球,时不时放到鼻子旁边嗅一下,像是在回忆过去的时光。

"你还是要走?"曹莼贞问。

郭英点点头,说:"我一个人走。独立团伤亡太大,我把一中队还给你。"

"这次攻坚战,如果不是你及时赶到,后果难以想象。所以,我非常感谢你,非常希望你留下,这支队伍也非常需要你。"曹莼贞说。

郭英悲观地摇摇头,说:"我拉走了一支队伍,他们会追究我的责任的。与其像何清扬一样不明不白地死去,不如再拼出一片天地。你放心吧,我一个人也能带红一片。咱们当年成立第一特支的时候,面临了那么大的困难,不是也走过来了吗?"

曹莼贞说:"那个特派员在前天的战斗中牺牲了。我看到他向前冲锋,很勇敢。"

郭英说:"你是在提醒我,不会再有人知道我曾经把队伍拉出去吗?我不在乎谁知道,我只想按着自己的理解去革命。"

曹莼贞一时无语。他站起来,从附近寻了一块形状奇异的白石,放在傅方圆的墓前,说:"方圆,我知道你喜欢这样的石头,以后,我多寻一些送给你。等革命胜利了,我就寻一个安静的地方,带你过去,为你建一座奇石馆,让你喜爱的石头永远陪着你。"

郭英漠然地看着曹莼贞,摇了摇头。

"如果你一定要走,我也不再拦你。"曹莼贞说,"但是,我要你再留半个月。眼下有很多工作要做,我一个人一时做不完,我想请你帮帮我。"

"你已不是这支队伍的领导,我已经听战士们说了,你的二营长职务,也是暂时代理的。"郭英说,"所以,上级可能很快就派人来接管这支队伍。我不是劝你放弃工作,我是想告诉你,你的前途未卜。"

"代理职务,也是职务,也有它的责任。"曹莼贞说,"如果真有人来接管,我心甘情愿地把队伍交出去。如果还有时间,我要尽可能地帮助队伍恢复斗志和战斗力。至于个人前途,我不想考虑,也没有时间考虑。"

"如果真有人来,你还愿意留下来吗?你有没有别的想法?"郭英问。

曹莼贞犹豫了一下,说:"其实,从内心来说,我更愿意在上海做地下工作。但是,现在这边的局势这么严峻,我怎么能离开呢?当初我们建立第一特支时,目的是对内发展党员,对外发展群众组织;现在,我们要尽快让这支队伍恢复元气,重新投入战斗。如果我有选择权,我只能选择留下来。"

郭英沉吟片刻,点点头,说:"好吧,老贞,我就留下来帮你半个月。既然决定留下来,我就给你提个建议,这半个月,我们不能只做思想工作,不能消极地善后。你有没有想过,张新生经过这一战,已经膨胀到极点,他会进一步扩充力量,他的目标会更大。早晚有一天,这座山是守不住的。"

曹莼贞点点头。这两天他一直在思考这个问题:张新生会借着独立团攻城失利的时机,加大对八公山根据地的挤压力度。此消彼长,现在力量对比非常悬殊。如果独立团失去这块根据地,还能坚持多久?

张新生还没来得及向根据地发起强攻,因为他在整合力量。他想借这场胜利的东风,向上峰争取更多的政策和财政支持,把已经没落的大刀会等会道门组织彻底拿下,把县内的地主武装全部纳入自己的管理体系。这些问题解决以后,他就从一只猎犬变成了恶鹰,会有更广阔的天地让他肆意飞翔。

那个时候,独立团将失去自己的生存空间。

曹莼贞知道,时间非常紧迫,必须有所作为。

"我自己有一个计划,"郭英说,"如果能实现,可以解燃眉之急;如果无法实现,也不会造成多大损失。我需要你做的,就是同意,不需要你配合。"

曹莼贞点头同意。他知道郭英的思路新、思维活,与其限制她,倒不如让她放手一搏。

"还有,现在各个根据地的情况都不容乐观。"郭英说,"如果我们坚守八公山,迟早会成为一支孤军。孤军奋战,即使可以借一次或数次胜利暂时稳住阵脚,最终还会陷入绝境。恶虎还怕群狼,何况,我们不是恶虎。红二十五军近期的状况也不好,他们是苏区离我们最近的队伍,必要的时候,我们可以突围,与他们会合。"

红二十五军的情况,曹莼贞也有所了解。这支成立于金寨麻埠的部队,在旷继勋和王平章的带领下,英勇作战,为鄂豫皖苏区的发展做出了重大贡献。就在前不久,红二十五军在和苏区主力部队协同作战时,被敌人分割包围,一部分突围到湖北东部,仍以红二十五军的番号坚持战斗,一部分则退回了皖西,重新组建了红二十八军。

与在皖西的红二十八军会合,自然再好不过。但是,这需要时间,需要进一步联络。

二

张新生没有想到,张书侯先生给他回信了,这令他喜出望外。

到寿康县上任以后,他做的第一件事,是到张书侯先生家里拜访。近四十公里的路程,坐轿去,来回需要一天时间;骑马去,屁股估计要被磨穿了;开车去,似乎有些摆谱。最终,他选择了坐轿,似乎这样更传统一些,更斯文一些。但是,他想不到的是,张书侯先生不在家。他是得到确切的信息以后才去拜访的,这令他怀疑张先生在有意冷落他。不过,这没有影响他的心情,也没有打击他的勇气。在他上任之前,有多位上司和他谈起过张书侯先生,告诉他上任之后一定要去张先生家里,恭恭敬敬地鞠躬,谦虚谨慎地求教。这令他感到惊讶,但是了解到张先生的底细以后,他变得兴奋起来。张先生和省里的多位大员有深厚的交情,和中央政府中的不少人是莫逆之交。比如柏文蔚先生,只要张先生打一个电话,再困难的事,柏将军都会尽力而为。如果能和张先生攀上交情,他张新生以后的前程将一马平川,如锦似金。

张新生上门拜访的理由倒能说得过去,他自称是一个书法爱好者,而张先生是国内著名的书法和篆刻大家,他要到张先生家里拜师求教。

张新生没有想到,他第二次去拜访的时候,仍然吃了闭门羹。第三次去的时候,张先生倒是在,但是以头疼为由,拒不接待。

张新生有些恼羞成怒了,但是,他仍然表现得很恭谨。他不再上门拜访,而是半个月写一封信,差专人送到张先生府上。写信可以展示他的文才,可以把他的书法功底亮给张先生看,张先生迟早会知道,他张新生不是一个无聊的政客,他是有专业的。

写了十封信,他没有收到一个字的回复。

第十一封信送出去以后,他已经不抱任何希望了。张书侯先生的眼眶子很高,看不起他,他想磕头,人家却不给他提供地点。罢了,他在心里说,从此以后,再不做这丢人现眼的事情。

但是,在他绝望的时候,张先生的回信竟然来了。

看着张先生的信,张新生不禁大加赞叹:真是好字、好文啊!

他想,即使他求不动张先生为他的前程发力,单凭这封信,凭信上这一百多个字,他就有炫耀的资本了!

张书侯先生邀他到家里一叙,口气虽然有些冷,但是,他已经非常满足了。口气冷一些,又有什么呢?只要能坐到张书侯先生家中,所有的付出便都得到了回报。

张新生决定,明天便动身前往曹甸集拜访张书侯先生。好饭也怕晚,他可不愿意耽搁到张书侯先生改变主意。于是,他开始绞尽脑汁思考该给张先生带去什么礼物。

此时,郭英已经在曹甸集守了两天了。

离开八公山的时候,她带走了一中队的二十五名队员。她没有和曹莼贞告别,她感到内心忽然变得很柔软,如果去告别,她无法确定自己的决心会不会受损。

她去了曹甸集,找到了张书侯先生。张先生热情地接待了她,并按照她的意思给张新生回了一封信。

张先生的回信送出以后,郭英就开始做伏击前的准备工作。她对曹甸集太熟悉了,每一条街道、每一条胡同,甚至每一座房屋,她不用去看,都知道哪里适合打伏击,哪里不适合。集西头的那个向北转弯的路口,是她最后的选择。转弯时,张新生的队伍会慢下来,身体会放松下来,遇伏时反应也会慢半拍,这样,藏身在两侧房屋里的游击队员便会有充足的时间完成任务。

第三天上午十点多,派出去的侦察员气喘吁吁地跑来报告:张新生和他的二十多个护卫已经接近集东头了。郭英说:"带多少人都无所谓,你只需告诉我,他是骑马还是坐轿?"

"骑马。"侦察员说。

郭英点了点头。这一点,在她的判断之中。据张书侯先生说,张新生到他府上拜访了三次,两次坐轿,一次骑马。张先生分析说,张新生不愿意坐车,是担心过大的排场会让他不舒服,而且,随从跟不上,会造成安全隐患。

"那他的护卫呢?"郭英问。

"全部骑马。"侦察员说。

郭英的眉头皱了起来。

郭英带领一中队私自离开八公山以后,曾经亲自到县城摸过情况,那时她就想打张新生的主意,因为张新生非常小心,没有成功。她清楚地记得,那时张新生是没有骑兵的,警察局和保安团的马加在一起,不超过十匹。看来,短短的时间内,他的实力增加了不少。

"还打吗?"侦察员问。

"当然要打。"郭英说,"即使我们都牺牲了,也要把张新生干掉。"

郭英让侦察员去街对面的屋里告诉第二小组的队员,让他们瞄着张新生的随从打,把张新生本人留给这边的第一小组。

转眼间,从东面传来马蹄声。虽然是阴天,还时不时刮过一阵恶风,但马蹄声依然很清脆。

张新生穿着藏青色的中山装,骑在一匹枣红色的大马上,被二十几个护卫簇拥着,拖着不断腾起的烟尘,向曹甸集西头奔来。快到转弯处时,马队放慢了速度。张新生在马上欠了一下身,和身边的一个带手枪的护卫说了一句什么,护卫点点头,从腰里拔出手枪,提醒大家一定要提高警惕。

郭英忍不住笑了。张新生肯定知道,马埠暴动时,就在北面不远处,他的前任王怀道险些命丧黄泉。

突然,在转弯处,由北向南咯咯噔噔地驶过来一架牛车。一个二十出头的年轻人穿着一身脏兮兮的衣服,悠闲地坐在牛车上,不住地在那头苍老的黄牛背上炸着响鞭。跑在最前面的护卫勒住了缰绳,喝令年轻人快把牛车赶到路边去。年轻人一边答应着,一边冲黄牛喊了一声。黄牛咯噔一下站住了,回头有些不解地看着年轻人。年轻人哈哈大笑,纵身跳下牛车,向路南的一所房子冲过去。

郭英高喊了一声"打",对着张新生甩出一梭子弹。街道两侧的四间起脊瓦房里,同时喷出二十几道火光。

一时间,枪声如豆,人喊马嘶,场面极度混乱。不断有人落马,不断有马匹惊慌地四处奔逃,不断有尖叫声从马蹄下传来。郭英在第一梭子弹射出的时候,便看到张新生已经俯到了马背上,以为他已经中弹。待装上子弹再寻找时,张新生已经不见了踪影。情急之下,郭英奔出了房屋,甩手干掉了一个正举枪反抗的护卫。向东看时,见张新生在那个短枪护卫的保护下,正疯狂地向来路逃去。

郭英抓住一匹没有主人的灰马的缰绳,纵身上马,不顾身边嘶鸣的枪弹,向张新生追了过去。

张新生一边飞奔,一边回头看,见郭英追过来,便向身边的短枪护卫声嘶力竭地高喊。护卫回头开了一枪,又开了一枪。郭英左躲右闪,没有还击,她的目标只有一个:干掉张新生。

距离越来越近,能清楚地听到张新声斥骂护卫的声音,偶尔还能看到他的惊慌的扭曲的脸。郭英举起手枪,对准张新生的后脑开了一枪。

张新生惨叫了一声,倒坠下马。

护卫愣了一下,回手打了一枪,仍继续向前飞奔。

郭英感到右腹传来一阵火烧般的疼痛,她坚持着策马跑到张新生身边,对准他的脑袋补了一枪。然后,她慢慢地从马上坠落,倒在地上,失去了知觉。

三

两天以后,太阳快落山时,在曹莼贞的山洞里,郭英慢慢地睁开了眼睛。

坐在床前的曹莼贞惊喜地叫了一声:"你终于醒了。"

郭英疑惑地看看他,问:"我怎么在这里?我不是从马上掉下来了吗?"

曹莼贞责怪她:"为了一个张新生,险些搭上你一条命,值得吗?"

郭英从马上坠落以后,被曹甸集的群众救了,直到集西头的战斗结束,才把她交到游击队员手上。

"值得。"郭英说,"这个张新生是个祸害,如果不除,后患无穷。特别是这一次,如果不干掉他,他很快就会疯狂地进攻根据地,还会连累张书侯先生。"

曹莼贞示意她安心静养,不要再说话。

郭英叹了一口气,说:"真是想不到,我郭英也会受伤。"

曹莼贞笑着摇了摇头。

一个化装成药材商人的联络员走进来,向曹莼贞敬了个礼,撕开衣服的大襟,取出一个小小的纸卷,说:"联络上了。"

曹莼贞回头看了看郭英,向联络员使了个眼色,两人走出外面,小声说了半天话。

回来时,已经有战士为郭英点亮了油灯。

他看到郭英仍然眯着眼,便倒了一杯水,坐到她身边,说:"口渴了吧?来,我喂你喝一点。"

郭英摇了摇头,问:"是不是联络上二十八军了?"

曹莼贞笑了,说:"你是耳朵好使呢,还是脑子好使?"

郭英说:"你没有必要躲出去,躲出去,就是想瞒着我。"

曹莼贞把油灯移近一些,从衣袋里掏出纸卷,展开来,张在郭英眼前。

郭英的脸上慢慢地绽开了笑容,说:"老贞,你的效率挺高的。这下好了,干掉了张新生,很快又要和二十八军会师,真是双喜临门啊!你不用看着我了,赶紧去安排吧!还有六天时间,二十八军就要开拔了,你得在他们开拔以前赶到笼村。"

笼村是二十八军在大别山里的驻地,距离八公山有一百五十公里路程。

曹莼贞犹豫了一下,说:"我们还是停几天再出发吧!到他们开拔以后的落脚点与他们会合,也行啊!"

郭英皱了皱眉头,说:"信上没有说他们开拔后的落脚点在哪里,即使他们说了,只会离我们这里更远。你知道推迟出发的后果吗?"

曹莼贞当然知道。张新生死后,敌人很快便会组织疯狂的报复,出山晚了,会面临更大的困难,遭受意想不到的损失。再说了,二十八军开拔以后会在哪里落脚,恐怕连他们自己都说不清。提前一天出山,便少一分凶险,增加一分成功的希望。

曹莼贞站起身来,慢慢地踱着步。

洞外的松树枝上,有几只山鸟被什么声音惊起,扑棱着翅膀飞向远处的山谷。

"这事,明天再定吧!"曹莼贞准备走了。这几天,他一直住在不远处的一个山洞里。

"我知道,你担心我的身体太虚弱,无法随部队行动,想等我好起来再走。"郭英说。

"这样想,有错吗?"曹莼贞轻声地有些不自信地问。

"没错!"郭英艰难地给了他一个笑容,说,"你老贞什么时候错过?"

曹莼贞的脸红了一下。

"老贞,"郭英说,"你可以和我握握手吗?"

曹莼贞愣了一下。他仔细回想,自打和郭英认识,两人倒是握过几次手,他还拍过她的肩,像拍曹松军一样。

曹莼贞坐到郭英床前,伸出双手,握住郭英的左手。

郭英伸出右手,抓住曹莼贞的左手,把它拉开,却又紧握不放。这样,两人的双手便分别握住了。

曹莼贞看到,郭英苍白的脸颊有些飞红,这是他从未见过的。

第二天早上,当曹莼贞走进郭英休息的山洞时,发现郭英不见了。

他找遍了肥陵山所有可以栖身的地方,都没有发现郭英的踪迹。他找到与郭英关系最近的一中队的几个战士,都摇头说不知道。

曹莼贞知道,郭英把自己藏起来了,她在催促他出发。

曹莼贞带着队伍出发时,已是黄昏时分。山外有袅袅的炊烟慢慢升起,随着山风向山里飘来,又渐渐淡去。山路边的树木在风中轻轻摇摆着,像是在伤心地送别家人。偶尔,有几枚松果从树上滚落,砸在山石上,又顺石而下,跌落进路边正欢快地流淌着的小溪。不远处的小径上,有几个背着木柴的农民正慢慢地往山下走,嘴里哼着民歌,曲调和缓,充满了忧伤,像是在诉说生活的艰辛。

走到南山口时,曹莼贞站住了,转身向山上回望。这座美丽富饶的大山,以及在她怀抱里发生的故事,在她怀抱里沉睡的爱人和战友,在以后的岁月里,都将变作永恒的回忆。山苍林密,峰峦衔翠,令他感慨无限。

突然,他发现在肥陵山的主峰上,有一杆鲜艳的红旗在风中慢慢飘舞着,似乎能听到她发出的猎猎之声。

红旗下,有一个瘦削的美丽的身影!

哦!郭英!

她在挥手吗?看不清!但是,曹莼贞知道,那红旗就是她挥舞的手臂!

曹莼贞的眼睛慢慢湿润了。